T0348889

A veces soy un mar de lágrimas

A veces soy un mar de lágrimas

JOYA GOFFNEY

Traducción de Scheherezade Surià López

Argentina – Chile – Colombia – España
Estados Unidos – México – Perú – Uruguay

Título original: *Excuse me while I ugly cry*
Editor original: HarperTeen, un sello de HarperCollins*Publishers*
Traducción: Scheherezade Surià López

1.ª edición: mayo 2023

© 2021 by Joya Goffney
All Rights Reserved
© de la traducción 2023 *by* Scheherezade Surià López
© 2023 by Ediciones Urano, S.A.U.
Plaza de los Reyes Magos, 8, piso 1.º C y D – 28007 Madrid
www.mundopuck.com

ISBN: 978-84-19252-24-1
E-ISBN: 978-84-19497-59-8
Depósito legal: B-4.430-2023

Fotocomposición: Ediciones Urano, S.A.U.

Impreso por: Rodesa, S.A. – Polígono Industrial San Miguel
Parcelas E7-E8 – 31132 Villatuerta (Navarra)

Impreso en España – *Printed in Spain*

Para A-May, cuyo nombre de pila creía que era, literalmente, A-guioncito-May hasta una edad vergonzosamente avanzada.
Te mereces todo el amor del mundo.
Te doy todo mi amor y te regalo todas estas palabras.

Capítulo 1
DÍAS EN LOS QUE HE PERDIDO MI DIARIO DE LISTAS

—FRANK SINATRA.

—¿Qué canción? —pregunta Auden.

—Pon *Frank Sinatra* y ya.

—Pero el señor Green quiere que seamos más concretos.

Carter suspira. Está sentado en el césped frente a mí, con los brazos se ciñe las rótulas y discute con Auden. Estoy demasiado distraída para prestarle atención, porque solo veo cómo Carter se remanga la camiseta, con esa tela blanca que contrasta con su piel oscura. Nunca había trabajado en grupo con él, pero ahora que estamos aquí, parece que no puedo concentrarme en nada que no sea su físico.

Cuando se mudó aquí en segundo, recuerdo que pensé que tenía un aspecto distinto al de los chicos blancos ricos de los que siempre me había rodeado: ellos con sus bermudas y camisas, él con sus camisetas sucias y sus pantalones cortos de baloncesto. No podía dejar de observarlo. Pero cuando por fin me miró él a los ojos... apartó la vista. No sé. Por alguna razón pensé que me vería, que me vería de verdad, teniendo en cuenta que tenemos la misma tez oscura, pero no. Me miró con la misma apatía con la que miraba a todos los demás.

—Ehm…, ¿Quinn?

Levanto la vista de la barba de dos días de Carter y lo encuentro mirándome fijamente, con las cejas fruncidas, como si se preguntara si estoy chiflada.

Se me encienden las mejillas mientras me tapo la boca con las yemas de los dedos.

—¿Qué me decías? —le pregunto a Auden, demasiado aturullada para volver a mirar a Carter. Es la tercera vez que me pesca embobada en lo que va de día.

Auden mueve los ojos con impaciencia.

—¿Alguna sugerencia para la banda sonora de nuestro guion de JFK? El proyecto en el que llevamos horas trabajando.

Bajo la mano a la garganta. Ya, *eso*. Trago saliva y busco las respuestas en el cielo despejado.

—¿Qué canciones tenemos hasta ahora? —Me entretengo arrancando algunas briznas de hierba.

Auden revisa la lista que tiene en el regazo con un suspiro exasperado. Auden es así: es muy agradable, pero no se enrolla nada. Ya he formado grupo con él en una ocasión y, en cuanto nos asignaron la tarea, empezó a darnos órdenes. También es el tipo de persona que hace todo el trabajo él solito, porque nadie sigue sus órdenes correctamente. La gente tiende a aprovecharse de eso. Intento no acabar siendo una de esas personas, pero Carter…

¡Céntrate, Quinn!.

Mientras Auden sigue leyendo las canciones de nuestra lista de temas para la banda sonora, saco el cuaderno rojo de espiral de la mochila y hojeo las listas de tareas pendientes y de mis guías prácticas, hasta llegar a la última parte, donde tengo las listas más variopintas. Si me saco de encima todo lo que pienso de Carter de una sentada, tal vez pueda centrarme en el asesinato de JFK.

CARTER...

1. Es genial. En todos los sentidos de la palabra.

2. Es guapo. Pero mucho.

3. Es un «negro de verdad», como he oído decir por los pasillos de nuestro instituto privado, predominantemente blanco, lo que me hace preguntarme sobre la autenticidad de mi propia negritud. Nunca he oído a nadie llamarme «negra de verdad». De hecho, solo he oído lo contrario. Seguro que nunca tiene que aguantar que gente blanca vaya contando chistes de negros a su alrededor. Eso tiene que estar genial..

4. Es la clase de estudiante que se sienta al fondo del aula con la frente pegada a la mesa; es algo que contribuye a su mística. Nunca dice nada en clase, así que tener acceso a sus ideas de repente debe de ser la razón por la que estoy tan alterada ahora mismo.

5. No es materialista, como los otros chicos del insti. Le dan igual las marcas. Le basta con que le quede bien. Eso me gusta. Yo también me considero poco quisquillosa en ese sentido.

6. Es consciente de cómo huele. Lo huelo desde aquí y no, no lleva esas odiosas colonias que se ponen los otros chicos. Carter huele a limpio, simple y llanamente.

7. No quiere salir con chicas de nuestro insti... eso es bastante desalentador.

8. ¿Es... un donjuán? He oído rumores de que él y Emily Hayes se liaron en una fiesta el año pasado. Aunque nunca se ha confirmado.

9. Es algo antisocial. No suele relacionarse con los chicos blancos del insti, lo que significa que no tiene muchos amigos. Solo lo veo hablar con Olivia Thomas. Cada vez que los veo reírse juntos, me entran ganas de tener amigos negros.

—Hilary. —Levanto la vista de mi lista hacia los ojos curiosos de Carter—. Sabes que solo podemos entregar una lista por grupo, ¿no?

No puede ver mi diario, pero parece que sabe que estoy escribiendo sobre él. Ruborizada, lo cierro de golpe.

—No estoy apuntando eso. —Bajo la vista a la brillante cubierta roja—. Y, por favor, deja de llamarme así. No me parezco en nada a ella.

Me ha estado llamando «Hilary» desde que ha puesto un pie en mi casa hoy. Ha salido del Nissan Versa de Auden, ha mirado mi casa como si fuera Will en *El príncipe de Bel-Air*, y ha dicho:

—Ehhh, no sabía que vivías así. En plan Hilary Banks y tal.

Ashley tendría sentido, pero Hilary...

Me mira, divertido, con los brazos apoyados en las rodillas.

—Supongo que eres más inteligente que Hilary, pero fijo que eres igual de consentida que ella. Para salirte con la tuya solo tienes que llamar a tu «papi».

—¿Perdona? —digo, sorprendida—. No soy una consentida.

—¡Si hasta hablas como ella! —Se ríe echando la cabeza hacia atrás.

—¡Qué dices! —Bajo la voz y añado—: No hablo como ella.

Sacude la cabeza y chasquea la lengua, juguetón.

—No tienes de qué avergonzarte, Hilary.

Pongo los ojos en blanco como si me molestara, pero la verdad es que su atención me hace vibrar. No estoy acostumbrada a que Carter haga mucho más que mirarme... y apartar inmediatamente la vista.

—¿Quién es Hilary? —pregunta Auden, recordándonos que no estamos solos.

—Eso no es de tu época, amigo. —Carter se levanta, se baja la camiseta blanca por encima de la cinturilla de los pantalones negros. Se acerca a mí y me bloquea el sol con el cuerpo—. Tengo que ir al baño, lo haré rápido. ¿Me enseñas dónde está?

Podría decirle dónde está (cruza el vestíbulo y el salón, la primera puerta a la derecha), pero me está ofreciendo la oportunidad de estar a solas con él. ¿Cómo podría rechazar algo así?

El pulso me retumba en los oídos mientras me sigue hasta la puerta trasera.

—Perdona. ¿A dónde vais? —pregunta mi madre desde la silla del patio en la que está sentada. Lleva todo ese rato mirando el móvil, en plan «carabina», como si no estuviéramos todos ya en el último año de instituto a dos meses de graduarnos.

—Voy a enseñarle a Carter dónde está el baño.

Vuelve a bajar la vista al teléfono.

—Vale. No tardes, Quinn.

Me contengo para no suspirar. A ver, lo entiendo. No está acostumbrada a que venga a casa un chico que no sea nuestro vecino, Matt. Y menos todavía si es un chico negro alto y guapo.

Cuando la puerta se cierra tras él, me doy cuenta de lo grande y vacía que es la cocina. Y de que estamos completamente a solas. Mientras lo llevo al salón, soy consciente de que no tengo ni idea de qué está mirando. Me paso el pelo de la nuca por el hombro.

—Menuda choza tienes, Hilary.

Me doy la vuelta y camino hacia atrás pasando junto al impecable sofá blanco y las mesas auxiliares de madera.

—¿Por qué sigues llamándome así? ¿No hemos establecido ya que soy más inteligente que ella? —Sonrío, sumándome a su jueguecito.

—Pero ¿lo eres de verdad? —me suelta.

Me choco de espalda con el marco de la puerta del baño.

—¿Lo dices en serio?

—A ver… —se encoge de hombros, acercándose a mí sin dejar de mirar los muebles del salón—, entrar en Columbia no significa que seas inteligente. Solo significa que tienes dinero.

Se me revuelve el estómago ante la mención de Columbia. Su tono ya no es juguetón, ni tampoco su expresión. Se me borra la sonrisa cuando llega a la puerta del baño, está tan cerca que le huelo ese olor a limpio.

—Y está claro que tienes mucho dinero —dice, señalando el jarrón de varios miles de dólares de la repisa y la chimenea eléctrica de sesenta pulgadas. Parece disgustado por ello. Luego me recorre con la mirada desde los labios hasta la parte superior de mi pelo rizado y esponjoso—. Las chicas como tú no tienen que trabajar tanto como alguien como yo.

Se me tensa la mandíbula. No tiene ni idea de lo que he tenido que trabajar. Y aunque sea rica, sigo siendo una de las únicas cinco personas negras del instituto. Tengo que oír los mismos comentarios racistas que él.

—No sabes nada de mí.

Musita, pensativo, y levanta el dedo índice.

—Sé que has entrado en Columbia.

Otra punzada en el estómago.

Entorna los ojos y baja la voz.

—Pero también sé que se te atragantan todas las clases.

Enarco las cejas a tope.

—¿Eso cómo lo sabes? —pregunto antes de caer en la cuenta y ocultar que tiene razón.

—Es obvio. —Sonríe—. Además, soy observador.

¿Es obvio que se me atragantan las asignaturas? No voy anunciando a bombo y platillo mis notas mediocres, así que ¿qué diablos sabrá él si me cuestan o no? Y, además, ¿quién es él para hablar? No dice ni una palabra en clase y ni siquiera levanta el bolígrafo para tomar apuntes. Dudo que sus notas sean mucho mejores que las mías.

Asiente con la cabeza mientras hace un inventario mental de todos los muebles.

—Seguro que tu padre ha donado una biblioteca o algo así. —Su mirada condescendiente se posa en mí—. Es lo único que se me ocurre para que hayas entrado tú en Columbia.

Dice ese «tú» como si supiera exactamente lo mediocre que soy. Su arrogancia se me mete bajo la piel y se me arraiga allí.

—¿Sabes qué? Ahí mismo tienes el baño. —Señalo a la izquierda con la cabeza—. Apáñatelas. —Y paso frente a él de costado.

¿Quién se cree que es? He cruzado con él dos palabras y ya piensa que lo sabe todo de mí. ¿He dicho antes que era guapo? Error. Tiene el mismo atractivo que el barro que se me pega en las suelas. Ahora mismo me interesa cero.

Salgo al patio dando un portazo que hace vibrar las ventanas. Mi madre levanta la cabeza de golpe. Con la mirada me pregunta si he perdido la cabeza.

—Lo siento —digo por si acaso.

Cuando me acerco, Auden sigue sentado con la cabeza agachada repasando los temas de la banda sonora. Agarro mi diario y busco la lista sobre Carter que he empezado antes.

—¿Todo bien? —me pregunta.

—Todo perfecto.

CARTER...

10. Es un imbécil criticón.
11. Es un maldito sabelotodo, santurrón y pretencioso.
12. No es tan bueno como se ve. Desearía no haber visto nunca esos pensamientos feos que tiene en la cabeza.

Estoy pensando en más insultos cuando sale tan campante por la puerta trasera con una sonrisa de satisfacción. Se sienta en el césped y no le presto la más mínima atención.

—Tu padre acaba de llegar —dice, sonriendo, pero luego le flaquea la sonrisa, como si le costara mantenerla—. Me ha visto y me ha tomado por un ladrón. —Baja la mirada y aprieta los labios—. Supongo que no está acostumbrado a ver a un negro de verdad en su casa.

Se me hace un nudo en el estómago y me invade un sudor frío. Auden levanta la vista.

—Ehm…, yo me largo. —Carter mueve la cabeza, enfadado, decepcionado y dolido. Parece que incluso pasa de soltarme un «¿Ves? Ya lo decía yo, sé exactamente quién eres». Pero se equivoca. Tiene que ser un error.

Dejo el diario en el césped y vuelvo corriendo al patio. Mamá percibe los vientos huracanados que llevo bajo los brazos.

—Quinn, ¿qué te pasa?

Encuentro a mi padre en la cocina, mientras sube el primer escalón de la escalera, con los zapatos de trabajo en la mano.

—¿Qué le has dicho a Carter?

Me mira por encima del hombro, con las cejas enarcadas.

—¿Quién es Carter? —Se está haciendo el tonto y no tengo tiempo para estas cosas.

Señalo detrás de mí.

—El chico que acaba de cruzar esa puerta. Tiene la impresión de que lo has tomado por un ladrón.

—Desmond, ¿en serio? —pregunta mamá enfadada en voz baja, mientras cierra la puerta de atrás.

—*No* lo he tomado por ningún ladrón. —Frunce el ceño—. La casa entera estaba vacía salvo por un desconocido que salía de mi baño. Solo le he preguntado que qué hacía en mi casa.

Pongo los ojos en blanco y niego con la cabeza. Como si lo viera: Carter sale del cuarto de baño justo cuando mi padre entra en el vestíbulo, ya se ha quitado los zapatos en la puerta. Cuando se ven, mi padre le pregunta con voz atronadora: «¿Qué haces en mi casa?», con una expresión acusadora en la mirada. Pero no lo reconoce ni se disculpa. Nunca se disculpa por nada.

—¿Le has preguntado que qué hacía en casa? Pues es mi compañero de clase —digo.

—He conocido a muchos de tus compañeros y nunca he visto a ese chico.

—No me lo puedo creer, Desmond —dice mamá.

Mi padre se gira de repente.

—Mira quién fue a hablar.

—¿Perdona? Yo nunca lo tomaría por un criminal. ¿Con base en qué? ¿En su aspecto? Soy de Chicago…

Mi padre levanta los brazos y tira los zapatos al suelo.

—Aquí vamos otra vez. Eres de Chicago. Lo sabemos, Wendy. ¿Y si dejas de sacar el dichoso tema a la menor oportunidad?

Genial. Acaban de encontrar una excusa para pelearse.

Pero la cocina se queda en silencio cuando se abre la puerta del patio. Carter y Auden entran con la mochila a la espalda, totalmente conscientes de lo que están interrumpiendo. Yo estoy entre mis padres, muerta de la vergüenza.

—¿Ya os vais? —pregunta mamá con su encantadora sonrisa de anfitriona.

—Sí, señora —dice Auden—. Gracias por dejarnos hacer el trabajo aquí.

—¿Queréis algo para el camino? ¿Carter? —le pregunta concretamente a él, como para suavizar el encontronazo con mi padre.

—No, señora —dice, mirando por encima del hombro. Luego pasa junto a mí, disgustado.

—Nos vemos en el insti, Quinn —dice Auden. Carter no dice nada.

Entonces se cierra la puerta principal y ya no puedo hacer nada para que cambie de opinión sobre mí o mi familia rica y privilegiada.

Mamá dirige la atención hacia papá.

—Has insultado a ese chico y deberías disculparte.

—No me voy a disculpar. Si cree que lo he tomado por un criminal, eso dice más de él que de mí.

Mamá se ríe, pasando por mi lado hacia la barra.

—*Nunca* te haces responsable de cómo haces sentir a la gente.

—No soy responsable de las percepciones retorcidas de los demás. Solo le he preguntado que qué estaba haciendo en mi casa. No he hecho nada malo.

—¡No, tú nunca haces nada malo, Desmond!

Esta pelea ya no es por Carter.

Ya he oído suficiente, así que salgo para intentar sacarme de la cabeza el asco que he visto en la mirada de Carter. ¿Qué pensará de nosotros? Ni siquiera yo sé qué pensar. No sé exactamente qué ha pasado, pero es vergonzoso que haya tenido que vivir algo así en un hogar afroamericano. En *mi* casa.

Incluso desde el patio los oigo gritar. Nunca es suficiente con salir al jardín, así que me voy. Voy a la casa de Matt, que vive al lado, y me subo a su cama elástica, procurando que no se me levante la falda del vestido. Le envío un mensaje de texto: **Estoy en la base. ¿Dónde estás tú?**

Al cabo de unos segundos me responde con un escueto: **Voy.**

Estiro las piernas por delante y espero, flexionando las pantorrillas y repasando el esmalte de las uñas de los pies. Cada segundo le añade más peso al golpeteo de mis latidos.

Entonces se abre la puerta trasera. Matt sale con una camiseta roja y negra del Instituto Privado Hayworth y unos pantalones cortos de color amarillo intenso, sin zapatos. Luego echa a correr y se le mueve el perfecto pelo castaño con el viento. Cuando llega al borde de la cama elástica, se levanta de un brinco y salta por un lateral; me hace botar y me obliga a sujetarme el vestido por las piernas. Me río muy a mi pesar.

Se sienta encima de mis pies y abre las piernas.

—Quinnly. —Sonríe y, al verlo, se me aligera el alma.

—Mattly —digo, aunque mi sonrisa no es tan luminosa.

Parece que lo capta al instante y se le atenúa la sonrisa.

—¿Qué pasa?

Entonces me agarra de los pies y se acerca. Se inclina y cruza los brazos sobre mis espinillas.

Nos gusta jugar a este juego del balancín, en el que yo le empujo el pecho hacia atrás con los dedos de los pies, y él empuja hacia abajo mis pies con su pecho. Dice que a mí me va bien para ejercitar las pantorrillas y, al mismo tiempo, él estira los muslos. Al fin y al cabo, juega al fútbol y físicamente se le nota.

No tengo necesidad alguna de poner a tono las pantorrillas (*odio* el fútbol), pero este jueguecito siempre me hace sentir más ligera.

—Mis padres se están peleando otra vez —digo, dejándome llevar por la suavidad y el calor de su camiseta, y la rigidez de su torso.

—¿Está vez por qué es?

—Nada, lo de siempre. —La verdad es que no me apetece entrar en el tema de Carter—. Mi padre no reconoce cuando se equivoca, pero que mi madre le grite tampoco soluciona nada.

—Aun así, es mejor que griten. —Levanta la vista y en sus ojos azules se refleja un rayo de sol. Sus padres no se pelean… o, mejor dicho, se pelean en silencio. Es igual de intenso, si no más,

que los gritos de mis padres—. Preocúpate cuando dejen de pelearse. —Esboza una sonrisa triste.

—¿Preocuparme por qué?

—Por si se divorcian.

Le empujo el pecho con los dedos de los pies, clavando los
talones en la cama elástica.

—¿Tus padres se van a…?

Niega con la cabeza, el pelo le cae sobre la frente y se peina
con los dedos para recolocárselo.

—No hasta que me mude.

—¿Eso cómo lo sabes?

—Los oí hablar del tema un día que creían que no estaba cerca.

Dejo de tensar los músculos de las pantorrillas y permito que
él me empuje los pies con el pecho.

—Lo siento, Matt.

Se encoge de hombros.

—Es una mierda, sí, pero no estaré para verlo.

—¿Y cuando vuelvas a casa para los festivos, como Acción
de Gracias y Navidad?

Frunce el ceño.

—Pues no había pensado en eso. —Luego me mira a los ojos
con la frente arrugada—. Muchas gracias, Quinnly.

Me río.

—¡Lo siento!

—Qué manera de echar por tierra mis planes. —Él también se ríe.

Apoyo las manos detrás de mí y levanto la cabeza hacia el
cielo.

—Se sentirán tan culpables que tendrás el doble de regalos
por Navidad y el doble de comida en Acción de Gracias.

—En mi casa no funciona así. Dejamos de hacernos regalos
por Navidad cuando cumplí catorce años.

—¿En serio? —pregunto, distraída. El cielo es de un azul intenso y está muy despejado. Respiro profundamente, el aire entra
en mis fosas nasales tan caliente como sale.

—No tengo dinero suficiente para ir a Columbia —dice, burlón.

Me pongo tiesa y aparto la vista del cielo.

—Mejor dicho, no hay dinero como para comprar un Mercedes nuevecito como regalo de graduación.

Hago una mueca; me abruma el sentimiento de culpa.

—Ya, colega, ojalá no lo hubieran hecho.

—¿No te gustan los Mercedes? —Pongo los ojos en blanco y le doy un fuerte empujón en el pecho con los pies. Se ríe, inclinándose todavía más—. ¿Qué tienen de malo?

—Nada, es que… —Suspiro y me tumbo del todo. Mi madre me matará si se entera de que he apoyado la cabeza en esta cama elástica sucia—. Siento que no lo merezco.

—Quinn, has entrado en Columbia, por el amor de Dios. Pues claro que te lo mereces.

Cierro los ojos y los aprieto fuerte.

—No, claro que no. —Lo susurro al viento, temerosa de reconocer exactamente por qué no me lo merezco. Si él supiera…, si lo supieran mis *padres*… no tardarían en quitarme el cochazo.

—Oye, por cierto, todavía no he tenido la oportunidad de subirme.

—Ni tú ni nadie.

—Mentira. Cuando tus padres te dieron la sorpresa, Destany fue la primera en subirse.

Me quedo inmóvil al oír su nombre. *Por favor, no me lo preguntes…*

—Y hablando de…

No, por favor. Y aquí vamos.

—¿Qué pasa entre las dos? ¿Qué pasó en la fiesta de Chase el finde pasado?

No respondo. Tengo los ojos muy abiertos, absorbiendo a tope el gran cielo azul de Texas.

—Quinn —dice, acariciándome las piernas.

—No quiero hablar de eso, Matt. —Ni siquiera quiero pensar en eso.

—He oído una de mierdas… —dice casi susurrando la última palabra. Matt no dice palabrotas ni cosas feas a menos que la cosa se ponga muy seria.

—¿Qué has oído? —pregunto, como si no lo supiera ya.

—Que os estabais peleando por *mí*.

Cierro los ojos.

Matt me suelta las piernas y aparta el pecho de mis pies. Ahora los tengo fríos y noto la ligereza en los tobillos. Se me acerca a cuatro patas y se sienta con las piernas cruzadas junto a mi mejilla.

—¿Es verdad? —me pregunta.

Estiro el cuello y me fijo en sus ojos; parece preocupado.

—No, no nos peleábamos por ti. Ni siquiera nos peleábamos, al menos entonces. Nuestro divorcio está más que zanjado.

Me mira a los ojos, sombrío.

—Si tuvieras un problema con que la invitara a salir, me lo habrías dicho, ¿verdad?

—Matt, tú y yo somos amigos. Puedes salir con quien te venga en gana.

Vuelvo a cerrar los ojos. ¿Podemos volver a jugar al balancín y hablar de cualquier otra cosa? Porque por mucho que hubiera «tenido un problema» con que Matt le pidiera salir a Destany, no soy tan mezquina como para dejar que eso eche a la basura una amistad de diez años.

Levanta las piernas, me toma un mechón de pelo y juega con él en su regazo. Me pongo nerviosa por toda la crema hidratante que me he echado esta mañana, por si lo nota. Retiro el pelo y me lo paso por el otro hombro.

Él se da cuenta. Deja caer las manos, abatido.

—Bueno, *ahora* no puedo invitarla a salir. No si quiero conservar mi amistad contigo.

Me coloco de lado para mirarlo a la cara y apoyo el codo en la cama elástica.

—Eso es verdad.

—Por eso merezco saberlo. —Con sus ojos azules me recorre el rostro y luego baja hasta mi mano, que descansa en mi abdomen. Entrelaza su mano con la mía.

Entonces se abre la puerta trasera con un crujido y su madre asoma la cabeza.

—¿Matt?

Aparto la mano.

—Ah, Quinn. —Repara en ambos y sonríe—. Hola, cariño.

—Hola, señora Radd. —Me siento y me recoloco el vestido.

—La cena está lista. —Apoya la cabeza en el marco de la puerta—. Quédate a cenar, si te apetece.

—Gracias, pero debería irme. Seguro que mi madre está cocinando algo.

Menuda mentira. Mi madre lleva años sin cocinar, pero no quiero quedarme a cenar con ellos, no cuando tengo a Matt haciéndome todas esas preguntas sobre mis sentimientos hacia él y sobre Destany. Y no me apetece hablar de nada de eso.

—Mándale saludos a Wendy.

Asiento con la cabeza, sonriendo. Luego miro a Matt.

—Ahora mismo voy, mamá.

—Vale. —Levanta la cabeza del marco—. Me alegro de verte, Quinn.

—Lo mismo digo.

Matt se vuelve hacia mí con la mirada cansada.

—En serio, quédate. Sé que tu madre no cocina.

Sonrío.

—Mejor vuelvo para comprobar si la casa sigue en pie.

—¿Podrías decirme por qué tanto secretismo, al menos?

—Es mejor que no lo sepas. —Y dicho eso me pongo de pie y voy hacia el borde de la cama elástica.

—Así me pica más la curiosidad…

Lo miro por encima del hombro.

—Llevo vestido. ¿Te importa darte la vuelta?

Mira mis piernas desnudas, suspira y cierra los ojos.

Salto por el borde con el teléfono en la mano y procuro que no se me suba la falda por si su madre está mirando por la ventana.

—Adiós, Mattly —le digo cuando me pongo las sandalias—. Gracias por este ratito.

—Nos vemos en el insti.

Hay muchos motivos por los que no puedo contarle lo que pasó entre Destany y yo. No puedo dejar de darle vueltas al asunto mientras regreso a casa, me cuesta pensar... y, a la vez, también me cuesta *no* pensar.

Primero, si se lo cuento, reviviré el fin de semana pasado.

Segundo, si se lo cuento, se dará cuenta de cómo es ella y ya no la verá del mismo modo.

Tercero, si lo que le digo *no* echa a perder la relación entre ambos, echará a perder la nuestra.

Cuarto, puede que a él no le parezca un problema tan gordo como a mí.

Quinto, si al final acaba haciéndome daño a mí también, me quedaré completamente sola.

Tengo que escribir esto rápido para dejar de obsesionarme y dejar también de sentir estas ganas irrefrenables de darme la vuelta y contárselo todo, porque tal vez *sí* pueda entenderme.

Sexto, Matt jamás podrá entender del todo por qué me siento así, porque es blanco.

Cuando vuelvo al jardín trasero, busco mi diario en la hierba. Está a un lado de la mochila. Al agarrarlo, me fijo en la tinta negra esparcida por toda la cubierta roja y, durante unos segundos, me quedo mirándolo, confundida. ¿De dónde ha salido toda esta tinta? Voy a la contraportada, donde espero encontrar mi nombre escrito en la cartulina..., y solo encuentro manchas de grasa.

No es mi diario.

Me da un vuelco el corazón. Es imposible. *Tiene* que ser mi diario sí o sí. No puede ser de otra manera. Porque, a ver, lo tenía hace dos segundos, ¿no? Estaba haciendo una lista sobre Carter, luego lo dejé en el césped antes de entrar en casa y está aquí mismo. No sé cómo, pero la cubierta se habrá manchado de tinta. Mis listas están a salvo en su interior. Tienen que estarlo.

Pero cuando abro el cuaderno de espiral, veo los apuntes ilegibles de Carter... y no mis listas.

Capítulo 2

COSAS QUE JAMÁS ADMITIRÍA EN VOZ ALTA

ABRO LA MOCHILA: LA LIBRETA DE HISTORIA, BIOLOGÍA, Cálculo, todo menos mi diario de listas. Se me nublan los ojos.

No es porque alguien vaya a leer mis listas de cosas por hacer, mi guía de cómo cambiar un neumático o mi lista de los días que lloré a moco tendido. Es por la lista de chicos a los que he besado, por la lista de motivos por los que me gusta Matt… y por esto:

COSAS QUE JAMÁS ADMITIRÍA EN VOZ ALTA

1. Mi padre me dijo que cuando la abuela Hattie muera, me dejaría una herencia considerable. De hecho, me permití pensar cuánto tiempo le quedaría de vida.

2. No saqué 34 puntos en la prueba de acceso a la universidad, sino 24.

3. La carta de aceptación de Columbia era falsa. La creé con Word.

4. Nunca he querido ir a Columbia. Es el sueño de mis padres, no el mío.

5. Estoy enamorada de Matthew Radd.

6. Estuve presente cuando destrozaron las fotos de Olivia Thomas. Conduje el coche de huida.

7. Solía aceptar que me llamaran «Oreo» (blanca por dentro, negra por fuera), hasta que me di cuenta de las implicaciones. Me di cuenta demasiado tarde.

Estas son las cosas que no digo en voz alta ni cuando estoy sola, porque reconocerlas podría cambiar mi vida para siempre. Y luego me doy cuenta: Carter podría cambiarme la vida para siempre.

Agarro el móvil y le envío un mensaje: **Hola, tengo tu cuaderno. ¿Puede ser que tengas el mío? Se parece al tuyo y es muy personal, así que no lo hojees por favor. Solo mira si tiene mi nombre en la contraportada.**

Ojalá no lo lea, que no lo lea por favor.

Luego escribo a Auden, que contesta: **No lo tengo, lo siento.**

Vuelvo a los mensajes de Carter y nada. Cuando al fin entro en casa, mamá está sentada en la barra de la cocina con una copa de vino. Supongo que papá se ha vuelto a ir; al hospital, al gimnasio o a donde sea que vaya siempre.

—¿Dónde has estado? ¿En casa de Matt?

—Sí, la señora Radd te manda saludos.

Subo las escaleras, mirando el mensaje sin leer, como si pudiera hacer que Carter lo viera.

Su nombre aparece varias veces en mi diario. Primero, en las elecciones de con quién me acostaría, con quién me casaría y a quién mataría, donde normalmente elijo tirármelo; después, en la parte de «chicos sexis» de la lista de chicos sexis o chicos del montón y en la lista de chicos con los que no me importaría repoblar la Tierra después del Apocalipsis, que básicamente es una réplica de la parte de «chicos sexis» de la lista de chicos sexis o chicos del montón. Y luego está la lista de esta tarde, cuyo título es su nombre. No puedo imaginarme lo que haría Carter con esa información. De hecho, me imagino muchas situaciones diferentes, sobre todo después de la discusión de hoy con mi padre, pero intento pensar en positivo.

Si Carter lo tiene, verá la diferencia del estado de las cubiertas rojas. Pensará: «Vaya, está demasiado intacta para ser mi cuaderno». Entonces, buscará el suyo, se dará cuenta del error y por fin leerá el mensaje.

Ese sería el mejor escenario.

Mi mente sigue analizando el peor de los casos: Carter no se fijará en cómo están las cubiertas rojas. Abrirá la libreta por el último apartado, el más personal de mi diario, porque el último apartado del suyo es sobre Historia y la primera lista que le saldrá será:

SI PUDIERA BESAR A ALGUIEN

1. Matthew Radd ♡
2. Michael B. Jordan
3. Bryson Tiller
4. Zayn Malik
5. Diggy Simmons
6. Quincy Brown
7. Ryan Reynolds
8. Noah Centineo
9. Carter Bennett

Que tampoco es tan vergonzoso, vaya, pero sí es interesante, sobre todo porque su maldito nombre está escrito al final. A partir de ahí, le picará la curiosidad, pasará la página y acabará leyéndolo todo.

Me deslizo hasta la alfombra como un vestido de seda después de una larga noche en el baile, a la espera, pero Carter no contesta. Me doy una ducha larga, vuelvo a mirar y nada. Abro *Crimen y castigo*, finjo que leo durante media hora para la asignatura de Lengua y Literatura… y todavía nada.

Ojalá supiera dónde vive.

Tal vez una película ayude a distraerme. Si tuviera mi diario, miraría la lista de películas que se pueden volver a ver una y otra vez, y volvería a ver alguna. Pero, sinceramente, me la sé de memoria.

PELÍCULAS QUE SE PUEDEN VOLVER A VER UNA Y OTRA VEZ

1. Love & Basketball
2. ATL
3. Vaya Navidades
4. Por la cara
5. Deadpool
6. Todo en un viernes
7. Plan de chicas
8. Black panther
9. Con amor, Simon
10. Pequeño gran problema

Destany me ayudó a hacer esta lista. Es la única persona que puede volver a ver películas tantas veces como yo. Mis padres tienen la regla estricta de solo ver una película una vez y me sentiría afortunada si consiguiera que Hattie la viera entera a la primera, pero Destany comprende que algunas películas son lo bastante buenas como para convertirse en favoritas, pero son demasiado pesadas para verlas una y otra vez.

Me dejo caer en la cama y pongo *Love & Basketball*. Me meto debajo de las sábanas y trato de sumergirme en la historia, pero no dejo de pensar en el tema; siento un hormigueo constante bajo la piel y miro el móvil cada dos segundos. ¿Dónde estará? ¿Qué podría estar haciendo que le ha impedido mirar el móvil durante *dos horas*?

Mamá abre la puerta, echa un vistazo a la pantalla de la TV y suspira al ver que estoy con esta película otra vez.

—La comida está aquí.

Paro la película en mitad de la escena de la ruptura y la sigo escaleras abajo. Solo le doy dos mordiscos al bocadillo, no me entra nada más. De camino a la habitación, mamá me pregunta:

—¿No vas a comer más?

—No tengo hambre. —Sigo subiendo las escaleras.

—¿Estás bien?

Me detengo y miro por encima del hombro, tengo la mano izquierda encima del pasamanos y la derecha agarrando el móvil. Parece preocupada. Me parezco a ella, pero su pelo es más dócil y su cuerpo también. Aunque tenemos los mismos ojos redondos y labios carnosos.

—Estoy bien.

Me doy la vuelta y vuelvo a subir las escaleras.

—Espera, Quinn. Tu padre ha llamado del trabajo. Quiere que lo llames al móvil.

Me detengo, inquieta, y contesto:

—No quiero hablar con él ahora.

—Lo sé, pero es importante.

—Mamá, no estoy de humor para que me diga que me busque un piso a grito pelado.

—Es por Hattie.

La Tierra deja de girar en su eje. Me empieza a doler la espalda de estar tan quieta.

—¿Qué le pasa?

—Está bien —contesta mamá rápidamente. Intenta apagar el fuego antes de que se propague.

—Entonces, ¿qué pasa?

—Llámalo.

Subo las escaleras rápido, mientras llamo por teléfono a papá, pero salta el buzón de voz. Lo vuelvo a llamar mientras cierro la puerta de la habitación y, de nuevo, me dejo caer de cara en la cama. Por fin, contesta.

—Quinn, ¿estás bien?

—Mamá me ha dicho que te llame por algo de Hattie. ¿Qué ha pasado? ¿Está bien?

—Quinn —dice bajito como si pudiera insuflarme aire en los pulmones. No puede—. Ha tenido un pequeño accidente, pero está bien. La he explorado yo mismo para asegurarme.

—¿Qué ha pasado? —Se me quiebra la voz mientras me doy la vuelta sobre la espalda—. ¿Qué tipo de accidente?

—Se ha caído.

—¿Qué?

Las personas de su edad no deberían caerse. Caer podría dejarla hecha papilla... a toda ella, no solo a su cerebro. La imagino retorciéndose en las baldosas, con la piel arrugada y los huesos frágiles y fracturados.

—¡Madre mía, papá!

—Está bien, no se ha roto nada. Solo está un poco dolorida.

Me pregunto si estaba sola cuando ha ocurrido o si lloraba. Nunca he visto llorar a Hattie. ¿Ha estado ahí tumbada en el suelo frío hasta que ha acudido alguien a levantarla? ¿Cuánto tiempo han tardado en encontrarla? Me pregunto cuánto dolor puede soportar ahora, si su cerebro entumecido también le adormece el cuerpo. Puede que haya olvidado cómo sentir dolor. Espero que sí, que sea la primera cosa que haya olvidado.

Trato de reprimir los sollozos que se me forman en el pecho.

—¡Tienes que sacarla de ahí! ¡Son unos incompetentes!

—Quinn, escúchame. Te prometo que está en buenas manos —dice con la voz apurada como si estuviera andando—. Ven conmigo a verla este fin de semana, no te he obligado hasta ahora porque sé que te cuesta...

—No.

—Cuando vayas a Columbia no podrás verla. No cometas el mismo error que cometí yo con tu abuelo. No quiero que te arrepientas de todo este tiempo que podrías haber pasado con Hattie antes de que...

—¡No digas eso!

Él suspira.

—Hablaremos de esto en otro momento, pero piénsatelo.

«Piénsatelo». Como si tuviera otra opción. Hattie vive de forma permanente en mi mente; a veces es un pensamiento de fondo y, otras, solo pienso en ella.

Salgo y me detengo frente al columpio de Hattie que tenemos en el patio. Recuerdo cuando lo encontré el verano pasado, entre las tumbonas, como si fuera un mueble más. Pero todavía huele a su porche, a roble recién talado para la chimenea y un poco de pino para encender el fuego.

Según Hattie, estar al aire libre es una actividad en sí misma. Nos sentábamos en el columpio del porche y contemplábamos los pájaros, los árboles y las nubes; a veces hablábamos y otras no. Podíamos pasarnos horas allí, mientras bebíamos limonada, té o ambas cosas.

Me siento y me columpio en la oscuridad, mientras la media luna se esconde despacio detrás de los árboles, pensando en ella. Preocupada. Si tuviera mi diario haría una lista de todas mis preocupaciones.

Me preocupa que estuviera sola cuando cayó.

Me preocupa que le haya dolido.

Me preocupa que llorara.

Me preocupa que no lo hiciera.

Me preocupa que esté enfadada conmigo por no ir nunca a verla.

Me preocupa que no se parezca en nada a como la recuerdo.

Me preocupa que, cuando por fin vaya a verla, no me reconozca.

Me preocupa que se haya ido antes de que tenga el coraje de ir a verla.

Todas estas preocupaciones me están dejando sin respiración y se están convirtiendo lentamente en una culpa que me desgarra las entrañas y un miedo que me absorbe el alma. Si no lo escribo, este miedo no se limitará a dejarme sin respiración. Necesito el diario *ahora mismo*.

Entonces, me suena el móvil en el regazo, como si fuera un reloj. Son más de las once de la noche. Me apresuro a agarrarlo y me cuesta enfocar la respuesta monosilábica de Carter: **Sí.**

Así que lo tiene él, pero no hay indicios de que lo haya leído. Respondo, volviéndolo a escribir diez veces antes de enviarlo: **Necesito que me lo devuelvas. No lo habrás leído, ¿verdad?**

Veo que aparece la señal de que está escribiendo y, a continuación, desaparece. Estoy a punto de implosionar cuando por fin contesta después de otros diez minutos: **Mañana hacemos el intercambio. Nos vemos en mi taquilla a primera hora.**

No ha contestado a mi pregunta. ¿Por qué no la ha contestado?

Siento un hormigueo en la piel, un entumecimiento. A lo mejor es como mi madre, cuando le escribo muchas preguntas a la vez, solo contesta una. Quizá solo ha *olvidado* contestar esa pregunta tan importante. Así que le escribo: **Vale, ¿dónde está tu taquilla?**

Capítulo 3

COSAS QUE HACER ANTES DE GRADUARME

SU TAQUILLA ES LA NÚMERO 177 DEL ALA B. ESTOY apoyada en ella con mis botas color marrón de tacón grueso y mi vestido amarillo con hombros descubiertos. Llevo mi melena rebelde recogida en un moño, voy maquillada y la piel morena me reluce gracias al aceite de bebé, solo me he puesto un poquitín de perfume. No, no me he vestido de gala porque supiera que me iba a encontrar con él y no, no estoy «posando» en su taquilla con las piernas cruzadas. Este es mi aspecto habitual.

Pero si este aspecto le inspira a ser un poquito más simpático conmigo, ¿quién soy yo para quejarme?

Anoche no respondió a mi pregunta y no pude dormir dándole vueltas al porqué. No habrá leído mi diario, ¿verdad? No invadiría descaradamente mi privacidad de esa manera, ¿no? Pero ¿y si lo hubiera hecho? Ahora conocería todas mis mentiras. Sabría el monstruo que soy. Me muerdo el labio inferior y empiezo a ponerme nerviosa, porque puede que se lo cuente a la gente.

Los estudiantes se abren paso por el pasillo. Busco entre la multitud, las taquillas se abren y se cierran, pero no hay rastro de Carter. Y normalmente es fácil de ver (es más alto que la mayoría, tiene la piel mucho más oscura), pero lo único que veo son chicos de cara blanca y estatura media.

Y justo mientras ando buscándolo hago contacto visual con Destany sin querer. Llevo toda la semana procurando no mirarla.

Se pavonea por el pasillo con una blusa blanca de encaje que resalta lo morena que se ha puesto durante las vacaciones de primavera, los vaqueros ajustados y unos zapatos de tacón color rojos y de punta. Veo cómo choca las caderas con Gia Teller, que básicamente lleva lo mismo.

Vienen hacia mí. Aparto la mirada y me fijo en la pantalla del móvil, pero entonces se detienen frente a mí. Gia abre la taquilla número 176, justo al lado de la de Carter. *Tiene que ser una broma.*

—Mira quién está finalmente lista para hablar —dice.

Doy un pasito hacia atrás.

Gia me mira de arriba abajo y luego sonríe.

—Estás muy guapa.

La conozco lo suficiente como para saber que no lo dice como un cumplido.

Destany se interpone entre Gia y yo, y me mira con los ojos grandes y redondos.

—Quinn, me alegro mucho de verte. Me estaba volviendo loca sin ti.

Doy otro paso hacia atrás. Se me encoge el corazón porque yo también me he estado volviendo loca. He echado de menos nuestras excursiones a Starbucks después de clase para atiborrarnos de cafeína y desahogarnos un poco. Ella levantaba su taza de café, le daba un sorbito rápido, luego abría los brazos y decía: «Vamos, Quinn. Desahógate».

No he podido desahogarme en toda la semana.

Le contaría lo de ayer con Matt, cómo me tomó la mano en la cama elástica. Eso es un gran avance por lo que respecta a Matt. Seguro que se alegraría mucho por mí.

Podría perdonarla y ya. Podríamos hacer una fiesta de pijamas este fin de semana, solo ella y yo. Sin Gia. Sin drama. Dios, eso sería genial. Estar sola ha sido una mierda. Al menos, cuando éramos amigas, tenía a alguien con quien caminar por el pasillo, comer, enviar mensajes en clase. Solo han pasado cuatro días y ya me estoy derrumbando.

—Siento lo de Matt y la fiesta —me dice—. Estaba coqueteando conmigo y no tendría que haberle seguido el juego. Ni siquiera un poco...

Gia interrumpe:

—No es culpa de Dessie que le guste a Matt.

Me hierve la sangre. Me da mucha rabia oír a Gia usar el apodo que le puse a Destany. Me doy cuenta de que no estoy preparada para tener esta conversación... y menos con Gia cerca. Miro alrededor de las chicas, esperando que Carter venga a salvarme de esta espantosa interacción.

—Olvidemos todo el asunto —dice Destany—. Sé que a veces nos dejamos llevar por nuestros sentimientos y tomamos decisiones precipitadas. Podemos volver a la normalidad. Fingir que nunca...

Me voy.

—¡Quinn!

Gia se ríe.

—Ya te lo dije, Dessie. Las amigas de verdad no se separan por un chico. Déjala ir.

Debe de estar gritándolo porque es imposible oírla desde esta distancia, ya que prácticamente estoy corriendo. Varias personas se giran. También han oído lo que ha dicho. Y ahora me están juzgando.

Llego a la clase de Psicología sin mi diario. Llego a Psicología y ojalá tuviera mi diario. Vuelvo a pensar en la noche de la fiesta de Chase. La vuelta a casa fue la peor parte. Tuve que ir sentada sola en la parte de atrás, tratando de no venirme abajo.

Estaba estupefacta. Estaba enfadada. Estaba dolida más allá de lo razonable. Destany y Gia iban riéndose en la parte delantera; al ver que no me reía, Destany se giró.

—Quinn, ¿qué pasa?

No podía hablar. Sabía que, si lo intentaba, estallaría, así que me quedé callada, con los ojos clavados en la ventana.

Carter me manda un mensaje al sonar la campana. **¿Te has olvidado?**

Te veré después de la primera hora.

La señora Henderson cierra la puerta y pone su vídeo favorito de meditación con respiración guiada. Y por una vez, me alegro de la rutina. «Llevad toda la atención a la respiración. Inhalad profundamente... y exhalad. Si brota algún pensamiento, no pasa nada. Dejadlo pasar y volved a concentraros en la respiración».

La mente me va a mil, pero hago lo que dice la señora de voz suave, no me fijo en los pensamientos. Vuelvo a centrar la atención a la respiración. Sin pensar. Sin preocuparme. Solo respirar.

Pero en cuanto terminan los diez minutos, todo lo que he estado reteniendo vuelve a salir. Necesito el diario. No puedo seguir haciendo esto. Me da igual que Gia y Destany estén pululando por la taquilla de Carter. Pienso recuperar mi diario de una manera u otra.

Me paso sudando los cincuenta minutos de clase y, por fin, suena la campana. Vuelvo al ala B, arrastrando los pies, sintiéndome ridícula con este vestido y todo este maquillaje. Veo a Carter en su taquilla. Por suerte, Gia y Destany no aparecen por ningún lado. Tiene la mochila abierta y colgada alrededor del torso. Lleva unos pantalones de chándal negros, una camiseta azul que le marca los bíceps y esas viejas zapatillas deportivas. Se me seca la boca y mis pasos se vuelven más lentos. Es verlo y sentir algo raro en el cuerpo. Es como si me hubiera tragado una pomada de esas de efecto frío y calor.

Creo que es cosa de los nervios. Tengo muchas razones para estar nerviosa ahora mismo, pero ya tengo demasiadas listas en la cabeza.

Cuando me acerco, me echa un vistazo rápido y luego vuelve a mirar el interior de su mochila. Me apoyo en la taquilla de Gia con su libreta casi idéntica en la mano.

—Hola.

—¿Qué pasa? —dice como si tal cosa. Agarra la libreta y la lanza a la taquilla.

Vacilo, no sé cómo empezar.

—Ehm… ¿lo has leído? —Más vale que me lo diga de una vez. No me lo está poniendo nada fácil.

Carter levanta la vista; sus ojos son arrebatadores. Me sostiene la mirada durante un segundo en silencio y, al final, niega con la cabeza.

—*Nop*.

El aliento se me escapa de entre los labios.

—No más allá de la primera página.

Me vuelvo a poner tensa. Uy. La primera página es una lista de tareas, pero no cualquier lista de tareas, sino mi lista de «Cosas que hacer antes de graduarme». Es como una hoja de ruta de todas mis mentiras

COSAS QUE HACER ANTES DE GRADUARME

1. Visitar las dos universidades en las que me han aceptado.
2. Declararle mi amor a Matthew Kadd.
3. Vivir la supuestamente increíble vida nocturna de Austin.
4. Decirles a mis padres que no me aceptaron en Columbia.
5. Visitar a la abuela Hattie.
6. Contarle a Destany la verdadera razón por la que he estado pasando de ella.
7. Esto déjalo para el final. Ya sabes lo que tienes que hacer.

Con los ojos muy abiertos, le pregunto:

—Pero ¿has leído la primera página? ¿Entera?

Sigue rebuscando en la mochila.

—Sí.

Me da vueltas la cabeza con todo este descubrimiento incómodo. Entonces tiene el descaro de decir:

—Sabes que solo nos quedan dos meses antes de graduarnos, ¿no? —Me sonríe—. ¿Cuándo piensas decirles a tus padres que no te han aceptado en Columbia?

A la que me quiero dar cuenta, le estoy apuntando con el dedo en la cara.

—Eso no es asunto tuyo.

—Solo digo que tienes siete cosas por hacer y solo quedan ocho semanas.

Extiendo la mano.

—He venido a por mi diario, no a por tu opinión.

Sonríe socarrón y vuelve a revolver en su mochila.

—Perdona.

—Y te agradecería que te estuvieras calladito.

Tal vez debería pedírselo con más amabilidad... Técnicamente, sigo a su merced, pero no puedo contenerme cuando me mira así, como si fuera una patética niña rica que no podría entrar en las mejores universidades ni aunque su padre donara una biblioteca entera.

—Sin problema. Está claro que no necesitas mi ayuda para hacerte quedar mal.

—¿Qué se supone que significa eso?

Se ríe y eso me cabrea aún más.

—Nada, Hilary. Nada.

Aprieto los puños.

—¿Me puedes devolver mi diario de una buena vez?

He perdido ya la paciencia. En cuanto recupere el diario, pienso añadir su nombre a mi lista de «La humanidad estaría mejor sin...», justo debajo de la salsa ranchera y Nickelback.

—Voy —dice.

Pero sigue revolviendo en la mochila. ¿Por qué no lo ha encontrado todavía? Entonces lo miro y veo que tiene el ceño fruncido.

—Mmm... —digo.

—Solo un segundo. —Se da por vencido, deja la mochila y mira en la taquilla. Con las manos rebusca frenéticamente y los latidos de mi corazón se aceleran de forma exponencial.

Mira hacia atrás y hacia delante y de nuevo hacia atrás. Me están empezando a escocer los ojos.

—¿Lo tienes? —pregunto, con la esperanza de que tenga una estantería oculta o unos bolsillos más profundos de lo que pensaba. Se detiene y se vuelve hacia mí, con los ojos desorbitados. Se me cae el alma a los pies.

—Sé que lo tenía a primera hora —dice, cerrando la taquilla de golpe.

—¿Qué te tocaba a primera hora?

No me responde. Se va, cerrando la cremallera de la mochila sobre la marcha. Yo echo a correr, incapaz de seguirle el ritmo.

—¡Espera!

No me espera. Pero es tan alto que le veo la cabeza por encima de la de los demás. Lo veo acceder al pasillo que conecta el ala B con el ala C; el llamado «BC». Cuando llega, se mete en un aula a la derecha, el laboratorio de Biología de la señora Yates.

Cuando llego al aula casi renqueando, todos los de esa clase están ya en su mesa. Carter está en medio de la puerta. Apenas veo más allá. La señora Yates delante de la clase, escribiendo en la pizarra.

—No he recogido nada —dice—. Clase, ¿alguno de vosotros ha visto un diario al entrar?

Nadie está prestando atención o se preocupa lo suficiente como para responder.

—¿En qué mesa estabas? —pregunto entre resoplidos, tratando todavía de recuperar el aliento.

De nuevo, no me responde. Se dirige a la tercera fila hacia el fondo y se detiene junto a Timothy O'Malley, que lo mira con temor. Carter pone una mano en la mesa y absorbe el espacio de Timmy.

El corazón me late con fuerza y ahoga el bullicio del aula. Cuando Carter vuelve con las manos vacías, le pregunto:

—¿Y? ¿Dónde está?

—Juro que lo tenía en el autobús. —Con la mirada me pide que le crea—. Pensaba que lo tenía a primera hora, pero… —Niega con la cabeza, como si tratara de quitarse la incertidumbre de encima—. Debía de ser el cuaderno de Biología.

—Entonces, ¿qué? —pregunto, con la voz temblorosa. Intento mantener los músculos faciales bajo control. No pienso permitir que me vea llorar a moco tendido. Es algo que jamás me dejaría olvidar.

Carter baja la barbilla para mirarme a los ojos.

—Creo que me lo he dejado en el autobús.

Capítulo 4

LUGARES EN LOS QUE CREO QUE PUEDE ESTAR MI DIARIO

SUENA EL TIMBRE. VOY TARDE.

—¿Que tú *qué*?

—Es algo bueno —afirma.

—¿Cómo va a ser bueno?

—¿Qué hacéis aquí? —pregunta la señora Yates con los brazos en jarra—. Tenéis que ir a clase.

Carter pone los ojos en blanco, me agarra por los hombros y me lleva hasta la puerta de la clase. La señora Yates cierra la puerta detrás de nosotros.

—¿Cómo va a ser bueno que hayas perdido mi diario?

—No es bueno que lo haya perdido, pero sí que ocurriera en el autobús. No conoces a nadie que vaya en el bus —supone—, por lo que, si alguien lo encuentra, no le importará una mierda lo que lea.

—Es verdad, pero, aun así, sigo sin él.

—Sí, pero… —Se encoge de hombros.

—Ese diario contiene hasta el último detalle de mí. Sin él, no sé quién soy.

Me mira como si estuviera loca.

—Tú eres tú. ¿Por qué necesitas un manual para ser tú?

—No es un manual. Es una… —Intento pensar en una palabra más adecuada para definir mis listas—. Es como mis raíces; no me dice dónde voy, sino de dónde vengo.

—Vale, entonces empieza otro.

Lo miro, perpleja.

—No puedo hacer uno nuevo y ya.

—¿Qué pasa aquí? —pregunta el director Falcon a nuestras espaldas.

—Solo hemos venido a clase, señor. —Carter da un paso atrás, con su mirada clavada en mí—. Hasta luego. —Entonces se gira y se apresura hacia el ala C.

Aprieto los labios. Todo esto ha sido una pérdida total de tiempo. Mi diario ya no está, lo he perdido para siempre. No me había preparado para esta posibilidad. Siempre pensé que cuando estuviera lo bastante loca como para deshacerme de él, ya habría encontrado otros métodos de supervivencia.

Me doy la vuelta, haciendo un esfuerzo por no romper a llorar. El director Falcon me mira y se le suaviza la expresión.

—¿Todo bien, Jackson?

—Sí, director. —Paso rápidamente por su lado hasta llegar a la clase de Cálculo, donde me ponen un retraso y recibo una mirada fulminante del señor Foster. Entonces, me siento y me niego a tomar apuntes.

Carter piensa que puedo elaborar otro diario de listas. En un instante, todas pasan por mi cabeza: «Qué hacer antes de graduarme», «Qué comprar para mi habitación/piso de la universidad», «Qué tirar cuando me mude». Y mis guías básicas: «Cómo leer el lenguaje corporal», «Cómo hacer nuevos amigos, «Cómo perdonar y olvidar». Estas últimas no las domino mucho. Mis libros favoritos, películas favoritas, calles que más me gusta cruzar a toda velocidad con las ventanillas bajas. Los mejores y los peores días de mi vida; los más gloriosos. Y luego están las más variopintas, «El cajón de sastre». Es probable que esta sea la parte más irremplazable.

Me pregunto dónde estará mi diario. Quizá esté abandonado en el asiento que Carter ocupaba en el autobús, ya que a nadie le interesa lo suficiente como para tocarlo. Puede que el conductor lo encuentre al final del trayecto y lo tire a la basura. O tal vez lo lleve a objetos perdidos.

Pero ¿qué pasará si a alguien le interesa lo suficiente como para tocarlo? Quizá a un universitario sexi. Leerá las siete cosas que tengo que hacer antes de graduarme. Sabrá que estoy enamorada de un chico llamado Matt. También, que no me han aceptado en Columbia y que mis padres todavía no lo saben. Verá que me he negado a hablar con una chica llamada Destany. Descubrirá que soy un desastre.

Entonces, puede que se aburra de mi lista de cosas que hacer y deje el diario a manos del siguiente pasajero. Es posible que muchos desconocidos lean mis listas. O que no las lea nadie.

LUGARES EN LOS QUE PUEDE ESTAR MI DIARIO

1. En el asiento del autobús en el que se sentó Carter.
2. En la caja de objetos perdidos de la terminal del autobús.
3. En casa de un pasajero.
4. Puede que el pasajero sea el chico sexi y después de leer mi diario se haya enamorado de mí. Ahora, me está buscando.
5. En la cafetería en la que el chico sexi está pidiendo un café grande con leche de soja y doble de vainilla con un chorro de caramelo, porque ha leído la lista de mis combinaciones de café favoritas; de la mejor a ni fu ni fa.
6. En la mochila de Carter, pues es Satanás y quiere ver mi mundo arder.

Mi móvil vibra sobre la mesa. De espaldas a mí, el señor Foster señala unos símbolos inentendibles en la pizarra digital. Abro el mensaje, escondiendo el móvil debajo del pupitre. Entonces, todo a mi alrededor se vuelve borroso, excepto las tres palabras que aparecen en la pantalla: **Tengo tu diario.**

Comienzo a respirar con dificultad y me tapo la boca.

El señor Foster se gira y clava su mirada en mí. También el resto de la clase.

—¿Pasa algo, señorita Jackson? —pregunta.

Niego con la cabeza con la boca bien cerrada. Entonces, se gira de nuevo hacia los garabatos de la pizarra. Tendría que estar tomando apuntes. Ya voy demasiado perdida en esta clase, pero no puedo mirar más allá de la carita sonriente dibujada a mano en la foto de perfil. ¿Quién será? ¿Alguien que encontró mi diario en el autobús? ¿El chico sexi de mis sueños? ¿Carter?

Le escribo: **¿Puedes devolvérmelo, por favor? ¿Dónde quedamos?**

Me muerdo la parte inferior del labio y espero, mirando la calva de la parte posterior de la cabeza del señor Foster.

Escribiendo…

Todavía no. Primero tengo una condición.

¿Qué condición? Escribo a toda prisa: **¿Quién eres y qué quieres?**

Apoyo los codos sobre la mesa, entrecruzando los dedos y acariciándome la barbilla.

Mi móvil vuelve a vibrar y casi se me cae al intentar agarrarlo del regazo. **Quiero que cumplas esta lista.** Entonces, aparece la imagen de mi propio escrito.

COSAS QUE HACER ANTES DE GRADUARME

1. Visitar las dos universidades en las que me han aceptado.
2. Declararle mi amor a Matthew Radd.
3. Vivir la supuestamente increíble vida nocturna de Austin.
4. Decirles a mis padres que no me aceptaron en Columbia.
5. Visitar a la abuela Hattie.
6. Contarle a Destany la verdadera razón por la que he estado pasando de ella.
7. Esto déjalo para el final. Ya sabes lo que tienes que hacer.

Me quedo boquiabierta. *Carter*. Por la forma en la que ha estado insistiendo que cumpliera esta lista. «Tienes siete retos y solo ocho semanas por delante». Se me acelera la respiración. Voy a matarlo. No, no; mejor destruiré todo aquello que le importe.

Devuélveme mi diario, eres un puto imbécil. ¿Crees que no sé que eres tú, Carter?

Veo que está escribiendo. **Completa la lista o todo el mundo verá tu diario.**

Hazlo. Ten cojones. Te destrozaré.

Cuando suena el timbre, voy directo a la oficina del director. Carter va a desear no haber tocado mi diario. ¿No sabe que mi madre es abogada? Como algo de ese diario salga a la luz, su futuro habrá terminado.

El móvil me vibra en el regazo.

No deberías provocarme así.

Entonces, vibra de nuevo, pero no es un mensaje. Alguien me ha etiquetado en una nueva publicación.

Capítulo 5

CINCO MENTIRAS QUE LA GENTE PIENSA SOBRE MÍ

CINCO MENTIRAS QUE LA GENTE PIENSA SOBRE MÍ

1. Me parece bien que mis amigos blancos digan «negrata» a mi alrededor.
2. Me alejé de Destany porque Mattew Radd coqueteó con ella.
3. Entré en Columbia gracias a la discriminación positiva.
4. Fue «más fácil» pasar de Destany porque yo entré en Columbia y ella no.
5. Que me han aceptado en Columbia, para empezar.

No soy la única persona etiquetada en la foto. Todos los de la clase y del instituto están etiquetados. Oigo cómo les vibran los móviles al mismo tiempo y veo cómo leen mi lista debajo de la mesa.

Entonces levantan la cabeza, uno a uno. Kaide, Lucy, Macy y Trish me miran como si fuera su desayuno. Ayer era una de ellas, una estudiante de una prestigiosa universidad. Ahora solo soy una fracasada mentirosa.

Cuando suena el timbre, sé que debería correr al despacho del director, pero estoy pegada al asiento. Me rodean como una manada de hienas.

—Entonces, ¿es verdad? —pregunta Kaide, que va a ir a Harvard—. ¿De verdad no has entrado en Columbia?

Me tiemblan los labios. No me siento preparada para reconocerlo hoy. Apenas he podido reconocérmelo a mí misma. Creo que todos estos meses de mentiras me han hecho creer que me habían aceptado. Eso, más los años que mis padres han estado preparando mi vida en Nueva York, como si me hubieran aceptado ya al nacer.

Lucy, que irá a Princeton, niega con la cabeza, mientras que Macy y Trish, las de Dartmouth, se ríen.

—¿Qué ha pasado? —pregunta Kaide—. ¿La discriminación positiva no ha sido suficiente?

Me quedo helada. Las dos de Dartmouth se ríen, pero Lucy se queda estupefacta.

—Eso es racista.

—¿Cómo va a ser racista? Solo es una pregunta. ¿No es para eso la discriminación positiva? ¿Para darles oportunidades a los no blancos precisamente por no ser blancos?

No sé ni cómo me siento ahora mismo. Avergonzada, seguro, pero abochornada por no abrir la boca y decirle lo mucho que tuvieron que trabajar mis padres para hacerse respetar entre gente blanca mucho menos cualificada.

No. Dejé que se fueran con esas ideas en la cabeza, como siempre. Levantar la voz contra el racismo cuando eres la única chica negra de la clase no me parece buena idea, sobre todo dadas las circunstancias: a todos los han aceptado en universidades prestigiosas mientras que yo soy la chica negra que mintió sobre el asunto.

Me vibra el teléfono en el regazo. Me da miedo ver qué más tiene Carter reservado para mí. **Como acudas al director, enviaré esta lista a tus padres.**

Pues mira, ¿sabes qué? Que no. Que paso de ir al director. Me encargaré yo misma. Me arde la mano de las ganas que tengo de darle una bofetada desde que «perdió» mi diario.

Salgo corriendo de la clase del señor Foster rodeada por un mar de miradas prejuiciosas. Como si fueran maniquís, giran la cabeza cuando me ven correr por el pasillo en busca de Carter. Cuando llego al ala C, veo su cabeza por encima de la de los demás. Entrecierro los ojos y, por desgracia, se me humedecen otra vez. Estoy muy enfadada. Y cuando me enfado así, lloro. Y si dejo que llegue demasiado lejos, lloro a moco tendido. Y eso es lamentable.

Llego hasta él y le tiro del brazo para que se gire y me mire. Tiene la boca abierta de par en par. Lo agarro por el cuello de la camisa y hago que se agache para ponerlo a mi nivel.

—Oye, pero ¿qué…?

—Devuélveme el diario antes de que te arruine la vida —le espeto casi entre dientes.

—¿De qué estás hablando? —Busca mi mirada con el rostro a escasos centímetros del mío.

—¡Sé que eres tú quien me está chantajeando!

La gente nos mira, pero me da igual.

Carter me quita los dedos del cuello y se endereza; al estirar la espalda es mucho más alto que yo.

—¿Que yo te chantajeo?

Me molesta que no quiera reconocerlo. Ya ha aireado a todo el instituto que me han rechazado en Columbia. ¿Es que no ha hecho suficiente?

Con las manos me presiono el esternón.

—¿Qué he hecho para merecer esto?

Mira alrededor del pasillo, luego baja la barbilla y la voz.

—Dime de qué estás hablando.

Saco el teléfono y le pongo la publicación en las narices.

Mira mi lista de mentiras como si fuera la primera vez que la ve.

—¿Quién ha publicado esto? —Se saca el móvil del bolsillo—. Espera, ¿eso es lo que todo el mundo estaba mirando en clase?

—¡Como si no lo supieras!

Abre la notificación del posteo.

—Hola, señorita Columbia —dice Darla Mason con una sonrisa de suficiencia al pasar por nuestro lado.

Se me acelera el corazón. Todo el mundo sabe lo de Columbia y está claro que se lo contarán a sus padres. Y los míos no tardarán en enterarse.

—Quinn —dice y recupera mi atención—, ¿crees que es cosa mía?

—No lo creo, lo sé. —Me río—. Devuélveme el diario de una vez y déjame en paz.

Suena el timbre que marca los retrasos. Vuelvo a llegar tarde.

—Mira, tengo que ir a clase. —Da un paso atrás—. No he sido yo, ¿vale? Lo juro, no es cosa mía. —Entonces se da la vuelta y me deja sola ante el desastre.

Y una mierda que no ha sido él. Y si es cierto que no ha sido él, entonces es algún anónimo cruel que lo ha leído todo sobre mí, está secuestrando mis secretos y me está obligando a apretar el gatillo antes de que lo hagan ellos. Un anónimo cruel es mucho más intimidante que Carter, así que no creo que sea una opción. Es Carter, tiene que ser él. Por favor, que sea él.

Comparto la tercera hora con Destany. Seguro que ella y Gia están disfrutando de lo lindo. Aunque ella me hiciera daño el fin de semana pasado, yo le he estado mintiendo durante meses sobre Columbia. No puedo enfrentarme a ella, así que salgo corriendo del instituto, hacia la parte trasera del edificio.

Las puertas dan a una colina cubierta de hierba con un roble al pie de la pendiente. A lo lejos, el pasto está bordeado por una valla de madera rodeada de árboles y densos matorrales y, ahora mismo, también envuelta en una niebla baja y espesa. Me dirijo hacia allí y me imagino trepándola y abriendo camino a través de la maleza como los senderos de la casa de Hattie, que recorría con ella montadas en su Gator.

Levanto la vista al cielo gris. Una pequeña parte de mí deseaba que lloviese, pero la otra parte sabe que eso me vendría fatal para el pelo. En ese momento, eso no me habría detenido y menos aún a Hattie.

Una vez a los quince años, iba conduciendo hacia el arroyo escondido en lo profundo del bosque detrás de su casa. El cielo se llenaba de nubes grises y negras, y entonces le pregunté:

—¿Y si llueve mientras estamos aquí? ¿Qué pasa si el Gator se queda atascado y nos quedamos embarrancadas aquí sin comida y sin agua y sin móviles?

—Si nos quedamos embarrancadas, te enseñaré a desembarrancarnos —me dijo la abuela.

Pero, en aquel momento, se encorvaba cuando se ponía de pie y tenía que agarrarse a la barandilla para bajar los escalones. No pude evitar preguntarme cómo demonios iba a enseñarme a desembarrancar el tractor si apenas podía bajar del porche sola.

Me quejé cuando las gotas de agua empezaron a caer en el parabrisas.

—Hattie, tendríamos que volver.

—Ven aquí, ratoncita —dijo, usando el diminutivo aunque fuera el doble de grande que ella —. Ha sido idea tuya lo de ir a nadar, ¿no?

—Sí, pero era una idea, nada más. No me refería a arriesgarlo todo para dar unas brazadas.

Me pasó el pulgar por la mejilla mientras yo accedía al sendero que llevaba a la poza.

—Cariño, eres demasiado joven para llevar tanto cuidado con las cosas.

—Y tú eres demasiado mayor para ser tan descuidada —murmuré.

Ella me pellizcó el brazo.

—Te he oído. —Se rio mientras yo fruncía el ceño, frotándome el brazo donde me había pellizcado—. Si todavía puedo moverme, ¿para qué voy a estar quieta? —Ese era siempre su razonamiento cuando mis padres y yo tratábamos de frenarla.

Y yo pensé: *Si todavía puedo moverme, ¿para qué voy a estar quieta?* Tal vez porque me da demasiado miedo moverme. Porque si me muevo, la gente podría verme. Porque quedarse quieta es más fácil.

Hattie no hacía las cosas de forma fácil. Si alguien le robara el diario y la amenazara con airear todos sus secretos, ella... *Mierda*, Hattie no tenía secretos. Y si los tuviera, no dejaría que nadie los usara en su contra. Gritaría la verdad por los pasillos y luego destruiría a Carter Bennett.

Pero yo no tengo ese valor. Cuando suena el timbre que indica el inicio de la cuarta hora, no me muevo. Me quedo fuera y dejo que la humedad me erice todo el pelo. Y sé que no debería, pero no puedo evitarlo. Echo un vistazo al posteo de Instagram.

Gia fue la primera en comentar: **¿Así que esta inútil ni siquiera ha entrado en Columbia? Me parto.** El comentario tiene treinta y cinco «Me gusta».

Kaide, futuro alumno de Harvard, ha comentado a continuación: **Probablemente debería dejar de cantar Drake y Vontae y DaBaby y, literalmente, todos los raperos cuando estoy cerca de ti. ¿Qué te hace tan especial?**

Al parecer, tienes que pedirle permiso para tener gusto musical, solo porque es negra.

Ni siquiera la discriminación positiva puede compensar lo tonta que eres.

Nada de Destany.

El césped está mojado, así que me siento sobre la mochila. Me apoyo sobre las manos con las piernas cruzadas, mirando más allá de la valla de madera. Podría quedarme aquí fuera para siempre, saltarme la graduación, no ir nunca a la universidad, ni tener que enfrentarme a mis padres, ni a Destany, ni a Hattie.

Me vibra el móvil a la hora del almuerzo. No quiero mirarlo, no mientras estoy en mi espacio seguro, pero no puedo evitarlo. Carter pregunta: **¿Dónde estás?**

Dejo el teléfono. Estoy cansada. Nada tiene sentido. Estoy planteándome muy seriamente saltar la valla y huir para siempre. Pero vuelvo a agarrarlo y envío un mensaje: **Fuera.**

Al cabo de un minuto, oigo que la puerta se cierra detrás de mí. La niebla se ha disipado, aumenta el calor de la tarde y me quema la piel.

—Hola —dice apoyando la espalda en la valla frente a mí.

No levanto la vista.

—No he sido yo quien ha publicado tu lista.

Alzo la mirada.

—¿De verdad? —Sonrío. Luego agarro el móvil y abro el hilo entre el chantajista y yo—. ¿Así que esta persona no eres tú?

Se agacha y toma el teléfono, lee los mensajes y cada vez frunce más el ceño.

—Has insistido mucho al animarme a completar esa lista. —Me rio—. ¿Me estás diciendo que todo esto es una coincidencia?

—¡Sí! Joder, pues claro.

—Si no eres tú, ¿quién es? —pregunto.

—¡Yo qué sé! Pensé que me había dejado el diario en el autobús, pero ya veo que no. Seguro es alguien que va a la clase de primera hora, con la señora Yates.

Vuelvo la vista al bosque porque sigo pensando en saltar la valla. Todo esto me supera.

—No me crees, ¿verdad? —pregunta.

—No. Creo que estás compinchado con alguien.

—Quinn, ¿por qué iba a hacer algo así?

—¡Porque sí! —le espeto—. Al parecer, tenías mucho que decir sobre mi admisión en Columbia, sobre lo rica que soy y que no me hace falta hincar tanto los codos como tú. Y ahora que sabes la verdad…

Se le suaviza la expresión.

—Mira, yo nunca haría algo así. No me importas tanto ni tú ni tu futuro.

Eso duele. Me lo dice para consolarme, lo sé, pero escuece.

Mi teléfono vibra en su mano. El rostro se le vuelve sombrío mientras lo mira.

—Y es evidente —dice, mientras me lo devuelve— que es imposible que yo te haya enviado este mensaje ahora mismo.

Sujeto el móvil y leo el mensaje nuevo: **Como no hagas algo de la lista de tareas para mañana a medianoche, publicaré otra de tus listas.**

Vuelven las lágrimas a mis ojos y me tiemblan los labios.

—Por favor, dile a tu cómplice que pare —le ruego—. ¿Qué te he hecho? Por favor, Carter.

—Te estoy diciendo que no soy yo. —Mete las manos en los bolsillos—. Mira, créete lo que quieras. —Y entonces salta la valla—. Disfruta del chantaje.

Se va, y con los ojos llorosos vuelvo a mirar el mensaje. Cuando escribí esa lista, lo hice en un intento de desahogarme. Todo me reconcomía. No tenía intención de llevarla a cabo, porque no puedo; literalmente, no puedo.

Y ahora me veo obligada a hacerlo.

Es como si un globo se inflara dentro de mí y me absorbiera todo el aire. Como si mirase donde mirase, todo estuviera en llamas, pero no tengo a nadie que me ayude. Todo esto me supera. Me llevo las manos a la cara, pero no puedo contener el torrente de lágrimas que brota de mis ojos.

Algunas chicas lloran y es fácil sentir pena por ellas. Los párpados se les agitan como preciosas mariposillas y las lágrimas les resbalan por las mejillas. Pero yo no. Yo lloro a moco tendido y es horrible. Las lágrimas salen a borbotones como de una boca de incendios rota. Los gruesos labios se me estiran y extienden por la cara y me sale saliva por ambas comisuras. La piel se me arruga y se frunce; se me hinchan los ojos. Sería un pecado que alguien me viera así.

Me quedo ahí sentada un rato y me salto varias clases más, dejando que el viento me seque la cara. No me como el almuerzo que me he preparado esta mañana. No me veo con ánimo de comer ahora mismo.

Si la abuela Hattie estuviera todavía en casa, me subiría al coche y conduciría los cuarenta y cinco minutos hasta su propia casa. Me cambiaría esta estúpida ropa por los pantalones y las botas de trabajo. La ayudaría a plantar semillas en el huerto y a quitar las malas hierbas. Eso me apaciguaba siempre la mente, el estómago y el corazón. Lo que daría por poder hacer eso ahora mismo…

Cuando suena el timbre que indica la séptima hora, echo un último vistazo a los árboles que me rodean y me pongo de pie.

Capítulo 6

SI PUDIERA CAMBIAR UNA COSA DE HOY

COMPARTO LA CLASE DE HISTORIA DEL SEÑOR GREEN con Destany y Matt y, por supuesto, Carter. Está abocada al desastre. Voy al baño, agarro una toallita desmaquillante y me limpio el maquillaje corrido de la cara. Me miro. Parezco *cabreada*.

Cuando entro por la puerta, Auden ya está sentado, pero la silla de Carter está vacía. Entonces mi mirada se cruza con la de Destany. Parece confundida. Se pregunta si lo de Columbia tiene algo que ver con mi comportamiento actual. Le alivia que no sea parte inocente en nuestra situación.

Antes de sentarme, el señor Green me detiene.

—¿Estás bien, Quinn? —Parece preocupado.

Bajo la mirada hacia las baldosas del suelo y luego la vuelvo a alzar.

—Sí, estoy bien. —Espera, ¿sabrá también lo de Columbia?

—Parece como si hubieras estado llorando —dice en voz baja.

Lo que me faltaba. Tiene una relación estrecha con mis padres; tanto es así que no me extrañaría que los tuviera como contactos favoritos en la agenda del móvil.

—No, no, es por la regla —digo para tranquilizarlo.

Entrecierra los ojos; no está muy convencido.

—Estoy bien. —Hago un gesto con la cabeza, tomo asiento con miles de ojos clavados en la espalda e intento no sudar a mares. Ni siquiera dos segundos después, alguien se sienta a mi lado, pero sé de inmediato que no es Carter.

Levanto la mirada y veo los ojos azules de Matt.

—Quinnly —dice—. ¿Dónde te has metido hoy?

¿Ha estado buscándome?

—Escondiéndome.

—¿Estás bien?

El hecho de tenerlo a mi lado hablándome después de lo de Columbia me hace sentir mejor. Asiento y me muerdo el labio.

Me analiza como si quisiera averiguar por qué he mentido y en qué más lo habré hecho.

—¿Cuándo pensabas decírmelo? —Arruga la frente y me pellizca la mejilla.

Sonrío.

—Nunca.

Por detrás se oye un carraspeo. Carter mira fijamente los dedos de Matt en mi mejilla. Parece un poco enfadado, pero no tanto como yo.

—Ah, lo siento, Carter. —Matt me suelta la cara y se aparta corriendo de la mesa, aunque me sostiene la mirada—. ¿Nos vemos en la base esta noche?

—Perfecto —digo agradecida. Él es mi único aliado en este dichoso instituto.

Carter se sienta a mi lado, pero no me mira.

—El examen empezará cuando suene el timbre —dice el señor Green.

Se me para el corazón. Anoche no estudié. Estaba demasiado ocupada preguntándome si Carter tenía mi diario. Abro el libro de texto e intento absorber hasta la última palabra, pero los detalles se van fundiendo como la mantequilla al sol. Y entonces suena el timbre.

—Oye, ¿estás bien? —Carter me mira con las cejas arrugadas, como si de verdad le importara.

—¿Y a ti qué más te da? Me va mal en todas las clases, ¿no? Qué importa otro suspenso, ¿verdad? —Pero las notas que saco en esta asignatura son más altas que las demás… y tampoco son para tirar cohetes. Lo que me faltaba…

El señor Green reparte los exámenes y luego pone el cronómetro. Cuando le doy la vuelta al examen, me invade el miedo. No me sé nada. Los tres minutos se me pasan volando y, cuando suena la alarma, me quedan tres preguntas por contestar: será un siete automático, eso si no me he equivocado en ninguna de las otras siete.

Nunca he sacado menos de Sobresaliente en estos exámenes. Es increíble cómo desde que ha entrado Carter a mi vida se me ha jodido todo en menos de veinticuatro horas.

Una vez entregados los exámenes, el señor Green recoge los deberes de ayer y reparte los de hoy.

—Os paso una lista de películas de JFK con un breve resumen de cada una. Al final de la clase, haré un sorteo y cada grupo elegirá tres DVD para llevarse a casa y verlos durante el fin de semana.

—Señor Green, ¿y si rompemos sus DVD? —pregunta alguien de atrás.

—Si los rompéis, me compráis otros.

—Señor Green, ¿y si no tenemos reproductor de DVD porque esa tecnología es del siglo pasado?

Toda la clase se echa a reír, incluido el señor Green.

—Mikey, seguro que alguien de tu grupo tendrá un reproductor de DVD.

Mikey se queja.

—Es usted muy optimista, me parece.

—¡Venga! Se acabaron las preguntas. Poneos a trabajar.

De inmediato miro a Auden y le digo:

—Quiero ser Kennedy, pero creo —señalo a Carter— que él debería interpretar a Oswald.

Carter se ríe.

—¿En serio, Quinn?

—¿Qué conspiración usamos para nuestro guion? —pregunto a Auden y solo a Auden.

—Creo que fue la CIA.

—¿En serio? Yo pienso que fue Cuba.

—A mí me da que fue Johnson —dice Carter.

—Entonces, la cosa está entre Cuba y la CIA —digo como si no existiera.

Carter se gira y me fulmina con la mirada.

—Será más fácil encontrar pruebas para la teoría de Johnson.

—Eso es verdad —dijo Auden.

Me echo hacia atrás en la silla y me cruzo de brazos.

—No estoy de acuerdo.

—¿Y tú, Quinn? ¿O solo estás enfadada por tu diario?

—Estoy furiosa por lo del diario. Y también creo que no tienes razón.

—No voy a dejar que me bajes la media por estas tonterías.

—¿Bajar tu nota media? ¿Yo? —Me giro hacia él—. Si lo único que haces en clase es calentar la silla…

—Creo que no te conviene seguir por ahí, señorita Columbia. —Me sonríe de manera burlona y entrecierro los ojos—. Para ya. No pienso soportar esto todo el mes.

—Pues pide que te cambien de grupo —le suelto.

—Ya lo he intentado. El señor Green no nos deja.

Cierro la boca. ¿Ya lo ha pedido?

—Chicos —dice Auden—. ¿Va todo bien?

No le hacemos ni caso.

—La que debería cambiarse de grupo soy yo: soy la única que tiene que trabajar con la persona que me está arruinando la vida.

Carter exhala por la nariz.

—Por el amor de Dios, Quinn, pero si estaba ahí contigo cuando llegó el mensaje. ¿Cómo demonios iba a ser yo?

—Porque tienes un cómplice.

Niega con la cabeza y luego se asoma una sonrisa a sus labios.

—Me halaga que pienses que soy tan calculador, pero, como ya te he dicho, no me importas ni tú ni tus problemas.

—Si no te importan, ¿por qué tuviste que meterte en mis asuntos, al decir que no podría entrar en Columbia sin que mi padre donara una biblioteca?

Se ríe.

—Está claro que tenía razón.

—¡Pero no era asunto tuyo!

—Chicos… —susurra Auden, apurado.

Ninguno de los dos aparta la mirada.

—Así que ahora te dedicas a publicar mi diario y a chantajearme para que les cuente a mis padres lo de Columbia. Eres cruel, Carter Bennett.

—Madre mía… —Da una palmada, frustrado—. ¿Qué tengo que hacer para que dejes ya el tema?

Me burlo.

—Ah, pues no sé… ¿Devolverme el diario?

—¿Cómo voy a devolvértelo si no lo tengo?

—¡Ya vale! —Auden da un golpe a la mesa. Nos giramos para mirarlo, asustados—. No sé qué está pasando entre vosotros dos, pero desde que hemos empezado a trabajar juntos no ha habido más que drama. —Señala la lista de películas con los dedos—. Mirad, después de clase, como si os arrancáis la cabeza, me da igual, pero mientras estemos aquí, ¿podemos concentrarnos, por favor? —Cuchichea la última parte como una madre regañando a su hijo de cuatro años en el supermercado.

Carter se frota la frente y suspira. Luego me mira con las cejas enarcadas, preguntando en silencio si estoy preparada para comportarme, como si yo fuera la problemática. Y me cabrea, porque ¿qué se supone que puedo hacer? ¿Ha olvidado que mi vida se desmorona ante mis ojos?

El aire entra y sale de mis fosas nasales, pero no me llega del todo a los pulmones. Estoy tan cabreada y apenada que noto que se me inundan los lagrimales otra vez. Siento que voy a explotar sin mi diario para anotar todas las cosas que me preocupan.

—Has perdido mi diario. —Las palabras me salen a borbotones y no puedo parar—. Por tu culpa, algún lunático tiene acceso a mis listas más íntimas. ¡Y ni siquiera me has pedido perdón! Ahora todos saben lo de Columbia. Ahora alguien me está chantajeando para que se lo cuente a mis padres. Y puede que ese alguien no seas tú, pero si no eres tú, no sé por dónde empezar a buscar. Así que sí, te culpo a ti —le espeto—. Te culpo porque ya no sé qué más hacer. Mi vida entera se está yendo a la mierda.

—Lo siento —dice Carter.

Me bloqueo, aturdida. *Espera, ¿qué?*

—Tienes razón, perdí tu diario. Nada de esto habría pasado si lo hubiera guardado bien. —Baja la mirada y suspira—. Joder. —Luego mira a Auden antes que a mí—. ¿Y si te ayudo a encontrarlo? Así te convencerás de que no soy yo y zanjaremos el tema de una vez por todas.

Aprieto los labios con fuerza, sorprendida por haberme expuesto así… pero aún más sorprendida de que se haya disculpado. Entrelazo las manos en la mesa; no quiero reconocer lo mucho que me gustaría que me ayudara y lo aliviada que me sentiría.

Extiende la mano y me toma desprevenida.

—¿Trato hecho? —pregunta.

Reflexiono, mordiéndome el labio. Quiero que me ayude, pero ¿y si es él quien me está chantajeando? Supongo que no hay razón por la que no pueda trabajar con Carter, aunque siga sospechando de él. «Mantén a tus enemigos cerca» dicen, ¿no? Así pues, le estrecho la mano.

—Pero esto no significa que confíe en ti.

—No tienes por qué —dice.

Entonces ambos nos giramos para mirar a Auden.

—Entonces, ¿qué? —Nos mira a los dos, indeciso; no sabe qué acaba de presenciar—. Si optamos por la teoría de Johnson, creo que deberíamos dar prioridad a la película *JFK* de 1991.

SI PUDIERA CAMBIAR UNA COSA DE HOY, DESDE LO QUE MENOS HUBIESE DESEADO A LO QUE MÁS

1. Llevar este vestido tan extravagante y estos zapatos que me están matando.
2. Saltarme tantas clases.
3. Dejar que Destany y Gia me impidieran recoger el diario antes de la primera clase.
4. No ir a por Carter en cuanto pisó el insti para recuperar el diario.
5. No haber caído en quedar con él en la parada del bus. O llevarlo yo misma al insti esta mañana.
6. Provocar al chantajista para que divulgara mi lista.
7. Haberme levantado de la cama y venir al insti, para empezar.

Capítulo 7

CÓMO RESOLVER EL CASO DEL DIARIO PERDIDO

LLEVO A CARTER HASTA DONDE TENGO EL MERCEDES aparcado. Lanzo la mochila a los asientos de atrás y me siento delante junto a él. Su aroma se esparce por mi coche y me cuesta controlar la atracción que siento por él y ser racional. Enciendo el motor, pongo el aire acondicionado a tope con la esperanza de disipar este aroma y bajo las ventanillas por si acaso.

Carter se queda sin palabras cuando ve la pantalla táctil de mi coche.

—Colega, esto es… —Se mete en Apple Music, pero no pone ninguna canción—. Tiene que ser grandioso tener un coche así a los dieciocho. —Me mira totalmente serio. No me vacila. No está de broma.

Yo me giro y me froto la nuca.

—Fue un regalo por haber entrado en Columbia.

Se queda callado durante unos instantes.

—Debe de haber sido difícil.

—Pues sí —respondo mirándolo—. Ponte el cinturón, por favor.

Se ajusta el asiento para no clavarse las rodillas en la guantera ni golpearse la cabeza contra el techo. Entonces me acuerdo de que la última que se sentó ahí fue Destany cuando fuimos a la biblioteca la semana pasada después de clase para «ir a por libros». Pero en realidad ella buscaba una excusa para ligar con el chico del mostrador.

Carter se pone por fin el cinturón. El aparcamiento sigue abarrotado cuando dejo libre la plaza donde estaba. Matt se sube de un salto a su camioneta diésel mientras paso por delante de él. Se asoma por la puerta de la camioneta y se fija en el asiento del acompañante donde está sentado Carter y yo casi choco con el coche de delante por quedarme mirándolo también.

—Si estás intentando matarme… —dice Carter girándose hacia mí con los ojos de par en par tras el frenazo que he pegado.

—No.

—Quizá no matarme, pero asustarme un poco…

—Si te has montado en mi coche es por algo, así que manos a la obra.

Matt sale del aparcamiento justo detrás de mí. Casi alcanzo a oír el ruido de su camioneta. Lo noto, incluso. Al mirar por el retrovisor central, tengo la sensación de que me observa, pero sé que no puede vernos a través de los cristales tintados de mi coche. Me incorporo a la autovía y subo las ventanillas. Matt nos sigue de cerca.

—Bueno, echémosle un vistazo al perfil —dice Carter.

Matt no deja mucha separación entre su vehículo y el mío. No parece que quiera dejar que otro se meta en medio. Cuando llegamos al primer semáforo de la larga carretera, lo observo por el retrovisor, pero tiene el parasol bajo, así que no le veo bien la cara.

—La imagen está borrosa, solo se ve una cara sonriente. ¿Te suena esto? —continúa.

Matt levanta un poco el parasol, como si intentara ver qué pasa dentro de mi coche.

—Eh…, ¿Quinn? —dice Carter girándose hacia mí.

Dejo de mirar el retrovisor.

—¿Qué pasa?

—¿Qué estás...? —Carter se gira y observa la luna trasera del coche. Luego me mira con el ceño fruncido—. Ya veo que tu novio nos sigue.

—No es mi novio.

—Deberías decirle lo que sientes por él —me dice, bromeando—. Me he fijado en cómo te miraba en la clase del profesor Green. Está claro que tú también le gustas.

Suspiro y piso el acelerador cuando veo que el semáforo está verde.

—Así es Matt. Un día está tonteando conmigo y al otro ya tiene una novia nueva.

—Eso es porque cree que siempre vas a estar ahí para él. —Pone el codo en el apoyabrazos—. Queda con otros tipos. Que vea que tienes más donde elegir. Ponlo celoso.

Me quedo mirando a Carter y luego desvío la mirada a Matt, que está detrás de nosotros, y empiezo a pensar que ha estado siguiéndonos desde que hemos salido del aparcamiento.

—Pero no me uses a mí, ¿eh? —dice—. Que yo estoy aquí por otra cosa. ¿Te acuerdas?

—No recuerdo haberte dicho nada.

—Te lo veo en la mirada, Jackson. —Sonríe—. Lo siento, pero no me interesas de esa manera.

—A mí tampoco me interesas tú.

—¿Estás segura?

—Segurísima. Ni un poco. —Aun así, mi diario está lleno de listas que indican lo contrario. Entonces me doy cuenta de que, si Carter es quien me está chantajeando, ha tenido que leerlas y sabe perfectamente lo sexi que pienso que es. Así que intento ponerlo a prueba.

—¿Qué te hace pensar que miento? —le pregunto.

Me dedica una sonrisa burlona y señala el semáforo, que se ha puesto en verde.

—No sé, quizá sea el hecho de que te pesqué mirándome unas diez veces ayer.

Me pongo roja como un tomate y piso el acelerador tan a fondo que damos una sacudida hacia delante.

—No estaba... —Diez veces no, pero tres y media... cuatro como mucho—. Tenías algo en la cara.

—¿Algo en la cara? —Él se ríe, echando la cabeza hacia atrás.

—Sí. Tenías... algo.

—Y tanto. Llevo la palabra «sexi» escrita por toda la cara.

Será presumido...

—¿Por qué estamos hablando de esto? Solo te he dejado subir a mi coche porque quiero descubrir quién es la persona que me chantajea.

—¡Y en eso estaba! Te he hecho una pregunta, pero tú estabas demasiado pendiente de tu chico.

—Vale, continúa —contesto, mientras vamos dirección a mi calle.

Veo a Matt disminuyendo la velocidad y girando la calle. Me pregunto si piensa a dónde estamos yendo Carter y yo. Puede que Carter tenga razón. Quizá no sea mala idea demostrarle a Matt que tengo más opciones donde elegir, aunque Carter claramente no es una de ellas.

—Ehm..., ¿Quinn? —pregunta Carter girándose hacia mí.

—¿Eh? ¿Qué?

—¿En serio? Dices que soy yo quien se tiene que centrar, pero tú no puedes ni responderme esta simple pregunta.

—¡Lo siento! Me he distraído.

—No me digas.

—Te prometo que esta vez estoy afenta.

Carter suspira y me pone el móvil delante de la cara.

—¿Te dice algo esta foto de perfil?

Me fijo en la carretera y luego en la cara blanca sonriente que aparece.

—No.

Carter me aleja el móvil de la cara.

—Vale, entonces a lo mejor es alguien anónimo. —Baja la mirada hacia la pantalla del móvil—. Esta persona se ha puesto de nombre de usuario una combinación de números. ¿Podría ser una fecha o algo así?

Ya he pensado en eso antes cuando me he exiliado al fondo del instituto para esconderme de los demás, pero ahora que Carter lo dice cambio de opinión.

—No. Eso sería demasiado obvio.

—Ya, pero hay un veinte y un veintiuno. ¿No crees que es demasiada coincidencia para pasarlo por alto? —responde.

—Lo que sí es mucha coincidencia es que tú fueras la última persona que supo de mi diario. Pero, mira, aquí estamos, pasándolo por alto.

Carter se gira y me mira fijamente.

—¿Quieres que te ayude o no?

Pongo los ojos en blanco.

—Solo era un comentario.

—Tal vez lo tienes ya claro o estás preparada para que publiquen tu diario en internet. Yo qué sé.

Aprieto los labios.

—Solo sé que, tanto si soy yo quien te chantajea como si no, el tiempo corre, Quinn. ¿Quieres que te ayude o no?

—¡Vale, sí! Tienes razón, solo tengo hasta mañana a medianoche. ¿Qué tienes pensado hacer?

Carter se incorpora en el asiento.

—Necesitamos sospechosos, motivos...

CÓMO RESOLVER EL CASO DEL DIARIO PERDIDO (SEGÚN CARTER)

1. Hacer una lista de los lugares donde hayan podido robar el diario.
2. Hacer una lista de las personas que estaban presentes en cada momento.
3. Apuntar los posibles motivos que tendría cada persona.
4. Investigar a los posibles sospechosos.
5. Encontrar el diario.

—Lo que no sé es si tenemos tiempo suficiente como para resolver esta situación antes de mañana a medianoche. Tengo que volver a casa en cuanto terminemos de ver la peli en casa de Auden —comenta Carter.

—¿Y eso? —pregunto sin pensar.

Me mira como si me hubiera pasado totalmente de la raya.

—Porque tengo cosas que hacer. Obligaciones, responsabilidades… cosas de las que tú no has tenido que preocuparte nunca porque vives entre algodones.

—¡Oye! —Lo señalo con el dedo—. No vivo entre *algodones*.

Me lanza una mirada como si quisiera rebatirme, pero no lo hace.

—Quizá deberías pensar en hacer algo de tu lista de «Cosas por hacer» para ganar algo de tiempo.

—No puedo hacer nada de lo que hay en la lista. Por eso el que me chantajea la está usando en mi contra, porque sabe que no puedo. —La tensión se me agolpa en el pecho.

—Bueno, oye, cálmate. Empecemos por lo más fácil.

—¿Qué es «lo más fácil»?

—Tiene que haber algo. Déjame ver la lista otra vez.

Tomo mi móvil, que estaba dentro del apoyabrazos, y se lo doy. Carter se mete en Instagram y mira mis mensajes directos.

—Vale, está decidido. Mañana iremos a alguna de las universidades en las que te han aceptado —afirma.

—¿Iremos? —Lo miro y luego dirijo la mirada a la carretera—. ¿Vas a venir conmigo?

—Claro —me responde, como si fuera lo más obvio del mundo.

—Ah. Genial.

Me doy cuenta de que estar sola ha sido lo más duro durante este tiempo. Nadie hasta ahora había sabido que no he entrado en Columbia y no he tenido el valor de ir a lugares nuevos por mi cuenta. Pero ahora no estoy sola. La idea de ir a cualquier sitio se me hace más llevadera.

—Aparca aquí —dice Carter, y luego me pregunta—: ¿En qué universidades te han aceptado?

—En la Universidad de Houston y en la de Sam Houston State.

—¿Están en Houston las dos?

—Sam Houston está en Huntsville.

Carter me mira, confundido.

—¿Dónde queda eso? —Niega con la cabeza antes de que pueda responderle—. *Nop.* Nada, vayamos a la Universidad de Houston. Gira a la izquierda en ese semáforo —dice señalando el parabrisas.

—Es una pena que las únicas universidades que me han aceptado estén llenas de criminales.

Carter me mira.

—¿A qué te refieres?

—Houston es una de las ciudades más peligrosas de Estados Unidos. Y en Huntsville, por si no lo sabías, hay una cárcel —respondo mirándolo a los ojos.

—En primer lugar —afirma Carter ofendido—, toda ciudad es peligrosa de una manera u otra. En segundo lugar, la Universidad de Houston está en pleno centro. Mientras no pises la zona sur estarás a salvo.

Hago una mueca.

—Uy, eso me tranquiliza muchísimo. Además, ¿qué hay en la Universidad de Houston? Es decir, ¿qué tiene de especial?

—Ni idea, Quinn. Quizá deberías buscar algo al respecto, dado que es muy probable que acabes yendo allí.

Suelto una risa burlona.

—¿Por qué te quejas cuando ni siquiera has visto el campus? —me pregunta.

—No me quejo.

—Claro que sí. A ver, sé que no está a la altura de Columbia, pero… tú tampoco lo estás.

Menudo golpe de realidad. A ver, es verdad, pero duele.

—Eso ha sido cruel —digo.

—Lo siento, pero te lo mereces. Dale una oportunidad a Houston, anda. Tal vez te acaba gustando más que Columbia. ¿Quién sabe?

Me trago mis palabras. Puede que tenga razón. Columbia me ha dado siempre mucho respeto, entre el prestigio que tiene y el interés que han manifestado siempre mis padres. Puede que me sienta más a gusto en un campus como el de la Universidad de Houston.

Capítulo 8

SI CARTER TIENE MI DIARIO, SABE...

LLEGAMOS A CASA DE AUDEN EN PFLUGERVILLE, A LAS afueras de Austin. Hay dos Nissan Versa aparcados en el camino de acceso; el negro de Auden y uno blanco. Me detengo junto al bordillo y por la ventanilla de Carter me fijo en lo cuidado que está el jardín, en el que hay comederos para pájaros y rosales que bordean la casa.

Mientras subimos por el camino, se abre la puerta principal. Auden sale de repente y baja los escalones a toda prisa.

—Chicos, tengo que advertiros sobre mi madre.

Carter le pregunta de inmediato:

—¿No le cae bien la gente negra?

Qué curioso. Yo he pensado lo mismo.

Auden hace que no con la cabeza.

—No, le encanta la gente negra. —Ambos enarcamos las cejas—. A ver, no me refiero a… Digo que le caen igual de bien los negros que la gente de otras razas.

Sonrío e intento no reírme a carcajadas.

—Di, ¿qué problema hay? —pregunta Carter.

—Puede ser un poco intensa. No aceptéis nada de comer que os ofrezca.

Frunzo el ceño.

—¿Por qué no? ¿Lo ha envenenado o algo?

—No. —Auden suspira—. Es que eso le dará alas y se pondrá muy pesada. Por favor, no...

Y en ese instante se abre la puerta de sopetón y aparece una mujer con un recogido muy de madre, una camiseta gris metida dentro de unos vaqueros anchos y unas zapatillas blanco nuclear.

—¡Hola! —exclama—. ¿Sois los amigos de Auden del instituto? Quinn y Carter, ¿verdad? Entrad, por favor. ¡Estoy haciendo galletas!

Auden se gira.

—Ya vamos, mamá. —Luego nos mira por encima del hombro con una expresión de incomodidad—. Lo siento.

Su madre vuelve a entrar; Auden está tenso y Carter y yo nos hemos quedado algo intranquilos.

El interior huele a vainilla, pachulí y galletas. Pasamos por un salón oscuro y por la cocina que hay enfrente, y nos adentramos por un pasillo oscuro. La madre de Auden nos sigue, parloteando animada:

—¿No queréis beber nada?

—No, señora —decimos Carter y yo a la vez.

—¿Y tú, Auden?

—No, mamá. Estoy bien.

—Pero ¿y las galletas? Todavía están calentitas.

Giro la cabeza, tentada de aceptar una. Ahora mismo me apetecerían bastante unas galletas, pero Auden me lanza una miradita y dice:

—No, gracias, mamá.

El pasillo se abre a un vestíbulo con baldosas blancas, paredes blancas y tres puertas cerradas. Cada pared está llena de estanterías con fotos y recuerdos varios. Auden y Carter siguen hacia la derecha y pasan por una puerta de vinilo de tipo acordeón. Pero yo me quedo embelesada mirando unas fotos de Auden de cuando era pequeño, con ese pelo castaño rizado y salvaje, y las gafas perennes.

Las fotos empiezan con una familia de tres, pero a medida que Auden crece, las fotos ya son solo de él y su madre. Miro fijamente la fotografía más grande de la pared: es su padre con uniforme militar y hay una cinta amarilla fijada en la parte inferior del marco. Se me parte el alma.

—¿Vienes, Quinn? —me pregunta Auden por detrás. Cuando me giro y encuentro su mirada, me percato de que no quiere que le pregunte por su padre, así que no lo hago.

Lo sigo hacia el piso inferior; bajamos tres escalones de piedra y entramos en un sótano acogedor. Hay un sofá de mimbre con cojines de color rosa y una butaca a juego. Se me corta la respiración. Los muebles son como los del salón de Hattie. Casi alcanzo a ver el cuerpecillo de Hattie engullido en aquella butaca. Entonces, Auden se deja caer en ella y yo doy un gritito ahogado.

Levanta la vista y abre el estuche del DVD que nos ha dado el señor Green.

—¿Estás bien?

Carter se sienta en el sofá y me mira también.

—Sí, estoy bien. —Me adentro en la habitación y me fijo en la alfombra con motivos florales que cubre el suelo—. Estos muebles… —digo como si tal cosa—. ¿Son nuevos?

—La verdad es que no. —Se ha agachado frente al modesto televisor y está encendiendo el reproductor de DVD—. Mi madre los compró en un rastrillo hace unos meses.

Cierro los ojos. Mis padres no venderían las cosas de Hattie, ¿verdad? No, nunca harían algo así. Porque algún día mejorará. Algún día volverá a casa.

—¿Dónde estaba ese rastrillo? —pregunto.

—Pues, sinceramente, un día llegué a casa y teníamos muebles nuevos. —Me mira con curiosidad y en mis ojos adivina mi próximo movimiento—. No se lo preguntes o ya no se callará. Por favor, no lo hagas.

—Vale. —De todas formas, no quiero saber la respuesta.

Me siento junto a Carter en el sofá y me digo que no huele a Hattie. Estoy segura de que la madre de Auden compró estos muebles en una casa polvorienta donde todo olía a menta y a tabaco, como la de Hattie. Es una coincidencia, nada más. Estos no son los muebles de mi abuela. No lo son. Porque si lo son, voy a perder los estribos, así que no lo son.

Cuando empieza la película, los tres agarramos papel y boli. El señor Green nos ha pedido una página de apuntes a cada uno, para asegurarse de que ninguna persona haga todo el trabajo del grupo.

Fijo la mirada en la pantalla del televisor: veo los colores, pero no miro; oigo las voces, pero no escucho. Mi mente reproduce una escena distinta: estoy saliendo del coche de papá y subo los escalones hasta la entrada de Hattie. Abro la puerta porque nunca estaba cerrada. Hattie está sentada en esa butaca rosa. «Hola, ratoncita». Lleva las gafas posadas en la nariz y no sonríe, pero su expresión calma era acogedora, como si verme entrar por la puerta no fuera nada nuevo. Solo volvía a casa.

Al final de la película, solo tengo media página de apuntes. Carter le echa un vistazo a mi papel. Parece que quiere ofrecerme ayuda, pero al final decide no hacerlo.

—¿Puedo llevarme el DVD a casa? —le pregunto a Auden.

—Pues claro.

Mientras me dirijo a la puerta, Carter anuncia:

—Olivia se viene con nosotros mañana.

—¿Olivia Thomas? —pregunto mientras me doy la vuelta.

—Sí —dice, como si fuera obvio. Auden levanta la cabeza de repente.

—¿Por qué? —pregunto, incapaz de controlarme. Sin embargo, sé que son amigos y no es que me caiga mal Olivia… Es solo que, desde el incidente, cuando la veo, toda yo me convierto en una disculpa silenciosa que nunca podré expresar en voz alta.

—Porque sí —dice Carter, moviendo los ojos—. Es de Houston. Puede hacernos de guía turística. Y porque quiero que venga.

—¿Cómo me las apañaré para que mis padres me dejen ir mañana?

Me mira como si estuviera loca.

—No se lo digas.

—¿Me salto las clases sin más?

—Considéralo un día de visitas de campus.

—Entonces, ¿mañana no venís a clase? —pregunta Auden.

Lo miro pensativo.

—Vamos a visitar la Universidad de Houston. Vente con nosotros. —Supongo que invitar a más gente es como tener intermediarios entre Olivia y yo. Y no quiero que sienta que se está comiendo todo el trabajo en grupo él solo. De momento, Carter y yo no hemos hecho ni el huevo.

Auden parece sorprendido por mi invitación.

—Ah, vale. —Asiente con la cabeza—. Pues puede que vaya, sí.

Cuando salimos del vestíbulo, la madre de Auden nos intercepta en el pasillo; se planta ahí en la oscuridad como un fantasma. Por suerte, Carter va delante. Que se ocupe primero de él.

Terminamos llevándonos bolsitas de galletas, una ronda de abrazos y una mirada más de lástima de Auden antes de bajar por el camino juntos.

—Es muy dulce —digo mientras entramos en el coche—. No sé por qué se avergüenza tanto Auden de ella.

—No creo que invite a mucha gente a casa —dice Carter.

Pienso en eso e intento colocar a Auden en los estratos sociales del instituto. No tengo ni idea de quiénes son sus amigos o si tiene amigos, para empezar.

Cuando llegamos al centro, nos comemos con patatas el tráfico de la I-35. Carter está callado; mientras, me reconcomen emociones contradictorias: alegría, rabia, ansiedad. Nos pasamos cinco minutos en un silencio total hasta que él lo rompe.

—Tengo una pregunta.

Me toma desprevenida.

—¿Eh? —Enarco las cejas.

—¿Qué es lo último en tu lista de cosas por hacer?

Lo miro y luego niego con la cabeza.

—No.

—Sigues sin confiar en mí.

—No tengo motivos para hacerlo. Es un hecho comprobado que fuiste la última persona que tuvo mi diario en las manos.

—Pero ¿qué tiene de especial ese diario? —Carter se gira hacia mí. Noto su mirada en la mejilla, pero no me atrevo a girarme—. ¿Es un diario lleno de listas? ¿Qué tipo de listas?

—Unas muy muy privadas.

—¿Cómo qué? —insiste—. Quiero ayudarte, pero quiero saber por qué es tan importante este diario. —No le respondo. Y cuando creo que va a volver a presionarme, dice—: Dímelo, por favor.

La verdad es que no me lo esperaba; no esperaba que me lo preguntara con tanto tacto ni que tuviera tanta curiosidad.

—Tengo una lista de los recuerdos que más miedo me dan.

—Dime uno.

—No —digo—. Tengo una lista de todo lo que juré que no diría nunca en voz alta. Tengo una lista de todos los momentos que he compartido con Matt…

—Espera. ¿Llevas un registro de todos tus momentos con Matt? —Se aparta—. Joder, ese tipo te gusta mucho, ¿no? Eso roza el acoso.

Lo miro de soslayo.

—No soy ninguna acosadora, ¿vale? Solo soy ordenada.

Se echa a reír.

—Justo lo que diría una acosadora.

No me puedo creer que esté hablando de esto con él. Nunca pensé que hablaría de mis listas con nadie, y mucho menos con Carter Bennet. Pero, sinceramente, me siento bien haciéndolo. Es como si tuviera a alguien con quien puedo ser yo misma de verdad. Eso sí, me sorprende que sea con él.

Se queda callado un rato, mirando por su ventanilla. Luego se vuelve hacia mí.

—¿Qué más listas tienes?

—Tengo una de las veces que he llorado a moco tendido.

Me mira con una mueca.

—¿Haces una lista de todas las veces que lloras? ¡Qué deprimente!

—No, «llorar a moco tendido», que es diferente.

—¿Habrías escrito lo de hoy?

Resoplo.

—Sí.

—¿Y empezarías una lista sobre mí?

Si tuviera mi diario, ya sabría que tengo una lista sobre él.

—Probablemente.

—¿Sobre lo mucho que me odias?

—Sobre lo mucho que desconfío de ti.

Me mira a la cara un buen rato y luego vuelve a mirar por la ventanilla sin hacerme ninguna pregunta más.

SI CARTER TIENE MI DIARIO, SABE...

1. Que creo que es guapo.
2. Que hubo un momento en el que quise besarlo.
3. Que creo que me acostaría con él, más que casarme o matarlo.
4. Que también creo que es un imbécil pretencioso.
5. El detalle con el que escribo fantasías sexuales sobre Matt.
6. Lo mucho que lloro a moco tendido (una vez a la semana o así).
7. Lo mucho que tuve que ver con la campaña de difamación contra Olivia Thomas hace unos meses... y «por tener que ver» me refiero a que esperé en el coche mientras le pintarrajeaban las fotos.

Carter vive en la parte oriental de Austin. Hay mendigos en los semáforos con carteles de cartón y la cara sucia retándome a hacer contacto visual; cuando los miro, lo toman como una invitación para llamar a la ventanilla, pidiendo monedas.

Me dice que siga recto, que su bloque está a la derecha, dos semáforos más adelante. Entonces le suena el móvil. Lo miro sin querer; lo tiene en el regazo. El hermoso rostro de Olivia Thomas llena la pantalla.

—Hola —responde. Y la voz se le vuelve más suave y dulce; es un lado de él que no creí que existiera—. Hola, preciosa.

Aprieto el volante y me embarga una sensación de amargura. No tenía ni idea de que estaban saliendo. Pensaba que Carter no salía con chicas de Hayworth. Intento aparentar que no estoy escuchando la conversación, pero estamos parados en un semáforo en rojo, así que no hay mucho en lo que concentrarse.

—Estoy llegando. —Señala un bloque con una valla de teclado numérico—. Tres mil y luego almohadilla —me dice, y luego al teléfono—: Estoy entrando. Te veo en un segundo. —Y entonces cuelga.

No sé por qué me siento decepcionada. Es muy probable que sea el chantajista. Y si no lo es, es el culpable de haberme perdido el diario para empezar. Además, hasta ahora no ha sido muy amable conmigo. No me cae bien. Sí, es sexi, pero ya. Ya he comprobado que su mente es fea y sus palabras también.

Introduzco el código y cruzo la verja. Señala el edificio de Olivia. Cuando voy para allá, la veo al pie de la escalera, esperándolo, pero Carter no sale. Cuando me vuelvo hacia él, me está mirando con atención.

—¿Cuándo me vas a decir qué es lo último de la lista? —me pregunta.

—Nunca.

Levanta la barbilla.

—¿Cuándo vas a confiar en mí?

—Cuando recupere mi diario, ni un segundo antes.

Asiente con la cabeza, mirándome como si tratara de memorizarme.

—Es justo, supongo.

Y, dicho eso, sale y se va trotando hacia su novia que aún lo espera en la escalera. Olivia se endereza al verlo acercarse. Hacen buena pareja; la diminuta figura de ella hace que Carter parezca mucho más fuerte. Mi cuerpo solo conseguiría eclipsar al suyo.

Entonces, Carter señala mi coche con la cabeza. Olivia mira hacia mí y me saluda con una media sonrisa. Se me acelera el corazón. Me pregunto qué piensa de mí o si sospecha que yo hubiera tenido algo que ver con el incidente. Supongo que lo averiguaré mañana, cuando viajemos a Houston.

Le devuelvo el saludo y echo marcha atrás para salir.

Capítulo 9
LO QUE SÉ DE MI MADRE

LO QUE SÉ DE MI MADRE

1. Creció en el centro de Chicago.
2. No habla de su infancia.
3. Su hermano mayor era su mejor amigo y su protector.
4. Tuvo un profesor que la ayudó a salir del gueto y entrar en Columbia.
5. Cuando conoció a papá, pensó que era un creído.
6. Le molesta que papá y yo no nos acabemos toda la comida del plato.
7. Su madre murió de una cardiopatía.
8. No fuimos al funeral.
9. No sabe el paradero de su padre.
10. A su hermano lo asesinaron en un tiroteo antes de que yo naciera.
11. El resto de su familia no reconoce su existencia.
12. Papá y yo somos la única familia que le queda.

Cuando entro a la cocina, la veo sentada en la barra, mirando su iPad con una copa de vino tinto.

—¿Y tú dónde estabas?

—Eh... lo siento, mamá. Estaba en casa de Auden y...

—No me has dicho adónde ibas —dice—. Sé que te vas a mudar a Nueva York dentro de unos meses, pero mientras estés aquí necesito que respetes nuestras reglas. Ahora ven a comer. Se te enfría la comida.

Al hablar de comida, me ruge el estómago. Llevo veinticuatro horas sin comer. Me comería hasta una vaca.

Me siento en la barra a su lado y empiezo a atacar la patata asada rellena del Jason's Deli.

—Hablando de Columbia —dice—, hoy he recibido una llamada interesante.

Me quedo de piedra y se me congela el corazón... con la boca llena de patata. ¿Ha saltado ya la liebre? ¿Por qué se habrá adelantado el chantajista?

—Has suspendido el examen de Historia.

Suelto el aliento que contenía y escupo trocitos de patata en la encimera. No debería ser un alivio, pero lo es.

—Mamá...

—¿Sabes que Columbia puede rescindir tu ingreso si baja tu nota media entre el momento en que te aceptan y final de curso?

—Sí.

—¿En serio? Porque acabas de suspender un examen importante. —Me mira con una expresión estupefacta.

—Me esforzaré. Es que he tenido un día de locos.

—¿Un día de locos? —dice volviéndose hacia mí con una mirada iracunda—. Mira, me han entrado ganas de quitarte el coche después de la llamada del señor Green.

Hazlo, por favor.

—Va a dejar que repitas el examen mañana por la mañana, pero más vale que entiendas que no tendrás muchas oportunidades como esta, y menos con una piel tan oscura como la nuestra. Tienes que esforzarte el doble que los demás.

—Lo sé.

—¿Sabes lo mucho que tengo que trabajar para que me tomen en serio como abogada?

Asiento con la cabeza.

—Averigua qué quieres hacer en la vida, Quinn. Elige una carrera. Búscate un piso. Tanta indecisión… —agita la mano con desprecio— no es más que un lujo que solo se pueden permitir los chicos blancos ricos. Y tú no lo eres. Tienes que ser mejor si quieres competir.

No, no lo soy. Y tampoco soy mejor. No puedo competir. Pero ¿cómo puedo decirle eso? ¿Cómo puedo decirle que este examen no es el primero que suspendo desde que estoy en Hayworth? Y, peor aún, que no he conseguido entrar en Columbia.

Cuando termino de comer, me dice:

—Ponte a estudiar antes de que llegue tu padre.

—¿Viene a casa? —pregunto, mientras agarro la mochila y me dirijo hacia la puerta del patio. No lo he visto desde el desencuentro con Carter. No me apetece verlo.

—Llegará dentro de nada. Ve a estudiar a tu cuarto. —Lo que significa que prefiere que no esté cerca cuando llegue él, porque está más que claro que se van a pelear.

—Estudio mejor ahí fuera.

—Quinn.

Salgo a toda prisa y luego asomo la cabeza.

—Solo hasta que llegue.

Me siento en el columpio de Hattie, estudio para el examen de recuperación y le envío un mensaje a Carter para que reserve la visita a la Universidad de Houston de mañana.

La noche cae sobre el jardín trasero. El vecindario está tranquilo, nada que ver con la casa de Hattie. En casa de Hattie, cada noche era un concierto de búhos, grillos, el ocasional aullido del coyote y la voz de Hattie que me cantaba para dormir. «No tengas miedo, yo te cuido y te quiero». La voz de Hattie cantando en el jardín. La voz de Hattie canturreando en el asiento del acompañante del Gator, dejándose llevar por el viento. La voz de Hattie resonando en mi mente.

Papá me llevaba a casa de Hattie cuando mamá y él se peleaban, pero cuando llegaba allí, me preocupaba por lo que estaba pasando en casa. Me preocupaba volver y no encontrar a uno de los dos. Nunca lo expresé con palabras, pero Hattie lo sabía. Me lo veía en los ojos.

Entonces, la seguía a la cocina, me sentaba a la mesa mientras ella preparaba una olla de arroz blanco y le contaba mi día, hasta la parte en que se peleaban mis padres. Cuando llegaba a eso, los ojos me iban de un lado a otro y pestañeaba con fuerza para no llorar ahí en la mesa.

Hattie llenaba el silencio con su voz: «No tengas miedo, yo te cuido y te quiero». Sabía que podía contar con que ella estuviera ahí, a mi lado, y me cuidara. Pero ya no está. Ahora su casa está vacía. Ahora su mente está llena de recuerdos que no me incluyen. Ahora lo único que me queda de ella es este columpio del porche.

Se abre la puerta del patio y salgo de mis recuerdos, sobresaltada.

—¿Quinn? —Papá rodea las tumbonas y me sonríe. Tiene cara de cansado, se le nota sobre todo en las ojeras, y su barba parece más gris. Se inclina y trata de besarme la frente, pero yo me aparto y evito mirarlo a los ojos.

Hace una pausa, aturdido.

—¿Pasa algo? —Lo dice con un deje acusador, como si ese «algo» fuera cosa mía.

Niego con la cabeza.

—No, nada.

Hiciste que un chico negro se sintiera inseguro en nuestra casa.

Mi piel es tan negra como la suya, así que no puedo saber qué opinas tú de mí. ¿También soy una criminal?

No me has sacado el tema y necesito que lo hagas, porque siento que ya no sé quién eres.

Y siento que no puedo confiar en ti.

Y siento que voy a explotar si seguimos eludiendo el tema.

—Es mejor que subas a tu cuarto a estudiar —dice.

Cierro el libro de texto y agarro el móvil y la mochila, y todo eso sin mirarlo.

—En realidad, me voy a casa de Matt.

—Es un poco tarde para ir de visita.

Paso por su lado con la mochila al hombro.

—Me han invitado.

—¿Cómo es que tus padres no lo saben? ¿Cómo es posible que te hayas guardado un secreto tan gordo? —Matt niega con la cabeza, absorto en la pantalla de su Nintendo Switch.

—Se me da muy bien.

Está sentado en su puf al otro extremo de la habitación con el pelo mojado, pantalones de pijama y sin camiseta. Yo estoy tumbada de espaldas en su cama con la vista en el estucado del techo, para no mirarle el vello ralo del pecho desnudo.

—¿No pidieron ver la carta de aceptación?

—Sí. La enmarcaron y todo.

—¿Cómo? —Levanta la vista, asombrado—. ¿La hiciste tú?

—En Word.

Resopla.

—Vaya… ¿Y cuándo piensas contarles la verdad?

—No contemplaba decírselo, la verdad.

Deja la Switch en el puf y se acerca al borde de la cama.

—¿Qué? —Se ha quedado sin palabras.

—Simplemente… no sé, les diré que no quiero ir a Nueva York y me daré media vuelta.

Junta las manos y aprieta los dedos índices contra los labios.

—Eso es lo más loco que he oído nunca. Sé que tus padres…

—Todavía no lo he pensado, pero lo último que necesito es que alguien se lo diga antes de encontrar la forma de contárselo yo misma.

Suspira y vuelve a sujetar la Switch. Y justo cuando dice: «Bueno, procuraré que no se enteren mis padres», su madre entra por la puerta abierta con un montón de toallas dobladas en el brazo.

—¿Procurarás que tus padres no se enteren de qué? —pregunta, mirándonos a uno y al otro con una ceja enarcada.

Me apoyo sobre los codos, con la boca y los ojos muy abiertos. Matt mira por encima de la pantalla de la Switch con la misma expresión. Los dos tratamos de dar con una mentira, y no sé a Matt, pero a mí no se me ocurre nada más que la verdad.

—Será mejor que me lo cuente alguno de los dos —dice ella, dejando las toallas sobre la cama y poniendo los brazos en jarra.

Matt me mira.

—Es un secreto, mamá.

Ella aprieta los labios. Luego levanta las manos y se gira.

—Da igual. Me acabaré enterando de todas formas. —Y se marcha muy segura de sí misma.

Matt y yo nos miramos, con una expresión horrorizada en el rostro. Eso ha estado muy cerca.

«Esto no es seguro», me dice articulando pero sin emitir sonido alguno.

Yo le contesto igual: «Obviamente».

Entonces hace un gesto con la cabeza y se incorpora Switch en mano. Me levanto de su cama y le sigo hasta la puerta, pero nos topamos de frente con su madre, que está con la oreja pegada a la pared. Parece tan sorprendida como nosotros.

—Mamá, pero ¿qué estás haciendo? —pregunta Matt, asombrado.

—Venía a darte…

Tiene las manos vacías.

—¿Darme qué?

Mira alrededor del oscuro pasillo.

—Una buena noticia: mañana cenaremos filete. Puedes cenar con nosotros si quieres, Quinn.

Matt sacude la cabeza y pasa por delante de su madre.

—Es vegetariana. —Lo sigo, negando también con la cabeza con aire juguetón.

—Entonces, ¿no hago filete?

Bajamos las escaleras, pasamos junto a las cabezas de ciervo colgadas en las paredes y las pieles de vaca en el suelo, cruzamos la cocina y llegamos a la puerta trasera. No se molesta en ponerse una camiseta siquiera, ni nos dignamos a calzarnos antes de salir. Corremos por el jardín hasta la cama elástica. Él salta directamente sin pararse, como el atleta que es. Yo me detengo y me subo despacio y con cuidado. Luego nos colocamos en posición para jugar al balancín, pero creo que es la primera vez que él está sin camiseta.

—Muy bien —dice, apoyando el torso en los dedos de mis pies y descansando los brazos en mis espinillas; sigue jugando con la Switch como si no lo hubieran interrumpido.

Noto la calidez de su pecho, su pelo me cosquillea la planta de los pies. Echo las manos hacia atrás y miro el cielo nocturno, vacío.

—Siento que ya no conozco a mi padre. —Me sale como de la nada, tanto para mí como para Matt. No tenía pensado decir nada semejante, pero ahora que lo he hecho, noto que me sube algo por el vientre.

—¿Y eso por qué? —pregunta, levantando la vista un segundo para luego volver a concentrarse en el juego.

—Siempre pensé que estaba concientizado… ¿sabes?

—No, no sé a qué te refieres.

—Me refiero ser consciente sobre las cuestiones raciales y todo eso.

Matt frunce ligeramente el ceño y se queda así un buen rato. Hablar de la raza le incomoda.

—Tengo la sensación de que no ama su color de piel tanto como creía, y puede que…

—Espera, ¿por qué piensas eso? —Levanta la vista—. Es una locura. Conozco a tu padre desde hace mucho tiempo. Sé que se enorgullece de ser el primer cirujano jefe negro del hospital. Es lo segundo que le dice a la gente, después de su nombre. Y luego dice que fue a Columbia. —Se ríe y sigue jugando—. Creo que simplemente lo echas de menos —añade—. Sé que pasa mucho tiempo fuera de casa.

Tuerzo el gesto, contemplando el cielo nocturno.

—Ya. Puede que sea eso.

Pero no lo entiende. Nada de eso importa. Por orgulloso que esté de ser el primer cirujano jefe negro, no significa que esté orgulloso de ser negro.

Cuando vuelvo a casa, mis padres siguen peleándose, pero no puedo volver corriendo a casa de Matt, así que me siento en el columpio del porche y espero a que amaine el temporal.

Oigo que mi madre grita:

—¿Sabes que tu hija visita tu armario cuando te echa de menos?

No sabía que lo supiera.

—Pero esto es lo que pasa cuando estoy aquí. No es mejor para ella.

—La relación con tu hija no debería ser a distancia cuando vivís en la misma casa.

—¿Y qué pasa con nuestra relación, Wendy? ¿Por qué no te preocupas por nosotros?

—Soy la única que se preocupa por nosotros. Tú estás siempre demasiado ocupado.

—Me cuesta muchísimo recordar por qué seguimos haciendo esto.

—Quinn es la razón por la que seguimos haciendo esto.

Supongo que cuando me vaya a la universidad, ya no tendrán motivos para seguir luchando.

SIETE COSAS QUE ORBITAN ALREDEDOR DEL ARMARIO DE PAPÁ

1. El reloj de plata que le regaló su padre; el que lleva su nombre, Desmond Jackson, grabado en la parte inferior.
2. El tapón de su colonia favorita, la que le regaló mi madre por su aniversario de bodas hace tres años.
3. Su corbata negra.
4. Sus zapatillas de trabajo.
5. Su interminable suministro de uniformes.
6. Yo.
7. Mamá.

Capítulo 10

DIEZ REGLAS QUE OLIVIA THOMAS ROMPE CADA DÍA

EN CUANTO ME DESPIERTO, MIRO POR LA VENTANA. EL coche de papá sigue aparcado junto al de mamá. Tengo el estómago revuelto.

Me visto y mientras bajo, oigo el trasiego en la cocina, el ruido metálico de las ollas y las sartenes. Cuando llego, veo a papá leyendo una caja de mezcla para tortitas. Mamá lleva la bata y está aferrada a la espalda de papá. Me invaden sentimientos encontrados al verlos así.

—Buenos días.

Los dos se dan la vuelta mientras tomo una manzana del cuenco y el desayuno de la encimera.

—Deja eso, Quinn. Estoy preparando el desayuno —dice papá. Mamá se pone de puntillas y le da un beso en la mejilla. Mi padre sonríe y se gira para buscarle los labios.

—No quiero llegar tarde. —A mi examen de recuperación.

Papá suspira y abraza a mamá.

—¿Esos pantalones no son un poquito cortos?

—Papá… —Pongo los ojos en blanco. Está equivocado si se cree que puede despertarse una mañana, decidir que se despedirá de mí antes de ir al instituto por primera vez en meses y, encima, decirme cómo tengo que ir vestida.

—Nada, solo comento. Parece que no hay código de vestimenta en ese instituto...

—Por algo será —digo mientras salgo al vestíbulo—. Saben que lo que lleve puesto no afecta a mi educación para nada.

—Quinn, vente directo a casa después de clases —dice mamá—. Luego saldremos a cenar por ahí.

Los miro y me fijo en los corazoncitos que despiden sus ojos.

—¿Los tres?

Papá asiente y luego se gira hacia su adorada esposa.

Y el círculo vuelve a empezar. Papá vendrá derecho después de trabajar, igual que mamá. Harán lo de siempre. Pero esta noche, o quizá mañana, dependiendo de la fuerza que tenga este nuevo hechizo del amor, volverán a pelearse como siempre.

Papá se irá y no volverá. Se ignorarán mutuamente hasta que vuelva aumentar la tensión. La pelea acabará en un gran estallido, como anoche. Y en algún lugar en medio de la tempestad, volverán a quererse. Es como si no pudieran amarse sin la rabia como antesala. Es algo confuso y aterrador, porque su relación es como una bomba de relojería... y no quiero ser yo quien la haga estallar.

En la entrada, veo a Matt yendo hacia su camioneta. Nos miramos al mismo tiempo. Me saluda con la mano y yo le devuelvo el saludo, abriendo la puerta de mi Mercedes. Mientras arranco, oigo el ruido de su camioneta. Entonces recibo un mensaje: **Oye, ¿todo bien anoche?**

Sí, todo bien. Gracias por la charla.

Un placer, Quinnly. Sabes que me tienes aquí para lo que haga falta 😉

Entonces, baja por el camino de entrada y sale a la calle a toda velocidad. El emoji del guiño me desarma. Miro cómo se aleja, sentada en el mismo charco de sustancia viscosa que mis padres deben de haber pisado.

Los coches están desperdigados por el aparcamiento de estudiantes. Cuando entro, Matt está saliendo ya de la camioneta. Justo cuando voy a sacar las llaves del contacto, se abre la puerta del acompañante y entra Carter.

—Pero ¿de dónde diablos sales tú? —exclamo.

—De la parada del autobús. —Señala la parada a unos metros detrás de nosotros—. ¿Lista para faltar a clase, Jackson?

Veo a Matt cruzar el aparcamiento; gira la cabeza y mira mi coche por encima del hombro.

—Tengo que ver al señor Green antes de irnos.

Carter sigue la dirección de mi mirada.

—Vaya. Pondré celoso al chico blanco.

Me vuelvo hacia Carter y me encojo de hombros con una sonrisa socarrona.

—No estoy aquí por eso, Jackson.

—Dos pájaros de un tiro —digo, abriendo la puerta.

—Oye —dice. Con un pie fuera de la puerta, le doy un buen repaso. Su expresión parece contemplativa—. He estado pensando en lo que dijiste ayer.

Me pongo en guardia al instante.

Baja la mirada hacia la consola del coche.

—Dijiste que tu diario es como tus raíces, que te dice quién eres. —Vuelve a mirarme a los ojos y asiento con la cabeza—. ¿Tan malo sería crear raíces nuevas y redefinirte a ti misma?

Vuelvo a meter el pie dentro.

—¿Me estás diciendo que tengo que redefinirme porque doy pena como persona?

Parece estupefacto y luego se echa a reír.

—No. —Sigue con esa sonrisa perezosa cuando se rasca la mandíbula—. Solo digo que cuesta cambiar cuando tienes un diario que dicta quién debes ser. —Baja la mirada y se acaricia la cara interna de la muñeca izquierda con la mano derecha. Luego vuelve a levantar la vista, como si le pusiera nervioso mi reacción. Se encoge de hombros—. Es algo que se me ocurrió anoche.

Se me eriza la piel. Siento como si irradiara luz ahora mismo, como si todas las partes que me esfuerzo tanto en ocultar fueran visibles para él. Carraspeo y salgo del coche, con el motor en marcha.

—Ahora mismo vuelvo.

Me voy al aula del señor Green con la cabeza en las nubes. ¿Estuvo pensando en mí y en mi diario anoche? ¿Qué hora sería? ¿Muy tarde? Y me vuelve loca que sus pensamientos no fueran feos. «Cuesta cambiar cuando tienes un diario que dicta quién debes ser». A ver, el objetivo es ese, pero, por primera vez, pienso en lo tóxico que puede ser dejar escrito en piedra quién soy y quién debería ser.

Sigo enfrascada en mis pensamientos cuando entro a la clase del señor Green.

—Hola, Quinn. ¿Estás lista?

Hago que sí con la cabeza y me siento al frente.

—Gracias por la segunda oportunidad.

—De nada. —Me pone el examen en la mesa, bocabajo—. Vi lo alterada que estabas ayer. Supuse que andabas distraída por algo.

Asiento, pero evito mirarlo. Sé que quiere que hable del tema con él, pero no puedo. Es demasiado cercano a mis padres. Como se entere de que no he entrado a Columbia, estoy muerta.

Respondo las preguntas rápidamente y termino un minuto antes.

—Gracias —le digo, sincera.

Él recoge el examen y sigue con el papeleo que tiene en la mesa.

—Si quieres hablar, ya sabes dónde estoy.

—Gracias —respondo mientras salgo del aula sin perder un segundo. «Pero no, gracias».

Me voy sintiéndome una rebelde, como si alguien fuera a salir a buscarme en cualquier momento.

Cuando llego al aparcamiento, el sol es abrasador. Veo a Carter y a Olivia junto a mi coche. Carter con sus pantalones cortos negros y una camiseta gris; Olivia con su top cortísimo y escotadísimo y vaqueros holgados. Parece una modelo. Olivia siempre parece una modelo.

Al mirarla, me entra el miedo por ver cómo va a ir la excursión. Me da la sensación de que cada vez que la miro a los ojos hay culpa en su mirada, como si supiera que tuve algo que ver en su campaña de difamación.

Nunca pensé que la conocería así. Creí que me graduaría, que ya no volvería a verla y que no pensaría en ella ni me sentiría así de culpable. Y que ella también se olvidaría. Para eso sirve la universidad, para olvidar los horrores del instituto.

Pero aquí estamos, a punto de pasarnos dos horas encerradas en un coche hacia Houston… y luego dos horas más para la vuelta.

Levanta los brazos y Carter se encoge de hombros con aire de indefensión. Parece que están discutiendo y me da un miedo atroz que sea por mí.

La cosa es que, aunque Olivia sea diminuta, sé a ciencia cierta que me ganaría en una pelea.

DIEZ REGLAS QUE OLIVIA ROMPE A DIARIO

1. Es mestiza, pero según mis amigos, su comportamiento es más «de negra» que yo.

2. Tiene unos rizos preciosos, pero siempre los lleva en unas trencitas largas.

3. Lleva un pendiente de plata en la nariz, durante las clases, *piercings* en las orejas y uno en el ombligo, que siempre lleva al aire por su afición a los tops cortos.

4. Tiene los brazos tatuados desde los dieciséis.

5. Llama a los profes por su nombre de pila. Solo el señor Green (Edward) ha dejado de corregirla.

6. Se ha metido en varias peleas durante estos cuatro años en Hayworth, todas con chicos blancos que ella tachaba de imbéciles engreídos y racistas.

7. Las ha ganado todas. Y no sé cómo, pero no le han quitado la beca.

8. No tiene pelos en la lengua y no esconde lo de la beca. Todo el mundo sabe lo pobre que es y no le importa una mierda.

9. Es muy abierta sobre sus proezas sexuales. Sé más de la historia sexual de Olivia de lo que me gustaría, sobre todo teniendo en cuenta que no hemos cruzado más de dos palabras.

10. Todos sus amigos son chicos... aunque, sinceramente, eso podría ser culpa de la campaña de difamación.

Me acerco ajustando las tiras de la mochila. Carter me mira y dice:

—Es horrible. ¿A que sí, Quinn?

Olivia me mira. Me quedo petrificada porque me lanza una mirada intensa.

—¿Qué? ¿Quién? —pregunto, deteniéndome a dos metros de ellos y sin dejar de mirar a Carter. Su mirada me resulta más segura.

—Vontae.

—Ah. —Qué alivio, no hablaban de mí. Están hablando de música. Música pésima.

Hago una mueca y Carter se ríe, acortando la distancia que yo he mantenido con tanto cuidado. Me pasa un brazo alrededor de los hombros y dice:

—¿Ves? Así se habla.

Con los ojos muy abiertos, miro a Olivia para ver su reacción. Ella está mirando el brazo con el que me abraza Carter.

—No tenéis ni idea de música. —Pone los ojos en blanco, pero *no* dice nada sobre el hecho de que su novio me esté abrazando—. Vale, pues le pediré a Marqueese que me acompañe.

—Es lo que te dije que hicieras —responde Carter mientras me suelta y me deja volver a respirar.

—Pero se creerá que es una cita —se queja ella— y no quiero usarlo así.

—Pues ve tú sola, Livvy.

Estoy confundida. ¿Por qué no acompaña a su novia al concierto? Pero ¿qué clase de novio es?

—Ya sabes lo mucho que me estresa aparcar. —Da un par de pisotones como si fuera una niña de tres años—. Vale, se lo pediré a Marqueese. —Entonces se da la vuelta y añade—: Te odio. —Se sube al asiento trasero de mi coche, con el motor aún en marcha, como si lo hubiera hecho mil veces. Como si fuera lo más normal del mundo que Olivia Thomas se subiera a mi coche.

Carter no dice nada. Parece que le da igual.

—¿Estás empujando a tu chica a que salga con otro?

Me mira como si le hubiera escupido o algo.

—¿Mi chica? ¿Crees que Livvy es mi…? —Se dobla por la mitad y se echa a reír—. ¡Qué va! —Y entonces da unos golpecitos en la ventanilla de Olivia.

Ella la baja.

—¿Qué? —Aún parece enfadada con él.

—Quinn se cree que estamos saliendo.

Olivia saca la cabeza por la ventanilla y me mira a los ojos con una expresión de asco.

—¡Eso sería incesto!

—Pues sí, casi —añade Carter.

—Pero te oí hablar con ella por teléfono ayer —digo, confundida.

Él aparta la mirada.

—Estaba cuidando a mi hermana mientras nosotros estábamos en casa de Auden. Hablaba con mi hermana pequeña.

Parpadeo varias veces; me noto las mejillas encendidas.

—Ah.

—Ayyy. —Se me acerca pavoneándose y se pasa la mano por la barbita de la mandíbula—. ¿Te pusiste celosa?

—Todo tuyo, chica —grita Olivia desde la ventanilla, antes de volver a subirla.

—No me puse celosa. Paso de ti.

Él esboza una sonrisa burlona.

—¿Estás segura?

—Me gusta Matt…, ¿te acuerdas?

La sonrisa le flaquea.

—Ah, es verdad, que te van los blanquitos.

Hago una mueca. Lo dice como si solo me gustaran los chicos blancos (que no es cierto) y me repatea que piense eso de mí, pero cuando voy a replicar, se va hacia el asiento del acompañante.

—Estamos esperando a Auden, luego nos vamos. —Se sube y cierra la puerta.

Me quedo ahí sola, agarrando la mochila y recomponiéndome antes de emprender el viaje de dos horas. Dos horas con Carter. Dos horas con Olivia. Dos horas en una montaña rusa de emociones. Preparo la mente, el estómago y el corazón para el viaje.

Paradójicamente, es Auden, el único blanco, el que llega tarde. Cuando llega, deshaciéndose en disculpas, se sube al asiento trasero junto a Olivia. El coche huele a una mezcla de mi perfume de Victoria's Secret, el gel de ducha de Carter, la casa de pachulí de Auden y a Olivia, con un matiz de lavanda. Ajusto el aire acondicionado y cruzo los dedos para que alguien rompa el silencio.

Supongo que Carter está igual porque empieza a toquetear mi Apple Music.

—Ni hablar. —Le doy una palmadita en la mano. No pienso pasarme más de dos horas escuchando rap balbuceante.

Él frunce el ceño.

—Te sorprendería lo mucho que tenemos en común.

—A ver, ¿qué tenemos en común? —pregunto—. No sabes qué tipo de música me gusta.

—Sé que no te gusta Vontae.

—Sí, y eso es muy sospechoso. ¿Cómo lo sabes, eh? —Lo miro entornando los ojos.

Me sonríe, inclinando la cabeza.

—Confía en mí. —Luego vuelve a toquetear la pantalla táctil y me pica tanto la curiosidad que lo dejo hacer.

Y así es como me paso dos horas escuchando R&B de los 90, el que más me gusta. Carter y Olivia cantan en voz alta, mientras yo lo hago en voz baja. Auden mira por la ventanilla, en silencio.

A una hora de Austin, el sol de la mañana es intenso. Pasamos por delante de casas de campo, pastos vacíos y una gasolinera abandonada.

—¡Ay, madre mía! —exclama Olivia desde la parte de atrás. La miro por el retrovisor. Está pegada a la ventanilla trasera—. Tienes que dar la vuelta —me ruega con una mirada suplicante.

—¿Por qué? ¿Qué pasa?

—Esa gasolinera es muy bonita. Quiero hacerle fotos.

—Vamos un poco justos de tiempo.

—Da la vuelta, hazme caso —dice Carter—. No va a dejarnos en paz.

Auden dice:

—¿Cómo puedes negarle a nuestra fotógrafa estrella su «momento foto»?

Me quedo petrificada.

Sé que no lo ha dicho con segundas intenciones, pero es como si metiera los dedos en la llaga de la culpa. Como si enfatizara algunas palabras que no hace falta enfatizar. «¿Cómo puedes tú, precisamente, negarle a nuestra fotógrafa estrella su momento foto, sabiendo que ayudaste a destruir su reputación como tal y permitiste que destrozaran todas sus fotos?».

Como fotógrafa, Olivia ha ganado premios. El departamento del instituto que se encarga del anuario se enorgullece de tenerla. Nuestro instituto, en general, se enorgullece de tenerla. Le dieron toda la pared del ala C para que exhibiera su trabajo. Era como si tuviera su propia galería de arte. Colgó fotos del alumnado y fotos que había hecho por todo Austin, unas fotos impresionantes.

Sin embargo, durante las vacaciones de Navidad, mientras la mayoría de los estudiantes aprovechaban las vacaciones, varios irrumpieron en el edificio y destrozaron todas las fotos. Escribieron con rotulador rojo:

Última hora: ¡La fotógrafa del instituto la chupa que da gusto!

Olivia Thomas te hace un trabajito cuando quieras.

¡Después de una sesión, te deja vibrando!

Miro por el retrovisor. Olivia tiene las manos entrelazadas bajo la barbilla.

—Iré rápido, lo prometo.

La culpa me abruma. Doy la vuelta tan rápido que Carter tiene que agarrarse al asidero de la puerta.

Mientras saca la cámara, le pregunta a Auden:

—¿Te conté que vendo las fotos por internet?

Asiente con la cabeza.

—Si te diera una parte, ¿las editarías?

—¿De verdad? —Se le ilumina el rostro.

—¡Claro que sí! Eres el mejor editor del anuario, Audee.

«¿Audee?». Y, un momento, ¿trabajan juntos en el anuario? Él sonríe de oreja a oreja.

—Pues claro, cuenta conmigo, y no tienes que pagarme.

—No, no, te pienso pagar.

Cuando entro a la gasolinera desvencijada, Olivia me pide que aparque el coche en la acera para que no salga en las fotos.

Examino las paredes cubiertas de grafitis y veo que el techo de hojalata que protegía los surtidores de gasolina se está cayendo a pedazos. Las ventanas del pequeño edificio están tapiadas, la puerta también. También hay un poste de señalización hecho polvo al borde de la carretera.

Olivia sale del coche dando un salto con tanta efusividad que parece que vaya a echarse a llorar. Auden sale del coche, se acerca a ella y va señalando algunos detalles en las paredes. Olivia hace primeros planos desde todos los ángulos y de todo. Luego me pide que mueva el coche al otro lado de la calle, porque no sé cómo, pero sigue viéndose en las fotos. Acato sus órdenes sin rechistar.

Carter y yo nos quedamos en el coche con la música baja escuchando a Tyrese. Se recuesta en el asiento, extiende las largas piernas en el reducido espacio del habitáculo y se gira hacia mí. Parece la mar de cómodo mirándome.

—¿Qué? —pregunto, nerviosa.

Me mira la boca.

—Nada.

Se me entrecorta el aliento, se desvanece, me abandona. Me giro hacia mi ventanilla y observo el pasto de afuera, tratando de respirar lo más silenciosamente posible. Y justo en ese instante suena *How You Gonna Act Like That*, mi canción favorita de Tyrese. Echo la cabeza hacia atrás, cierro los ojos y canto la letra.

Entonces, Carter sube el volumen.

—Esta es mi canción favorita —dice.

Lo miro y veo que está sonriendo.

Abro unos ojos como platos.

—También es la mía.

Echa la cabeza hacia atrás y, de repente, empieza a cantar la estrofa. Cuando me lanzo a cantar los coros, se vuelve hacia mí, sorprendido. Entonces cantamos juntos toda la letra: él en voz alta y bastante mal, mientras yo apenas puedo cantar por la risa que me entra al oír sus graznidos.

Durante el puente, extiende las manos como si estuviera actuando en un vídeo musical. Luego me incluye en su actuación y me pasa el dedo por la mandíbula mientras canta eso de «sabes lo mujeriego que soy, pero tomé la decisión de entregarte mi corazón». Me muerdo el labio inferior y me da miedo lo mucho que podría estar tomándome esto a pecho. Sobre todo cuando me agarra la mano y empieza a moverla al son de la música. Su mano es más cálida que la mía y mucho más grande.

Sonrío, deseando que la canción no termine nunca, pero, al mismo tiempo, necesito que termine ya. ¿Sabes esa sensación cuando te está pasando algo increíble y tienes miedo de que, de intentar mantenerlo un segundo más, podrías estallar y echarlo todo a perder?

Apartando la mano de la suya, alargo el brazo y apago la música.

—Oye —protesta—. ¿Qué ha pasado?

Entorno los ojos.

—¿Cómo sabes que me gusta este tipo de música?

—Cuestión de suerte. —Sonríe.

—¿Con eso quieres decir que has leído mi diario y has visto mi lista de canciones favoritas?

Le flaquea la sonrisa.

—Joder, Quinn. Con eso quiero decir que me acuerdo de que en clase de Lengua, en segundo, tuvimos que hacer una presentación sobre un momento emotivo de nuestra vida, y tú usaste una canción de SWV.

—¿Te acuerdas de eso? —Me llevo la mano al corazón. Casi ni me acuerdo. Hice una presentación sobre aquella vez que Hattie y yo cuidábamos de una cría de conejo, pero vinieron los coyotes y lo mataron. Qué sencilla era mi vida entonces si eso era lo más emotivo que había experimentado. Fue la presentación más lamentable de la clase, por eso me sorprende que se acuerde.

—Después de todas las canciones de Taylor Swift, esperaba que también pusieras una canción de Taylor.

—Oye, que Taylor no está tan mal —digo.

Se ríe y yo sonrío, mirándome las manos en el regazo. Alucino con que se acuerde de eso.

—Y tú pusiste *Strange Fruit*, de Billie Holiday —le digo. Cuando levanto la vista del regazo, está tan sorprendido como yo—. Fue muy atrevido en un aula llena de chicos blancos, pero dudo que conocieran esa canción.

—No la conocían, pero la señora Dexter sí. Estaba embelesada. —Me río y él sonríe. Luego se le congela la sonrisa y me mira como si me viera por primera vez—. No sabía que te hubieras fijado tanto.

Me encojo de hombros y miro el reposabrazos que nos separa.

—Ni yo que te hubieras fijado tú.

Entonces se abre una de las puertas traseras y ambos damos un brinco, como si nos hubieran encontrado con las manos en la masa. Me da la sensación de que así es.

Olivia se lanza al asiento trasero.

—He hecho unos fotones…

—Tendríais que haberlo visto —dice Auden—. La puerta trasera estaba abierta. Fijo que la peña entra ahí continuamente…

—A drogarse y eso —dice ella.

—¿Por eso habéis tardado tanto? —pregunta Carter, provocador. Auden se sonroja.

—Bueno, ¿y qué hacíais vosotros? —rebate Olivia.

Carter me mira y yo le devuelvo la mirada, preguntándome lo mismo. ¿Qué hacíamos? ¿Y por qué siento esta discordancia por dentro?

Luego se vuelve hacia su ventanilla sin decir nada. Así pues, vuelvo a subir el volumen y me lanzo a la autopista, tratando de olvidar que ninguno de los dos ha respondido a la pregunta.

Capítulo 11

DÍAS QUE HAN PUESTO MI NEGRITUD EN TELA DE JUICIO

HOUSTON TIENE MÁS PINTA DE CIUDAD QUE AUSTIN. Las autopistas se retuercen como si fueran espaguetis. La gente conduce a toda velocidad, tomando las varias salidas ubicadas a izquierda y derecha. Me entra el pánico, pero Carter me dice por dónde ir. Llegamos al edificio de administración justo cuando están saliendo para empezar la visita guiada. Los responsables nos apuntan y nos entregan bolsas de tela con artículos de color rojo y blanco.

SIETE VECES QUE CARTER ME HA FULMINADO CON LA MIRADA DURANTE LA VISITA

1. Cuando he levantado la mano y le he preguntado al guía a cuántos estudiantes han agredido durante el curso.
2. Cuando el guía ha preguntado a cuántos nos han aceptado ya en la Universidad de Houston y yo no he levantado la mano.
3. Cuando he empezado a rezagarme y a quejarme de que me dolían los pies.

4. Cuando he criticado las alternativas vegetarianas del comedor.

5. Cuando le he pedido que me llevara a caballito porque estaba cansada de caminar.

6. Cuando me he burlado de un chico que presumía sin parar de haber sido aceptado directamente en las clases avanzadas.

7. Cuando le he pisado el pie a posta mientras Olivia nos hacía una foto al final de la visita.

Me regaña de camino al coche.

—¿Por qué haces como si fueras demasiado buena para estudiar aquí?

—Lo siento. No me gusta el campus.

—No es por eso —dice.

Olivia y Auden caminan unos pasos por detrás.

—Has sido despectiva, igual que ayer, como si en algún momento hubieras empezado a creer que mereces ir a Columbia, cuando no es así.

—¡Ya sé que no!

—No tienes motivos para creerte demasiado buena para esta universidad, sobre todo porque tienes un cincuenta por ciento de posibilidades de terminar aquí.

No respondo.

Puede que tenga razón. Estoy tan resentida por el rechazo de Columbia que no he aceptado que la Universidad de Houston pueda ser mi futuro. Pero no he venido aquí para darme una vueltecita. No tenía ganas de ver el campus, la verdad. Solo he venido para aplacar al chantajista. Sin embargo, ahora me doy cuenta de por qué puse esta visita en la lista de tareas. Puede que acabe aquí los próximos cuatro años y es una gran decisión que no puedo tomar sin pensar.

Cuando llegamos al coche, nadie dice nada. Enciendo el motor y miro fijamente el muro de cemento que hay delante.

—¿Y dónde voy ahora?

—Livvy te indicará.

Olivia se limita a darme indicaciones y nada más. Solo dice:

—Izquierda. Derecha. Sigue recto. Sigue adelante. Para ahí.

Aparco en paralelo en una esquina rodeada de edificios en ruinas, césped seco y aceras hundidas.

—Livvy y Auden, quedaos aquí —dice Carter.

Olivia saca la cabeza entre los asientos mientras él abre la puerta, y le da varios billetes.

—Tráeme judías pintas y arroz.

Cuando Carter sale, se acerca por el otro lado y me abre la puerta. No quiero ir. Este parece el típico sitio en el que te roban el coche apenas te despistas. Miro el restaurante de pollos destartalado que tiene a la espalda.

—Sabes que soy vegetariana, ¿no?

—Vamos a por comida para todos, pero si quieres comerte esa comida para conejos, hazlo.

Me burlo.

—¿Por qué no puedo quedarme en el coche?

—¿Por qué? ¿Te dan miedo los negros, como a tu padre?

Entrecierro los ojos. Y aquí vamos…

—No me dan miedo —digo mientras salgo del coche. ¿Por qué iba a tener miedo?

Cruzamos la calle pasando del paso de peatones. Dentro, hay gente negra en todas las mesas, ya sea comiendo pollo y patatas fritas sazonadas o esperando a que terminen de preparar su pedido. Cuando suena la campanilla de la puerta, la mitad de la clientela se gira para mirarnos. Se me eriza la piel. No estoy acostumbrada a estar rodeada de gente con mi color de piel. Me da la sensación de que ven lo distinta que soy. Pero no pueden, ¿verdad? Podría mezclarme si lo intentara. Podría abarcar el país entero con mi acento. Podría usar esa cadencia y decir «negrata», y aquí «paz» y después «gloria»; sería una más.

Hay un mostrador a la izquierda tras el que varias señoras negras con redecilla corren como pollos sin cabeza (paradójicamente). Cuando llegamos al final de la cola, me pongo cerca de

Carter porque, para ser sincera, sí tengo algo miedo. Es como si pudieran ver lo diferente que soy.

Pero, a ver, me parezco a ellos. Debería sentirme más a salvo aquí que en mi barrio. Los blancos linchaban a la gente con mi tez, así que ¿por qué iba a sentirme más segura con *ellos*? Respiro profundamente y levanto la cabeza.

Al llegar a la caja registradora, Carter tiene que gritar para que lo oigan. Pide la comida y paga con el dinero que le ha dado Olivia. Cuando le dan el recibo, lo sigo hasta un reservado del fondo. La mesa está sucia, así que me meto con las manos lo más cerca posible del pecho. Tardo un segundo en darme cuenta de que él no se ha sentado. Lo miro; todo mi cuerpo vibra.

—Ahora vengo. Voy al baño. —Y me deja completamente sola.

No hago contacto visual con nadie. Quiero desaparecer. Pero mi capa de invisibilidad no debe de funcionar, porque en cuanto se va Carter, un chico negro delgado como él se detiene a mi lado.

—Eh.

No hables con extraños. No hables con extraños. No hables con extraños. Pero hago contacto visual. El desconocido inclina la cabeza hacia un lado y pregunta:

—¿Ese es tu hermano?

Aparto la mirada y niego con la cabeza.

—¿Tu novio?

Vuelvo a negar con la cabeza e inmediatamente me doy cuenta de mi error.

Me mira la cara, baja la vista al pecho y luego vuelve a levantarla.

—¿De dónde eres?

No sé qué decir. La verdad me parece una mala idea.

Sonríe ante mi silencio.

—Ayyy, eres tímida. Eso me gusta. —Se me acerca y me roza la mejilla; yo me aparto, asqueada. Por suerte, Carter sale del baño justo en ese instante.

—Y, dime, ¿cuánto tiempo vas a estar por aquí? —Entonces el chico hace el amago de querer tocarme la cara otra vez.

—Oye, colega —dice Carter, deteniéndose detrás de aquel desconocido—. Estoy seguro de que no quiere que la toques.

Delgaducho se da la vuelta.

—Ah, ¿es tu chica? —pregunta señalándome con el pulgar.

Carter me mira.

—Sí, es mi chica.

Guau. Me quedo boquiabierta y con el corazón a mil. Sé que no lo dice en serio, pero oírselo decir me hace revivir las maripo-sillas.

—Mierda. No lo sabía, colega. —Delgaducho me mira.

—Pero que sea mi chica o no da igual. No tienes derecho a ponerle las manos encima. —Entonces Carter se le acerca; le saca una cabeza a ese hombre/chico.

Delgaducho se ríe y mira a Carter de arriba abajo.

—Oye, que tampoco pasa nada. Además, me la suda esa cara fea. —Luego se da la vuelta y me deja ahí, insultada, asqueada y un poco confundida. ¿Así que ahora soy *fea*?

Carter parece cabreado. Parece que está a punto de darse la vuelta y hacer una estupidez, así que le digo:

—No pasa nada.

—No, sí que pasa. —Se sienta con la mandíbula apretada—. Porque ¿y si hubiera dicho que no eras mi chica? ¿Le habría dado eso luz verde para acosarte o qué?

Me sorprende verlo tan enfadado. Me fijo en cómo entrelaza las manos sobre la mesa.

—No me parece bien. —Sacude la cabeza—. ¿Y si hubieras venido sola? Ese imbécil te habría seguido hasta el coche. —Enton-ces me mira y deja en pausa su argumento—. ¿Por qué sonríes?

Me río un poco.

—No sabía que te preocuparas tanto por mí.

Baja la vista.

—No es por ti. Es por… las mujeres en general. —Luego le-vanta la vista y se le suaviza la expresión—. Pero, sí, me importa que estés a salvo.

Siento un hormigueo en la piel mientras esquivo su mirada y reprimo una sonrisa.

Cuando recogemos la comida y salimos, me invade la calma al ver el coche. Cruzo la calle corriendo y me subo al asiento del conductor, sin pensar en lo que puede haber pasado entre Olivia y Auden mientras no estábamos. Noto el ambiente cargado en cuanto cierro la puerta. Carter también lo nota.

Los dos nos atrevemos a mirar hacia los asientos traseros. Olivia tiene los pies en el regazo de Auden. Parece cómoda y aburrida a la vez. Él parece tenso, como si no supiera dónde poner las manos.

Carter me mira con las cejas enarcadas. Es evidente que algo está naciendo entre Auden y Olivia.

—¿Adónde vamos ahora, Livvy? —pregunta Carter.

—¡Ah! Vamos a mi antiguo parque. Párate en este *Stop* y gira a la izquierda.

Cruzamos un barrio con vallas de alambre y casas desvencijadas, coches que se caen a pedazos en las parcelas, gente sentada en los escalones con bebés que solo llevan pañales.

Se me acelera el corazón. *Qué gran idea esto de traer tu flamante Mercedes a una de las zonas más infestadas de crimen de Texas, Quinn.* Cada día atracan, o asesinan, a una persona en esta ciudad.

Olivia pasa por encima de Auden y señala unos bloques de pisos en muy mal estado.

—Mi amiga Holly vivía ahí. No sé si aún vivirá por aquí.

—¿Tú vivías por aquí? —pregunto.

—No exactamente. Un poco más al sur. Pero todos mis amigos vivían aquí. —Luego vuelve a señalar por la ventana—. Esa es la gasolinera en la que fue el tiroteo. ¿Recuerdas que te hablé de eso, Carter?

—Ajá —dice, mirando por la ventana.

—¿Estabas allí en el momento del tiroteo? —pregunto con los ojos muy abiertos. Ella asiente con la cabeza.

—Qué locura —dice Auden—. ¿Qué pasó?

—Unos idiotas del barrio intentaron atracarla. Murieron dos personas.

—Pero ¿dónde estabas tú? —pregunto.

—Escondida al fondo, donde está la leche.

No sé ni qué decir a eso.. Esta chica no ha tenido una vida fácil. Ahora me siento más culpable todavía por haberle hecho la vida más difícil cuando se mudó a Austin.

Me hace ir a un parque abarrotado de gente negra bebiendo en pleno día y *celebrando* algo, creo. Cuando accedo a la zona de aparcamiento, veo que mi Mercedes negro es el coche menos interesante. El más sugerente parece ser un Impala rojo que está aparcado en diagonal ocupando dos plazas. Tiene las puertas abiertas de par en par y hay varias personas alrededor de la rejilla. Música hip hop retruena por los altavoces y, al aparcar frente a él, me fijo en las llantas puntiagudas. Miro por el espejo retrovisor y me fijo en que amplían la anchura total del coche en al menos sesenta centímetros.

—¿Cómo pueden circular con esas llantas tan puntiagudas?

Carter mira hacia atrás con una sonrisa de admiración.

—Son llantas *swanga*.

—¿Llantas *swinger*? —pregunto, mirando al que creo que es el dueño del coche por el retrovisor. Es un hombre de piel oscura con fundas de oro en los dientes inferiores. Es como si estuviera en el plató de un vídeo musical.

—No —dice Carter, volviéndose hacia mí—. Llantas *swanga*.

Olivia se ríe.

—Una vez, vi a un tipo con unas *swanga* que pretendía pasar por un carril estrecho entre barreras de hormigón. La cosa no acabó bien.

—Livvy, has contado esa historia mil veces.

Ella se parte de la risa.

—¡Pero es tan divertido!

—Salgamos, anda. —Carter abre su puerta, pero yo sigo mirando al hombre por el retrovisor.

Me da miedo llamar la atención, que se fijen en mí por lo que soy... o por lo que no soy, supongo. Sin embargo, nadie nos mira al salir. Carter y yo seguimos a Olivia y a Auden hasta una mesa de pícnic vacía. Ellos dos se sientan juntos y empiezan a dar buena cuenta del pollo y las patatas fritas, mientras yo me siento delante. Carter se sienta en la mesa, frente a mí, con las zapatillas apoyadas junto a mis muslos, en el banco. Va dando bocados con la libreta roja en el regazo.

Olivia apoya la mano en la espalda de Carter.

—¿Qué escribes ahí?

—Nada —refunfuña, sin levantar la cabeza.

—¿Qué son? ¿Cartas de amor?

—No. —Me mira de reojo y luego vuelve a centrarse en la libreta. Me pone de los nervios.

Levanto la vista de mi sándwich de mantequilla de anacardo y rodajas de manzana y me fijo en la mirada inquebrantable de Olivia. Me deja paralizada. Muerde una patata frita sin dejar de mirarme fijamente.

—Oye, ¿qué pasa con eso de Columbia?

Se me seca la boca y me sudan las palmas de las manos. Auden se inclina hacia delante para mirarme también.

—Pues eso, que no he entrado.

—Pero mentiste a todo el mundo y dijiste que sí.

Por cómo lo dice parece que me esté juzgando.

—No, le mentí a mis padres —la corrijo—. Y ellos fueron contándolo por ahí.

—Pero ¿por qué mentiste? —me pregunta con una curiosidad genuina.

Carter levanta los ojos de su diario. Supongo que se pregunta lo mismo.

Hay muchas respuestas a esa pregunta y muchos motivos.

—Mis padres llevan planificando lo de Columbia desde que nací. Por desgracia, no contaban con que su hija fuera tonta.

Olivia pone los ojos en blanco.

—No eres tonta.

—¿Has visto mis notas?

—He visto lo que escribes. Tienes mucho talento.

Me toma desprevenida.

—¿Cuándo has visto tú lo que escribo? —Lengua y Literatura es, sin duda, la asignatura que peor llevo.

—¿Te acuerdas el año pasado cuando desde el anuario organizamos el concurso de los pies de foto? —Mira a Auden—. Los tuyos eran graciosísimos.

—Sí, es verdad —dice Auden.

—Ya, pero fue Gia Teller quien lo ganó, si no recuerdo mal.

—Sí, pero… —Olivia suspira.

—Hay mucha política en temas de anuario. —Es Auden quien termina la frase.

Ella pone los ojos en blanco.

—El padre de Gia compró… no sé… —se vuelve hacia Auden—. ¿Cuántas páginas fueron? ¿Dos páginas de anuncios para el dichoso concesionario de su familia?

—Sí, creo que sí. Además, dona mucho dinero al instituto.

—Por eso no podías pasar una página del anuario sin ver su cara de tonta.

Enarco las cejas por el tonito que acaba de usar.

—Joder, cómo odio a esa perra —dice Olivia.

Sonrío y vuelvo a bajar la vista al sándwich.

—Y yo.

Cuando vuelvo a levantar la mirada, veo que sonríe.

—Tendrías que haber ganado tú —me dice—. Siempre he pensado que deberías haber estado en el anuario. Se te dan genial los pies de foto.

Vaya, nunca pensé que mis pies de foto fueran tan buenos. Y tampoco pensé que fuera a escuchar eso de Olivia Thomas.

—Gracias.

No se le borra la sonrisa y sigue observándome.

—Oye, una pregunta…

La miro a los ojos, no sin cierta duda.

—¿Cómo acabó publicada esa foto?

Me tiemblan los labios. El viento me levanta el pelo. Me lo paso por detrás de la oreja y miro a Carter, que dice:

—Deberías contárselo. Podría ayudarte.

No tenía pensado contarle a nadie lo de mi diario. De hecho, nunca se me pasó por la cabeza que *Carter* lo supiera. Pero ¿Olivia? En mi diario hay secretos sobre ella.

—¿Ayudar con qué? —Ella entrecierra los ojos.

Miro a Auden, que está sentado a su lado. Inclina la cabeza con aire curioso y pregunta:

—¿Tiene esto algo que ver con lo que discutíais ayer?

Vuelvo a mirar a Carter. Mueve la cabeza.

—Puedes confiar en mí —dice Olivia de repente. La miro a los ojos. Mi demora en contestar no es por eso, pero me alegra saberlo.

—Y en mí también —dice Auden.

Me levanto y me alejo unos metros de la mesa; les doy la espalda. Que Carter supiera de mi diario no ha sido malo del todo. Poder hablar de mis listas ha sido genial y sé que no habría llegado hasta aquí sin él. Sin *ellos*. Puede que Auden y ella puedan echarme una mano también.

Cuando me doy la vuelta, Olivia está sentada en la mesa junto a Carter; apoya los codos sobre las rodillas y me dedica toda su atención. Auden se sienta en la mesa detrás de ellos. Los miro a los tres: están esperando que abra la boca. Parece que ha llegado la hora del cuento, pero, por desgracia, la historia va sobre el peor día de mi vida.

Capítulo 12
CÓMO HACER AMIGOS

HAY MUCHO VIENTO HOY, ASÍ QUE ME RECOJO EL PELO en una coleta; estoy haciendo tiempo. Un bebé llora en la distancia. Alguien se ríe. El hip hop sigue sonando en el aparcamiento.

—Nena… —dice Olivia, impaciente.

—Vale, vale. —La miro, pero me cuesta mantener su mirada, así que miro a Carter—. Tengo un cuaderno lleno de listas como la que se ha publicado. Y resulta que ayer ese diario desapareció.

Olivia enarca las cejas.

—Carter —digo—, ¿continúas tú?

Suspira.

—Tomé el cuaderno por error. Y luego digamos que… lo perdí.

—¡Carter! —Olivia le da un golpe en el pecho con el dorso de la mano.

Él frunce el ceño y se frota la camisa.

—Fue sin querer.

—Entonces, ¿alguien robó ese cuaderno y publicó la lista? —pregunta Olivia, volviéndose hacia mí.

—Sí, pero la cosa va a peor. Después de que Carter me dijera que lo había perdido, recibí un MD de ese perfil anónimo que publicó la lista. Me obliga a cumplir una de las listas de tareas; si no, hará público el cuaderno entero.

Olivia se inclina hacia delante.

—¿Te está chantajeando?

—¿Y por qué quiere que cumplas una lista de tareas? —pregunta Auden.

Carter me señala con la cabeza.

—Enséñales la lista.

Aprieto el móvil con fuerza. Mi lista de tareas ha sido un secreto durante mucho tiempo. Carter la leyó en contra de mis deseos y el chantajista también, pero exponerme voluntariamente es otra cosa.

—Eh —dice Carter, sacándome del ensimismamiento—. No pasa nada. Son de fiar.

Pero aún no sé si él lo es. En cualquier caso, ya saben lo de Columbia. La lista no es mucho peor que eso.

Abro la cadena de MD entre mi chantajista y yo.

—Esta es mi lista de «Cosas que hacer antes de graduarme». Es la razón por la que estamos aquí hoy. —Le paso el móvil a Olivia.

Auden lee por encima del hombro de ella.

—Un momento. ¿Qué es lo último de la lista? —pregunta Olivia, con una ceja enarcada.

—No sé, no suelta prenda —responde Carter.

Lo último de la lista es lo *único* que sigue siendo un secreto. Ni siquiera el chantajista sabe lo que es. Y mientras siga así, no me puede obligar a hacerlo.

—Pero fíjate en esto. —Carter nos enseña su cuaderno.

Olivia mira por encima de su hombro, igual que Auden. Me acerco, curiosa por ver qué ha estado escribiendo ahí. Es una especie de plano de los pupitres de la clase de primera hora de la señora Yates.

—Yo me siento aquí. —Señala su nombre en un recuadro—. Mira a todos los que se sientan cerca de mí. ¿Quién te odia tanto como para hacer algo así?

Frunzo el ceño.

—No tengo *haters* así, que yo sepa.

—Bueno, alguien te odia lo suficiente como para chantajearte. —Señala todos los cuadritos alrededor de su mesa—. ¿Alguna de estas personas? —Se detiene en el pupitre justo de detrás: *Matt Rat*.

—¿Quién es Matt Rat?

Sonríe.

—Tu noviecito.

—Se llama Matt Radd —digo con una mueca.

—Lo mismo da. Lo que importa es que se sienta justo detrás de mí.

—Ya, pero él nunca haría algo así.

—¿Estás segura? —me pregunta inclinándose un poco más hacia delante.

—Sí. Somos amigos. ¿Por qué haría esto?

—Bueno... —Se echa hacia atrás y mira a Olivia enarcando las cejas—. Hemos oído cosas sobre ti, Destany y él.

Pongo los ojos en blanco y retrocedo unos pasos.

—Nada de eso es cierto.

—Puede que te guarde rencor porque te interpusieras entre Destany y él —dice Carter.

—Primero... —me echo a reír y levanto un dedo—, Matt y yo ya hemos hablado de esto. Sabe que no tuvo nada que ver con lo que pasó entre Destany y yo. Segundo, le importa más nuestra amistad que cualquier lío con Destany.

Carter no parece muy convencido.

—Qué manera de engañarte a ti misma...

—¿Perdona?

—Mira, lo que yo creo es que se cabreó porque te metiste entre él y la chica que le gusta *de verdad*.

Hago una mueca de dolor.

—Encontró tu cuaderno, vio la ocasión de exponerte y ahora tiene una oportunidad con Destany.

—Menuda tontería. Podría salir con ella y ya. ¿Por qué tendría que chantajearme?

—Tiene que cortar todos los lazos entre tú y Destany para que ella acceda. Ahí tienes el motivo. —Carter empieza a escribirlo debajo del nombre de Matt.

—No escribas eso. —Intento quitarle el lápiz de la mano.

Me mira como si estuviera loca.

—Tienes que ser imparcial.

—Y tú tienes que ser razonable.

—Mmm. —Olivia nos interrumpe—. ¿Y si nos fijamos en que Destany también está en esta clase?

—Se sienta más lejos de mí —señala Carter.

—Sí, y tampoco haría algo así. —Niego con la cabeza. Se están agarrando a un clavo ardiente.

—¿Cómo lo sabes? —pregunta ella, asombrada.

—Porque éramos muy amigas.

—«Éramos», ahí está la clave.

—Muy bien. ¿Y qué motivo tendría? —Puse los brazos en jarra—. Si quiere que volvamos a ser amigas, hacerme chantaje sería contraproducente, ¿no?

—¿Quién dice que quiera volver a ser tu amiga?

—¡Ella! Lleva rogándomelo toda la semana.

Olivia se encoge de hombros.

—Yo digo que lo escribamos.

Carter toma nota y yo suspiro profundamente.

—Dios. ¿Sabéis quién me parece a mí sospechoso de verdad? —Señalo directamente a Carter, que me mira sin pestañear.

—¿En serio, Quinn?

—Fuiste la última persona que tuvo mi cuaderno en las manos. Ya que hablamos de «imparcialidad», apunta eso. —Y dibujo las comillas en el aire.

—¿Que apunte qué? ¿Cuál es mi motivo para chantajearte?

—Vengarte por cómo te trató mi padre.

Se pasa la lengua por los labios.

—Lo que hizo tu padre fue una mierda, sí, pero ya lo he superado.

—¿Seguro?

—Mira, me importa un bledo que tu padre odie el color de su propia piel.

Se me cae la cara de vergüenza. Bajo la vista al suelo. Así que no estoy loca por pensar que, tal vez, mi padre odia ser negro. Carter también lo piensa.

Repara en mi expresión hosca y retoma el hilo de la conversación.

—De acuerdo, escribiré «última persona conocida que tuvo el cuaderno» junto a mi nombre. No es un motivo, pero es lo que sabemos con seguridad.

—A ver, pensamos mucho en quién odia tanto a Quinn como para hacerle esto —dice Auden—, pero la verdadera pregunta es: ¿quién se beneficia de hacer quedar mal a Quinn?

Todos nos inclinamos sobre el papel. Entonces lo veo, sentado a la izquierda de Carter: *Kaide el de Harvard*. Señalo su nombre.

—Con lo racista que es, demostrarle a la gente que no he entrado en Columbia le viene de maravillas.

—Mierda, tienes razón —dice Carter—. Kaide siempre anda soltando comentarios racistas. Se cree que me tengo que copiar para sacar mejores notas que él.

—Qué ganas tenía de darle una paliza… —dice Olivia—. No es tan tonto como para soltar comentarios racistas cuando estoy cerca, pero su fama le precede. —Sacude la cabeza y se frota el puño izquierdo con la mano derecha—. Estoy lista para entrar en acción.

—No nos precipitemos —dice Auden—. Primero necesitamos pruebas.

Carter asiente con la cabeza y me pregunta:

—¿Ya has enviado la foto que nos hemos hecho en el campus?

Tomo el móvil de la mesa, selecciono la foto que ha hecho Olivia y la envío.

—Muy bien, tenemos tres sospechosos…

—Cuatro —digo, mirando a Carter.

—Cuatro sospechosos principales —se corrige Olivia— y uno que pesa más que los demás.

Entonces me suena el teléfono en la mano. Miro hacia abajo y abro el mensaje: **Genial, pero esto parece un solo campus, ¿no? En la lista pone DOS universidades.**

Me quedo con la boca abierta.

—Ay, Dios.

—¿Qué pasa?

Le paso el móvil a Carter.

—¡Todo esto ha sido una pérdida de tiempo!

—¿Qué pasa? —pregunta Olivia.

Carter le extiende el teléfono.

—¿A qué distancia está la otra uni de aquí?

—No lo sé. —Me encojo de hombros—. A una hora o dos, creo. No tengo tiempo para eso. Tengo que irme a casa después de clase. ¿Ahora qué hago?

Olivia levanta la vista del móvil con una sonrisa diabólica.

—Se me ocurre algo.

Enarco las cejas, escéptica.

—Una de las cosas de tu lista es vivir la noche de Austin.

—No, Livvy —dice Carter con un suspiro.

—¿Qué pasa? —pregunto.

—Bueno… el concierto de Vontae es esta noche en la Sexta.

Sigo a un Ford Super Duty de color plata por el campo. Va casi diez kilómetros por encima del límite de velocidad, adelantando a los que van despacio. Pongo el piloto automático y dejo que me guíe. Cuando miro por el retrovisor, veo a Olivia desplomada en el asiento: está durmiendo con la boca abierta. Auden está en su rincón, mirando por la ventanilla. Miro a Carter para ver si está despierto. Desde este ángulo y el rápido vistazo que le echo, no lo veo bien. Tiene la cabeza apoyada en el reposacabezas, la barbilla en dirección al cielo y las pestañas bajas.

El Ford adelanta ágilmente a un viejo monovolumen. Yo hago lo mismo.

Cuando estamos llegando a Austin, encontramos atasco. El sol de las tres de la tarde me ciega y hace desaparecer las líneas blancas de la carretera. Bajo la visera, pero no sirve de nada.

—Llevas el asiento demasiado bajo.

Me vuelvo hacia Carter, sorprendida. No sabía que estaba despierto.

—Por eso no te tapa bien la visera. Tienes que levantar más el asiento —me aconseja señalando el lateral de su asiento.

Tanteo en el lateral y, sin querer, empujo el asiento hacia delante.

—No, es la palanca de más atrás.

Hace poco que tengo el coche, así que no me ha dado tiempo a familiarizarme con todas las palanquitas y botones. Tampoco lo he intentado. Siento que sigue siendo de prestado.

Levanto una palanca y el respaldo del asiento cae en horizontal cual tumbona.

—Ay, mierda —digo, tirando de él hacia arriba.

—Está justo… aquí. —Se ensancha el cinturón de seguridad, me agarra el reposacabezas con una mano y pasa la otra por encima de mi regazo. Dejo de respirar cuando me roza el abdomen con el brazo. Entonces me levanta el asiento, la visera me hace sombra y mis ojos se posan en sus labios, sí, justo ahí. En voz baja, me pregunta—: ¿Mejor? —Tiene el brazo ligeramente apoyado en mis muslos y una mirada penetrante.

Asiento con la cabeza y un coche toca el claxon detrás de nosotros. Cuando miro hacia delante, hay un kilómetro y medio de distancia entre mi coche y el que nos precede. Carter se aparta, se reajusta el cinturón y yo piso el acelerador, frenando de golpe al alcanzar de nuevo los coches que van delante.

Olivia sigue frita en la parte de atrás. Auden continúa mirando por la ventana. Cuando me atrevo a mirar a Carter, tiene la mirada fija en el frente, pero debe de notar que lo estoy mirando, porque se gira hacia mí.

Miro la carretera y luego vuelvo a mirarlo a él.

—Siento lo que he dicho sobre tu padre.

—Ah. —Niego con un gesto—. No pasa nada.

Me vuelvo hacia la carretera y avanzo un centímetro. Él también mira hacia el parabrisas. Nos quedamos en silencio. Pienso en lo que Matt dijo anoche sobre el tema.

—¿De verdad crees que odia el color de su piel? —le pregunto.

Me mira como si fuera una pregunta con trampa o algo, pero en lugar de responder, me pregunta:

—¿Y tú?

Suspiro y me relajo en el asiento.

—No lo sé. Creo que decir que «odia ser negro» es ir demasiado lejos. Quizá solo sea… —Parpadeo mirando el techo del coche—. No sé, no estaba ahí. No sé qué te dijo.

—No dijo: «Hola, ¿quién eres?» —responde Carter entre dientes—. Me dijo: «¿Perdona? ¿Qué estás haciendo en mi casa?». Eso fue lo primero que salió de su boca.

Pestañeo varias veces y vuelvo a mirar hacia delante.

—Lleva toda la vida advirtiéndome de las dificultades que tendré por ser negra: que si me pondrán notas injustas y los castigos más duros, cosas así. Sin embargo, nunca he vivido nada de eso. No necesito preparación para ese tipo de cosas, la verdad.

Carter se me acerca un poco.

—Fueron las dificultades a las que tuvo que enfrentarse su generación. —Cruza los brazos sobre la consola. Parece emocionado por hablar de esto conmigo—. Y es evidente que siguen siendo un escollo para la nuestra, pero no tanto.

Asiento con la cabeza, animada como él. Por fin tengo a alguien que quiere hablar de estas cosas.

—Mis padres nunca me contaron, por ejemplo, que por la forma en que hablo y actúo podría hacer que la gente me llamara «blanca».

—Ya, te entiendo —dice Carter—. Mi madre me habló de los estereotipos, pero nunca me enseñó los peligros de ser la excepción.

—Ser la excepción a los estereotipos de la negritud significa automáticamente que no eres tan negro.

Asiente, parpadeando lentamente. Lo miro y pienso en todos los estereotipos en los que creía que encajaba. Nunca pensé que él también tuviera que lidiar con ser la excepción. Entre esa manera de hablar y de comportarse, y que todo el mundo en el insti lo considera un negro «de verdad»… Dejé que esas suposiciones moldearan mi forma de verlo. En eso no soy precisamente mejor que los blancos. Y no soy mejor que *mi padre*.

—Tengo que serte sincero, Quinn —dice Carter. Se me frunce el ceño al mirarlo—. No creía que te importara que te llamaran «Oreo».

Entrecierro los ojos.

—Nunca he usado la palabra «Oreo». —Solo la usé en mi diario.

—No hace falta —dice—. A mí ya me lo han dicho alguna vez.

¿Qué? ¿En serio? Estoy segura de que la sorpresa se me refleja en la cara. Se ríe y asiente con la cabeza.

—Cuando era pequeño y aún iba al colegio público. —Hace una pausa y mira por la ventanilla—. Pero dejé que eso modificara mi comportamiento. Cambié la forma de hablar, de vestir, de actuar, de relacionarme. Por suerte, no dejé que influyera en mis notas. Solo me volví más callado y reservado con mis tareas escolares.

Se vuelve hacia mí y sacude la cabeza.

—Y nada, solo quiero decir que puede que te haya hecho lo mismo que esos niños me hicieron a mí. Y lo siento.

Me fijo en su atenta mirada y siento cierta ligereza en mi interior. ¿Cómo puede provocarme esta sensación? Me hace sentir más visible que nunca, como si todas mis partes más recónditas y oscuras irradiaran una luz dorada.

Mi móvil vibra desde su pequeño recoveco en el salpicadero. Aparto la vista de la mirada pensativa de Carter y compruebo que el coche de delante no se mueve antes de abrir el mensaje.

Matt: ¿Carter y tú os habéis saltado las clases juntos?

Le echo un vistazo, pero no puedo concentrarme lo suficiente como para responder, ni siquiera para emocionarme porque parezca celoso. Vuelvo a dejar el teléfono en su sitio y miro a Carter. Sigue mirándome de esa manera tan atenta y pensativa.

—Yo también lo siento —le digo.

Tardamos media hora en salir de todo ese tráfico y volver al aparcamiento vacío del instituto. Auden zarandea a Olivia para despertarla. Ella gime, bosteza y se estira. Entonces, Auden abre la puerta.

—Gracias por traerme, Quinn.

—Auden, vente a casa a las ocho —dice Carter.

—Vale.

Olivia pasa una mano por el respaldo de mi asiento y me la posa en el hombro.

—Tú también, vente a mi casa a las ocho. Hay que conseguirte un carné falso.

—*¿Qué?* —Me doy la vuelta.

—Si vamos a hacerlo, hagámoslo bien. —Y dicho eso, sale del coche y me deja a solas con Carter.

Lo miro.

—¿Carné falso? Nadie había dicho nada de carnés falsos.

—Quinn, no te ralles. Solo piensa en cómo salir de casa esta noche. Estaremos fuera toda la noche.

Y, entonces, él se marcha también.

Salir de noche al centro es una cosa, pero ¿carnés falsos? Tengo dieciocho años. Podría ir a la cárcel por esto.

Miro el reloj del salpicadero. Van a dar las cuatro. *Mierda.* Mis padres me están esperando en casa. Salgo del aparcamiento mientras Carter se sube al asiento del conductor del viejo Honda de Olivia. Me mira mientras me alejo. Yo también lo observo, pero con el corazón latiéndome a mil por hora.

Capítulo 13
LO QUE SÉ DE MI PADRE

LO QUE SÉ DE MI PADRE

1. Nunca llora.
2. No le gusta nada estar al aire libre.
3. Le encanta leer sobre la historia de la tecnología.
4. O está engañando a mamá o no le hace falta mucho sexo.
5. Se fue a Columbia para alejarse de aquí.
6. Su padre lo repudió por irse.
7. Volvió tras la muerte de su padre.
8. Odia a su padre por haber tirado la toalla.
9. Se hizo cirujano para salvar a la gente.
10. Visita a Hattie todos los sábados (sin mí).
11. Se culpa por no haber estado en casa cuando murió su padre.
12. Sin embargo, nuestra familia agoniza y él está ausente.

Nos subimos al Land Rover de mamá; conduce papá. Están escuchando a Tyrese a un volumen bajo. Solo lo ponen cuando las cosas van bien. Supongo que por eso es mi favorito.

Papá sostiene la mano de mamá. Con los dedos le trepa por el brazo. Observo con atención, preparándome para el momento en que mamá se dé cuenta de que papá no se ha disculpado, y para que papá se dé cuenta de que mamá no ha empatizado con él. No quiero esperar el final. Quiero disfrutar de este momento. Quiero cantar las letras de Tyrese, pero no puedo dejar de pensar en que es solo cuestión de tiempo.

—Me encanta conducir tu Land Rover —dice papá, mirando a mamá y luego de vuelta a la carretera—. Va como la seda.

—Pues cómprate uno.

—¿Sí? Podemos ser una familia Land Rover. Cambiaremos también el Mercedes de Quinn. —Me mira por el retrovisor—. ¿Qué te parece, Quinn?

Me encojo de hombros.

—Cuando te gradúes, te compraremos un Land Rover. Es mucho más espacioso para ir a Nueva York.

—¿Quieres que vaya a Nueva York en coche? —pregunta mamá—. No creo que se lleve el coche. En la ciudad dudo que lo use.

Suena Boyz II Men.

—Alguien tendrá que llevar todas las cajas de la mudanza hasta allí.

—¿Qué necesita, además de algo de ropa? Ni que fuera a mudarse para siempre, Desmond.

Oh, oh.

—Wendy, se alojará en un piso. Querrá llevarse mucho más que ropa.

—Es totalmente innecesario. Será una estudiante de primero, por el amor de Dios. Búscale un cuarto en una residencia universitaria. Deja que se oriente un poco como estudiante primero antes de alquilarle un piso.

—Pueden pasar muchas cosas en una residencia con tanta gente en un mismo espacio. Me quedaría más tranquilo sabiendo que mi niña está en un piso.

—Yo me alojé en una residencia mis dos primeros años en Columbia y no me pasó nada. Creo que será bueno para ella que empiece en una residencia. A ver si así agradece un poco más las cosas.

—¿La estás llamando «desagradecida»?

Hablan de mí como si no estuviera presente.

—Le has comprado un Mercedes con *dieciocho* años. ¿Sabes qué coche tenía yo a los dieciocho?

—Wendy, por favor, no empieces.

Y ya no dicen nada más al respecto. Siguen tomados de la mano, pero en un gesto rígido. La música sigue sonando, pero ha perdido toda la intención.

Cuando llegamos a Olive Garden, papá sale del coche y va a abrir la puerta de mamá, pero no se agarran de la mano al entrar. Es más decepcionante de lo que esperaba.

Nos sientan en un reservado junto a la pared. Mamá y papá se sientan a un lado; el espacio entre sus brazos es enorme. El restaurante está lleno de parejas y grupos de cuatro personas, y se oye el rumor de las conversaciones por encima de la música acústica de fondo, intercalada con el tintineo de los cubiertos contra los platos. Estamos rodeados de gente blanca, como es habitual en esta parte de la ciudad.

Espero unos minutos, mirando alrededor del comedor y luego vuelvo a centrarme en el espacio entre mis padres.

—¿Puedo quedarme a dormir en casa de un amiga esta noche?

Ambos levantan la vista de las cartas.

—¿Destany? —pregunta papá—. Por supuesto, cariño. ¿Estará la otra chica? ¿Cómo se llama?

—Gia —responde mamá, sin apartar la vista de su carta.

—Nunca me ha caído especialmente bien esa chica —comenta papá.

—Su padre es un gran benefactor de Hayworth —dice mamá—. No ha visto muchas consecuencias por sus actos y se le nota.

—Siempre nos llama por nuestros nombres de pila —dice papá—. «Hola, Wendy. Hola, Desmond». Es… —Vuelve a mirar la carta, sacudiendo la cabeza—. Al menos Destany siempre ha sido respetuosa.

—Sí, pero Destany tiende a seguir a Gia. —Mamá me mira.

Y yo tendía a seguir a Destany, así que...

—No es Destany —digo, cruzando los brazos sobre la mesa.

Los dos se sorprenden.

—Se llama Olivia Thomas.

—¿Dónde vive? —pregunta papá.

Me quedo callada un momento. No quiero mentirles, ya les he contado bastantes mentiras.

—Al este de Austin.

Ambos fruncen el ceño.

—¿Y va a Hayworth? —pregunta él.

—Está becada.

Mamá asiente con la cabeza para calificarla.

—Debe de ser muy lista.

—Mucho, sí. —Sonrío—. Es la fotógrafa del anuario... Tiene mucho talento.

Ambos vuelven a levantar las cartas.

—De acuerdo —dice mamá.

Papá le da la vuelta a la carta, como si no fuera a pedir lo mismo de siempre (un filete bien hecho con *fettuccine alfredo*), entonces me pregunta:

—¿Ya has mirado los pisos que te envié?

Lo hace siempre: me envía por correo electrónico enlaces a varios apartamentos de Nueva York. Antes los abría, les echaba un vistazo y me imaginaba viviendo en ellos, pero, pasado un tiempo, empezó a dolerme demasiado.

—Me han gustado los tres primeros —le digo.

Me mira a los ojos.

—Solo te envié dos.

Me quedo con la boca abierta.

—Sí, eso es lo que quería decir. Que me han gustado los dos.

—Quinn Jackson.

Y aquí vamos otra vez.

10 PREGUNTAS QUE HACE PAPÁ SOBRE COLUMBIA ANTES DE QUE NOS TRAIGAN LA COMIDA

1. Ni siquiera has abierto el correo, ¿verdad?
2. ¿Piensas dormir en la calle o qué?
3. ¿Sabes que los precios suben cuanto más esperes?
4. ¿Sabes lo caro que es Nueva York?
5. ¿Has pensado en tu especialidad?
6. ¿Piensas quedarte en la calle después de graduarte?
7. ¿Qué tipo de trabajo te ves haciendo el resto de tu vida?
8. ¿Quieres ser una indigente?
9. ¿Ya has llamado a tu orientador profesional?
10. No puedes depender de nosotros para siempre, así que ¿piensas dormir en la calle?

Cuando imprimí la carta de aceptación falsa, pensé que tal vez más adelante les diría que Nueva York estaba demasiado lejos y que prefería quedarme en Austin para ir a la UT. Pero resulta que la UT me puso en la lista de espera y entonces *todo* se volvió imposible. Ni siquiera entré en la universidad que tenía como segunda opción.

—Papá, si no he buscado un sitio para vivir en Nueva York es porque…

Ha llegado el momento. Ahora es cuando se lo cuento.

—¿Porque qué? —apunta él, con menos paciencia de la que me gustaría.

Y me acobardo.

—Porque tengo miedo.

—Sé que da miedo dejar el nido, pero…

—No, papá, tengo miedo de que cuando me mude, te vayas tú también.

De repente, se pone pálido. Mamá lo mira con una expresión temerosa.

—Parece que lo único que tenéis en común es vuestro interés por mí. ¿Qué pasará con esta familia cuando me vaya?

—No va a pasar nada, cariño. —Pero mira hacia otro lado cuando lo dice.

El camarero nos trae la comida y nota la tensión. Es tangible, emana en oleadas. Y se me ha pasado hasta el hambre. Solo quiero marcharme, irme a casa de Olivia, para que puedan volver a discutir.

Capítulo 14

MOTIVOS POR LOS QUE ME GUSTARÍA QUE HUBIÉRAMOS SIDO AMIGAS ANTES

EN CUANTO SE ABRE LA PUERTA DEL PISO DE OLIVIA, ME planta un carné falso en las manos.

—Tienes veintidós años. Memoriza el cumpleaños.

Estoy en el mismo rellano, mirando una foto mía que me resulta familiar.

—He usado tu foto del anuario del año pasado.

Tengo la mirada despejada y despreocupada. Qué despreocupada era entonces… Leo la fecha de nacimiento una y otra vez: 14 de diciembre de 1998. Me tiemblan los dedos.

—Esto es superilegal.

Abre más la puerta.

—Pasa, anda, que se va el aire frío.

El interior del piso está oscuro. Huele a incienso, a velas y a humo de cigarrillo. Una mujer blanca está sentada en el sofá, con el pelo rubio recogido en un moño despeluchado. Está haciendo algo que parece un collar de cuero verde mientras ve un programa de crímenes. Nos mira, entrecerrando los ojos para vernos bien en la oscuridad.

—Mamá, te presento a Quinn.

Levanto la mano.

—Hola.

—Hola, cariño —dice con una voz ronca y cansada.

Olivia me lleva más allá del sofá hasta la oscura cocina, donde agarra un paquete de seis cervezas Dos Equis de la nevera. Todavía me sorprende el descaro que tiene al beber en casa de su madre, mientras ella está en casa.

—Ve a mi habitación. Está a la derecha. —Busca en los cajones—. A ver si encuentro el puto abrebotellas.

—Esa boca, Livvy —dice su madre desde el sofá, como si ese fuera el factor más preocupante en esta situación.

Recorro el oscuro pasillo. Su habitación es la única con la luz encendida. En cuanto entro, me quedo cautivada por las lucecitas blancas de Navidad que brillan en el techo y las fotografías pegadas a las paredes y colgadas de cuerdecillas.

Muchas de sus fotos son de la ciudad. Hay una de Carter riendo, sentado en las escaleras de fuera. Me la quedo mirando y fijo la vista en los hoyuelos de las mejillas. ¿Tiene hoyuelos? Creo que nunca lo he visto sonreír tanto conmigo. Menos mal, supongo, porque me habría perdido en ellos, como me estoy perdiendo ahora, sumida en esas trincheras adorables de su rostro.

Cuando paso a la foto que está junto a la suya, se me congela el corazón. Es una foto de Kristina Lowry sentada en la cafetería junto a sus amigos. Está mirando directamente a la cámara, estoica, como si le hubiesen hecho la foto un segundo antes de que se diera cuenta de que la estaban fotografiando. Es preciosa, todo salvo el rayón con rotulador rojo que le rodea la cara en forma de letra D.

Miro las fotos a la derecha de Kristina. Toda la serie está montada como estaba cuando estropearon las fotos por primera vez, con la frase de: «Última hora: ¡La fotógrafa del instituto la chupa que da gusto!».

¿Guardó las fotos vandalizadas? No solo las guardó, las tiene expuestas en su cuarto. ¿Por qué querría recordar algo así? La miro horrorizada, con la frente empapada de sudor.

Entonces, entra justo detrás de mí con las cervezas en una mano y el abridor en la otra. Me doy la vuelta y me llevo la mano a la nuca. Me mira con curiosidad y luego se fija en la fila de fotografías. Una mirada cómplice se asoma a su rostro.

—Ah, ya. —Cierra la puerta con el pie, luego se acerca y deja las cervezas sobre la mesa—. Siempre pensé que el rojo les daba un toque artístico. ¿Sabes? —Se gira y se apoya en la mesa, esperando mi respuesta.

Sin embargo, me he quedado sin palabras.

—Como que había tocado la fibra si alguien se había sentido lo bastante conmovido como para destruir mi obra. —Sonríe y luego se encoge de hombros—. No sé. Me hacen sentir como una auténtica artista en medio de una revolución sexual o algo así.

Agacho la cabeza para ocultar la vergüenza que siento.

—Agarra una —me dice señalando la cerveza.

—Ah, bueno... da igual —tartamudeo—. La verdad es que no bebo.

—Tampoco sales por el centro —dice con una sonrisa—. ¿Has bebido alguna vez?

—He dado algún sorbito que otro. —Por lo general, sin querer.

A Destany y a Gia les encantaba beber, pero a mí nunca me había gustado. Y cuando protestaba, cuestionaban mi lealtad.

«Nos vas a delatar, ¿no?», había preguntado Gia alguna vez.

Yo les aseguraba que no, pero entonces Destany me decía: «Mira, da unos sorbitos para que sepamos que no lo vas a contar». Y a partir de ahí, me presionaban para que bebiera más. Empecé a no ir a su casa cuando sabía que sus padres no estaban.

—Toma —dice Olivia, pasándome una lata abierta—. Es la cerveza más suave que hay.

Me quedo mirando el borde un rato.

—No bebas si no quieres —dice ella, levantando las manos—. Más para mí, ¿no? —Se ríe, agarra otra lata y se la abre.

Doy un sorbito, que me sabe amargo, curiosa por todo el bombo, pero agradecida porque no me presione. Luego pruebo una vez más, esta vez me sabe menos amargo.

—Es buena, ¿eh? —pregunta.

—Sí. —A ver, *asquerosa* no está.

Abre el portátil y pone una lista de reproducción titulada *Prepárate para la fiesta*, llena de canciones populares de hip hop y un montón de Vontae. Intento no acobardarme. Esta noche va a ser... todo un reto.

—Bueno, veamos... —Se da la vuelta y me mira, dándose golpecitos en los labios. Nerviosa, tomo otro sorbo de la Dos Equis—. ¿Alguna vez te has alisado el pelo?

—Mmm. —Doy un paso atrás sin darme cuenta—. No. Y la verdad es que no quiero.

—Lo entiendo. —Se ríe—. A mi madre le gustaría que no llevara el pelo trenzado siempre, pero tampoco tiene ni idea de cómo peinar el pelo afro. Es más fácil así.

—¿Te lo haces tú?

Sonríe, pasándose una mano por las microtrenzas.

—No, la madre de Carter. —Luego se me acerca, alarga el brazo y me acaricia el pelo. Me encojo un poco, preparándome para su reacción—. Tienes un pelo muy grueso. Me encanta. —Me mira a la cara y luego a mi pelo—. Muy bien, no te muevas.

La veo irse y el corazón vuelve a latirme poquito a poco.

No dejo que la gente me toque el pelo. Ya no. Siempre lo he llevado al natural. Mi madre me enseñó a lavármelo, acondicionarlo bien, desenredarlo e hidratarlo cada semana. Nunca me planteó la idea de alisármelo, ni con productos químicos ni con nada. Y a mí nunca me ha apetecido. Me encanta mi pelo esponjoso.

Pero no sé, ahora tengo dudas. Destany y Gia solo querían alisármelo. Cada vez que nos preparábamos para salir, me rogaban que me lo alisara. Y una vez cedí. Gia le estaba alisando el pelo a Destany y le pregunté:

—¿Puedes alisármelo a mí también? —Fue una de las cosas más tontas que he hecho nunca.

Las dos se pararon un momento y me miraron el pelo.

—Mmm, es que esta plancha es nueva... —me soltó Gia. Y como no entendí a qué se refería, añadió—: No quiero ensuciarla.

Se me hizo un nudo en la garganta. Me entró una vergüenza enorme y hasta se me revolvió el estómago. Destany se me acercó y me pasó los dedos por el pelo.

—Está bastante graso, Quinn. Quizá si te lo lavas antes...

Olivia vuelve con los brazos llenos de productos para el pelo (algunos los reconozco ya) y un neceser de maquillaje, y lo deja todo sobre la mesa. Luego me indica que me siente. Le doy un trago a la cerveza, nerviosa. Ella también bebe.

Me pasa los dedos por el pelo sin parar. No le da apuro mancharse los dedos de aceite. Me relajo cuando sujeta el mismo espray desenredante que uso en casa.

—Llevas la raya al medio —me dice—. Lo que haremos es pasarla a la izquierda.

Parece que está en un programa de cocina, narrando cada uno de sus movimientos. Agarra el peine y me hace la raya a la izquierda.

—Muy bien. Ahora tomaremos esta parte y la recogeremos atrás. —Da otro trago a la cerveza, luego abre un tarro de gel para el pelo, me pone un poco en la cabeza y baila ligeramente al ritmo de la canción que sale por los altavoces—. Lo cepillamos hacia atrás... —anuncia a todos sus espectadores invisibles.

Está a punto de terminarse la primera lata. Yo agarro la mía para ponerme a la par. Es evidente que tengo que ponerme a su altura.

Antes de recogerme todo el lado izquierdo hacia atrás, me peina los pelillos de la frente y la sien.

—Vamos a domar todos estos pelos rebeldes, cariño. Estarás preciosa.

Me río y le doy otro trago a la cerveza. Sabe a zumo de manzana, pero sin la manzana. Sabe como parece: a bronce. Y me hace sentir como si estuviera pisando cemento húmedo. Apuro la primera lata mientras Olivia empieza con su segunda.

Me alisa los pelillos sueltos y miro la pared que tengo delante. Mi cerebro tarda varios segundos en entender lo que se despliega frente a mí. Toda la pared está cubierta por un tapiz. Las manchas de tinta se esparcen por la tela. Asimilo la imagen poquito a poco hasta que alcanzo a verla completa. Es una fotografía de una mujer fumándose un cigarrillo tumbada en un trozo de hierba seca.

—Dios mío —digo—. Este tapiz es increíble.

Noto que sus manos se detienen en mi cabeza.

—Gracias —dice—. Es mi madre.

—¿En serio? —La miro con más atención: el moño rubio, el humo que le sale de los labios, el cigarrillo entre los dedos—. Es preciosa. —Miro el retrato en su conjunto—. Joder, eres muy buena.

—¿Tú crees? —Deja el peine y el cepillo, y bebe un poco más—. Sinceramente, me encantaría que me encargaran uno de esos calendarios genéricos. Ya sabes, como los que venden en los supermercados, con paisajes bonitos y tal.

—Ya, pero mereces algo mejor que eso. Este tapiz debería estar en un museo.

—Es una locura pensar que hice esa foto en el arcén de una carretera. Siempre ando buscando sitios bonitos para fotografiar, como la gasolinera destartalada de hoy. Me muero de ganas de subir esa foto. Auden y yo ganaremos mucho dinero.

No sabía que fueran tan buenos colegas. No lo habría dicho nunca.

Me termino la segunda cerveza; ella me da una tercera y empieza a maquillarme. Se inclina sobre mi rostro; noto su aliento a cerveza en la piel.

—Cierra los ojos. —Después de ponerme una prebase, me aplica la sombra de ojos—. Sobre lo de tu cuaderno —dice de repente—, ¿sabes cómo *sé* que no es Carter?

—¿Cómo? —Entonces hago una pausa brevísima—. Un momento, ¿te ha pedido él que me lo digas?

Se ríe.

—Joder, Quinn, que no soy su secuaz ni su cómplice.

—Bueno, yo qué sé. Ya no sé en quién confiar.

Luego se aparta un poco. Ya no noto su aliento en la mejilla. Abro los ojos y ella tuerce la boca, pensativa.

—¿Qué? —pregunto.

—Sé que hoy es la primera vez que hablamos de verdad y sé que eras la mejor amiga de Destany...

Me pongo rígida.

—Estoy segura de que sabes el mal rollo que teníamos —me cuenta—. Y habrás oído los rumores de que Holden y yo tuvimos algo mientras él aún salía con ella...

—Nunca me he creído esos rumores.

—Va, seguro que sí —dice ella, con un gesto de la cabeza—. Erais amigas.

—La hacía sentir mejor culparte a ti cuando él rompió con ella, pero nunca di crédito a esos rumores. —Me entran ganas de disculparme por no haber intentado hacer cambiar de opinión a Destany con más ahínco, pero no me atrevo a decírselo. Básicamente, estaría reconociendo mi participación en el vandalismo.

—Bueno, para que conste —dice, acercándose, con el pincel de ojos en la mano—, yo nunca me creí los rumores de que pasabas de ella por culpa de Matt Rat.

—Radd —digo.

—¿Qué?

—Se llama Matt *Radd*.

Sonríe.

—Cierra los ojos. —Sigue haciéndome la sombra de ojos—. Mira, solo te comento lo de Carter porque sé a ciencia cierta que no es él quien te está haciendo esto.

—¿Y cómo lo sabes?

—Porque ese idiota está loco por ti desde que entró a Hayworth.

Abro los ojos como platos y casi me saca uno con el pincel.

—Imposible. Me odia.

—Si te odiara, no le importaría una mierda limpiar su nombre. No lo suficiente como para ayudarte tanto, vaya. No soporta que pienses que te haría algo así.

Pienso en cómo me trató la primera vez que vino a mi casa.

—¿Por qué es tan desagradable conmigo, entonces?

—Carter tiene el mismo tacto que un gato montés.

No sé si esa analogía tiene mucho sentido. Se ríe al verme la cara.

—Solo trata de entenderte. Y te pica para enfadarte.

—Pero ¿por qué? —pregunto, desconcertada.

—¿Porque eres sexi cuando te enfadas? —Se encoge de hombros—. Yo qué sé. Es tonto. —Agarra el rímel—. No parpadees.

—¿Por qué crees que está enamorado de mí?

Suspira, pasándome el cepillito por las pestañas.

—Porque sí. —Vuelve a suspirar y su aliento me roza la frente—. Porque, primero, llama a ese chico «Matt Rat» porque le jode lo mucho que te gusta. Segundo, irá a un concierto de Vontae por ti. ¿Sabes cuánto habría tenido que pagarle yo para ir a ver a Vontae?

—Eso no demuestra nada.

—Quizá no para ti, pero a mí me basta.

Tarda otros treinta minutos en acabar de maquillarme. Y todo ese tiempo me lo paso repasando todos y cada uno de los momentos que he vivido con Carter desde que nos pusieron juntos en la clase del señor Green. Ha sido siempre antipático conmigo y me cuesta imaginar que haya sido por amor.

Pero luego pienso en nuestros momentos de hoy: al acordarse de mi proyecto de Lengua de hace dos años; en cómo ha cantado esa canción de Tyrese, sujetándome de la mano y mirándome fijo a los ojos; en cómo se ha enfrentado a ese hombre por mí en el restaurante, y en su disculpa por la idea que se había hecho de mí. No sé. Ya no sé qué pensar.

Siento que se me tensa la cara mientras Olivia empieza a pintarme los labios.

—Se me están entumeciendo los labios. ¿Cuál me estás poniendo?

—Eso no es por el pintalabios. Es por la cerveza.

—¿La cerveza te entumece la cara? —pregunto, horrorizada.

Se echa a reír.

—Si bebes lo suficiente, sí. Y más cuando eres un peso pluma. —Me levanta de la silla—. Mírate.

Voy renqueando al baño y me miro al espejo como si fuera otra persona. El pelo ensortijado me ensombrece un lado de la cara. Llevo los gruesos labios pintados de un marrón violáceo oscuro y por la forma en que me ha puesto el rímel, mis ojos parecen aún más grandes. Me encanta.

Olivia tarda mucho menos en maquillarse y peinarse ella misma, y luego me pone en las manos un vestido rojo (con aberturas y tirantes finísimos) y un par de zapatos de tacón de aguja color negro.

—No puedo ponerme esto —digo, bajando la mirada.

—Al menos pruébatelo —se queja ella.

—No, me refiero a que nunca he llevado tacones así. Solo cuñas.

Ella se detiene a pensar un momento.

—Vale, espera. —Sale corriendo de la habitación y vuelve con un par de botines negros con tacón tipo cuña—. Son de mi madre. No quedarán tan bien, pero servirán. —Mientras me encierra en su pequeño cuarto de baño, me dice—: Ponte el vestido por los pies, no por la cabeza. Si no, echarás por la borda todo el trabajo.

Tardo unos segundos en darme cuenta de que la correa de la parte superior del vestido es una gargantilla incorporada. Cuando me lo pongo, me miro en el espejo. No puedo dejar de contemplar mi cuerpo: el escote que salta a la vista, las curvas realzadas, la piel resplandeciente y expuesta a través de las aberturas del vestido y la ranura que me llega hasta el muslo. Nunca me había visto ni vestido así.

Cuando salgo del baño, a Olivia empiezan a humedecérsele los ojos.

—Ay, Dios mío, Quinn. Estás guapísima.

—¿En serio? —Se me ilumina la mirada.

—Estás muy sexi.

Olivia me da la vuelta.

—¡Y fíjate en el culo! Chica, tienes que hacerme de modelo algún día.

—¡No! —Me río.

—¡Sí! Eres una preciosidad, nena.

Niego con la cabeza, pero mentalmente le doy la razón. Por una vez, siento que puedo competir con las mejores: Destany, Gia e, incluso, Olivia misma. Sin embargo, Olivia no me hace sentir que tenga que competir con ella.

MOTIVOS POR LOS QUE ME GUSTARÍA QUE HUBIÉRAMOS SIDO AMIGAS ANTES

1. Porque puede que me sintiera más acogida en los espacios negros. Salir con Olivia me hace sentir que está bien mostrar esas partes de mí ancladas en mi negritud. Es como si, por primera vez, me sintiera cómoda en mi propia piel. Como si todo un hemisferio de Quinn Jackson cobrara vida... y ni siquiera sabía que existía ese lado de mí.

2. Porque puede que no juzgara tanto a la gente de mi propia raza, por ejemplo, a Carter. Olivia tiene una forma muy particular de adoptar y plantar cara a los estereotipos al mismo tiempo. Y le importa un pimiento lo que digan o lo que piensen de ella.

3. Porque puede que no hubiera dejado que nadie me llamara «Oreo» o dijera la palabra «negrata» en mi presencia. Olivia es blanca y negra, es mulata; aun así, se siente en la obligación de moler a palos a los blancos racistas.

4. Porque puede que no hubiera mentido sobre Columbia. Nunca he tenido una amistad tan fiel a sí misma como Olivia. Alguien tan valiente.

5. Y porque puede que, en ese caso, yo misma fuera más valiente.

Capítulo 15

TOMAR CHUPITOS DE TEQUILA ES FÁCIL CUANDO YA VAS BORRACHA

A PESAR DE LA LUZ DE LAS FAROLAS, EL APARCAMIENTO está demasiado oscuro y me siento intranquila. En gran parte, se debe al tipo que está al final de la escalera, observando todos nuestros movimientos. Se relame cuando llegamos al rellano.

—Livvy. ¿Quién es tu amiga?

Olivia sigue caminando.

—Pasa de él —me susurra.

Sin embargo, cuesta no mirar atrás porque nos sigue por el aparcamiento. Respiro con cierta dificultad y me lagrimean los ojos.

—No te preocupes. —Olivia me agarra la mano y me aprieta los dedos—. Yo te protejo.

Miro lo pequeña que es, luego al hombre musculoso que nos sigue y, no sé cómo, pero le creo. La he visto pelear muchas veces y contra varios chicos. Esta chica podría doblegar a un equipo de fútbol americano, si fuera necesario. Me relajo y le doy un apretón.

Nos dirigimos a su coche al fondo del aparcamiento. Carter y Auden ya están allí, apoyados en un lateral, pero mis ojos se clavan en Carter. Lleva una camiseta de manga corta con estampado floral, metida dentro de unos pantalones negros con cinturón y unas zapatillas de un blanco impoluto. Doy un traspié y me tambaleo. Olivia me sujeta del brazo, riéndose.

—¿Estás bien?

Se me encienden las mejillas mientras asiento con la cabeza y me aparto el pelo de la cara. Carter está ahora frente a nosotras, con los labios entreabiertos y las cejas enarcadas en señal de asombro: me echa un buen repaso con la mirada. El calor se extiende ahora desde las mejillas hasta el cuello.

Nos acercamos con nuestros tacones y vestidos; el brazo de Olivia sigue prendido al mío.

—¿Todo bien? —Mira a Olivia, pero luego sus ojos vuelven a mí.

—Estamos un poco achispadas —responde Olivia, riendo.

Auden se aparta del coche. Lleva unos pantalones negros entallados con una camisa blanca y zapatos negros. Luce el pelo rizado afeitado a los lados, se ha quitado las gafas, y sus ojos verdes son increíblemente cautivadores. ¿Tiene lentillas y no se las pone?

Cuando ve a Olivia enfundada en ese vestidito corto de cuero negro sin tirantes y los tacones de aguja, se le dilatan las pupilas.

Las de ella seguramente también se dilatan, porque dice, sin aliento:

—Auden, vaya. Estás hecho un Adonis.

Se sonroja y luego se ríe, agachando un poco la cabeza.

—Gracias. Tú tampoco estás nada mal.

—Los dos nos hemos cortado el pelo hoy —dice Carter, frotándose la barba bien recortadita. Lo dice mirándome, como si esperara mi aprobación.

Escudriño la cadena de oro que lleva al cuello, los pequeños pendientes brillantes, el aspecto cuidado. Se me escapa el aliento.

Es guapo todos los días, pero hoy está increíble. Doy un paso atrás y vuelvo a tropezar con los botines.

Él reacciona rápidamente y me agarra del brazo.

—¡Joder, Quinn! —Olivia se ríe—. Eres un peso ligero, ¿eh?

Sonrío. No es por el alcohol. Solo es que me flaquean las rodillas.

Carter conduce el coche de Olivia, mientras esta va sentada en el asiento del copiloto. Yo me siento atrás con Auden, tratando de tranquilizarme un poco.

Recuerdo: 14 de diciembre de 1998. Un momento, ¿catorce? ¿O era el quince?

—¿Y si descubren que el carné es falso?

—Ni lo mirarán. —Olivia se gira en el asiento del copiloto—. Estás estupenda. No pasará nada.

—Hazle caso a Livvy, lo ha hecho un millón de veces —dice Carter, mirándome por el retrovisor.

Respiro profundamente.

—Pero si te atrapan —dice ella y yo le lanzo una mirada frenética—, hazte la loca. Te dejarán marchar. Ya me ha pasado.

—¿Te han atrapado alguna vez?

—Sí, me preguntaron la dirección y estaba tan borracha que me confundí con el nombre de la calle. Pero dije: «¿Y qué más da? De todos modos, no volveré a casa esta noche». Entonces le hice ojitos al portero y me dejó ir. —Se encoge de hombros.

—¡No puedo hacer eso! —Se me da fatal flirtear y tengo cero atractivo sexual. En un mar de chicas, no soy la que los chicos suelen elegir, así que no he aprendido a llamar su atención. Si apenas puedo mantenerme en pie cuando me mira Carter, ¿cómo voy a tener la agallas de coquetear con un portero de discoteca?

Al salir de la I-35, veo las luces de la ciudad. El centro de Austin es muy distinto por la noche. Cada vez que he pasado por allí, las luces siempre me han llamado la atención. Son tan bonitas y acogedoras, pero cuando es el lugar al que te diriges, la sensación es diferente. Estoy vibrando a tope, igual que los demás; palpitamos al ritmo de la expectación.

Carter se detiene en un aparcamiento de la calle Quinta y luego vamos andando. Olivia y yo nos tomamos de la mano, para no perder el equilibrio sobre los tacones, pero cuando llegamos a la Sexta, Carter y Olivia toman la delantera, y Auden y yo vamos detrás.

La acera está atestada de gente mayor que nosotros, todos caminan en la misma dirección. Se oye el repiqueteo de los tacones. Las risas que llenan el aire. Las chicas andan pavoneándose con unos vestidos más cortos y escotados que el mío y el de Olivia; los chicos llevan pantalones cortos y camisetas de tirantes empapadas de sudor. Hace un calor y una humedad infernal. Casi oigo cómo se me encrespa el pelo.

Cuanto más me acerco a la gente, más nubes de perfume, humo de cigarrillo y aliento a cerveza atravieso. Cuanto más nos adentramos en el caos, más fuerte es la música y más fuerte me late el corazón. Es absolutamente estresante.

La acera se va llenando de más y más gente, como si se estuviera cociendo algo. De pronto, llegamos a una calle cortada por coches de policía y agentes de uniforme. Se me acelera el corazón al verlos, como si supieran que no tengo edad para estar aquí. Carter y Olivia ni se inmutan y van señalando bares mientras pasamos por delante. Auden va justo detrás de ellos, pero yo me quedo atrás, aturdida por todo, embelesada con las bombillitas que cuelgan en lo alto.

A un lado del bloqueo policial hay un enjambre de coches aparcados con los intermitentes puestos y la pegatina de Lyft en el parabrisas, junto a una hilera de bicitaxis. Al otro lado, el caos. La gente se agolpa en la calle, como en un festival, como en el South by Southwest, pero es un sábado por la noche cualquiera.

Al poco rato, damos con una cola que se extiende hasta la esquina. Olivia se vuelve hacia los tres, dando saltos.

—¡Es aquí! —Ninguno está tan emocionado como ella.

Nos colocamos contra la pared de ladrillos, Olivia, luego Carter, yo y Auden. La gente se cruza con nosotros en la acera y nos mira con curiosidad. Cuantas más miradas recibo, más me debato entre sentirme sexi o cohibida con este vestido escarlata tan revelador.

Agacho la cabeza. De repente, siento que no tengo derecho a llamar tanto la atención.

Me fijo en los grupitos de chicas con sus vestiditos despampanantes y tacones altísimos, de cuerpo más torneado, pelo más liso y rostro perfectamente maquillado. Al mirarlas, me siento como una niña que juega a vestirse con la ropa de su madre. Comparada con ellas, no soy más que una chica de instituto de pelo rebelde, demasiado cuerpo y poco maquillaje.

—Me siento fuera de lugar.

Carter me mira desconcertado.

—¿Y eso por qué?

No sé ni por dónde empezar a responder a esa pregunta.

RAZONES POR LAS QUE ESTE NO ES MI LUGAR

1. No me parezco a las chicas que vienen aquí.
2. Y no tengo su confianza.
3. Nunca me he divertido en las fiestas.
4. Como me atrapen con el carné falso, no tendré el valor de flirtear para salirme de rositas.
5. No me siento cómoda bailando en público.
6. Y tampoco me siento cómoda aquí, junto a la pared.
7. No me siento cómoda hablando con desconocidos.
8. No me siento cómoda con tanta gente mirándome.
9. No me siento cómoda con tanta gente juzgándome a la vez, porque estoy convencida de que no estoy a la altura.

—No soy el tipo de persona que se siente cómoda haciendo estas cosas —le digo a modo de resumen.

Se aparta de la pared y se me planta delante.

—No deberías explicar tu incomodidad atribuyéndola al tipo de persona que eres. Me parece… limitante.

Levanto la vista, asombrada por esa lógica.

—Porque quizá, algún día, dejes de sentirte incómoda. —Mira por encima de su hombro derecho a un grupo de chicas con tacones altos y universitarios ruidosos que se acercan a nosotros—. Si atribuyes tu incomodidad a la persona que eres…

El grupo pasa junto a nosotros en estampida y él se acerca a mí, se acerca mucho. Estamos casi pecho con pecho. Apoya una mano en el muro de ladrillo junto a mi brazo. Me envuelve el olor de su gel de ducha y le miro ese cuello tan besable. Entonces me mira a los ojos y dice:

—Ya no sé qué te estaba diciendo.

Mis ojos recorren sus labios, vuelven a su cuello y a la cadena de oro que lleva.

—Ni yo. —He olvidado lo que me decía él, lo que le decía yo, lo que sentía ante este intenso deseo de acercarme a su aliento… ¿por qué alguna vez pensé que lo odiaba?

El grupo bullicioso pasa de largo. Carter da un paso atrás y carraspea.

—Tú primero. —Me hace un gesto para que proceda, mirándome como si hubiera olvidado su razón para odiarme también.

No me había dado cuenta de que la cola se había movido. Ahora hay un gran espacio entre nosotros y Olivia, que me mira por encima del hombro con una sonrisilla de «te lo dije». Me separo de la pared y me apresuro a alcanzarla, notando los ojos de Carter en el cuello. Olivia me agarra la mano y me acerca la oreja a los labios.

—¿Qué te había dicho?

Sonrío.

—Eso no prueba nada. —Miro hacia atrás; Carter está hablando con Auden, ambos nos observan. Me muerdo el labio y me doy la vuelta.

—Lo que tú digas —dice ella, poco convencida—. Estás preciosa y no puede quitarte los ojos de encima. Eso no me lo puedes negar.

Vuelvo a mirar por encima del hombro. Sigue observándome. Cuando capta mi mirada, sonríe y se da la vuelta. Yo también me giro, sonriendo nerviosa.

La cola nos lleva a la vuelta de la esquina. Cuando llegamos a la entrada del local, Olivia tira a Carter del brazo.

—Haznos una foto para Kaide.

Él me agarra el móvil.

—No estamos seguro que sea el chantajista —dice, y luego se acerca al borde de la acera. La gente pasa delante de nosotras, pero en cuanto hay un hueco, Olivia y yo nos juntamos mejilla con mejilla y ponemos unos morritos exagerados.

Después de hacer la foto, me devuelve el teléfono y mira la pantalla. Mientras me lo pasa, le pregunto:

—¿Ha salido bien?

Carter se acaricia la barbilla y me sonríe.

—Perfecta.

Parpadeo varias veces, y me tapo la sonrisa con la mano. Olivia me lanza una mirada cómplice. Menuda celestina está hecha.

Cuando miro la foto en la que estamos juntas las dos, de alguna manera no parezco fuera de lugar junto a ella o delante del bar. Parece que me estoy divirtiendo como nunca. *Y no tengo motivos para no divertirme,* pienso.

Le envío la foto al chantajista y decido que no estoy aquí solo para apaciguarlo. Estoy aquí porque siempre he querido vivir esto, así que… ¡a la mierda!, pienso aprovechar el momento.

Estoy sonriendo de oreja a oreja cuando levanto la vista del teléfono hacia los organizadores del concierto y, de golpe, recuerdo que este es el momento en el que tengo que mentir. Tengo veintidós años y mi cumpleaños es en diciembre… pero ¿qué día? No puedo mirar el DNI porque Olivia lo tiene escondido en alguna parte.

El ritmo del bajo que suena dentro me retumba en el pecho y me empuja la ansiedad hacia la garganta. Trago saliva una y otra vez. Aprovecharé el momento si no me meten en la cárcel antes.

—¿Cuántos años tienes? —le pregunta el portero a Olivia.

Ella sonríe, tocándose el pecho junto a mi brazo.

—Los dos tenemos veintidós años.

—¿Carné y entrada?

Atrevida, se toca la teta izquierda y se saca del escote los dos carnés y las entradas de papel.

El portero, un chico hispano no mucho mayor que nosotras, sonríe ante el descaro de Olivia, escanea las entradas y echa un vistazo muy por encima a nuestros carnés antes de devolvérnoslos.

Sacude la cabeza con una carcajada.

—Extiende la muñeca así. —Nos enseña su brazo cubierto de tatuajes.

Ella obedece y él le abrocha una pulsera verde. Luego, Olivia espera a que me ponga la mía. Cuando el chico hace un gesto con la cabeza para que entremos, ella sonríe y tira de mí. *Vaya, qué fácil ha sido.* Al final parece que sí soy el tipo de chica que puede hacer algo así.

Dentro, respiro profundamente y dejo que el aire me seque el sudor. Hambrienta, lo observo todo. Parece un salón recreativo, pero con luces más oscuras, música mucho más alta y sin las máquinas. La pista que hay frente al escenario está abarrotada de adolescentes y veinteañeros anhelantes. El DJ pincha una mezcla de canciones populares de hip hop. La gente va buscando sitio en la barra o al fondo, con la multitud.

Cuando Carter y Auden entran por la puerta, Olivia salta de emoción.

—¡Bebidas! —La seguimos hasta la barra en la pared del fondo, abriéndonos paso entre los cuerpos y chocando con varias caderas. Olivia y yo encontramos un hueco en la barra de servicio; Auden y Carter vienen detrás.

—¿Qué quieres? —pregunta Olivia.

—¿Cerveza?

Ella sonríe.

—¿Qué tal unos chupitos?

—No sé yo... —Abro mucho los ojos y me nutro de su pasión.

—Menos líquido, más potencia —dice, enarcando las cejas—. Los chupitos te harán bailar, gritar y desnudarte.

—¿Cómo?

Se echa a reír.

—No lo digo en serio… bueno, no del todo. —Yo también me río y miro al camarero, que se acerca a nosotras.

—Vamos allá —digo, buscando su mirada.

—¿Sí?

Asiento con la cabeza y ella da un gritito. Cuando el camarero llega hasta nosotras, Olivia pide cuatro chupitos de tequila. Deja un montón de billetes de diez sobre la barra, agarra uno de los vasitos y se lo bebe de un trago. La miro como si fuera sobrehumana.

—¡Vamos! —grita—. ¡Auden! ¡Va!

Carter y él se acercan a la barra y ambos agarran su vasito. Yo también recojo el mío. Es un líquido incoloro en un vaso muy pequeño. No es gran cosa. Tengo curiosidad por ver la «potencia» que tiene. Quiero seguir los pasos de Olivia y bebérmelo de un trago, pero no soy una profesional. Me lo bebo en tres sorbitos, dejando el alcohol en la boca demasiado rato. Quema y, joder, es imbebible.

Olivia me frota la espalda mientras toso.

—¡Lo has conseguido! Estoy muy orgullosa de ti.

Sonrío, sintiendo que el licor me calienta el estómago y palpita hacia fuera. El vasito de Auden también está vacío, pero Carter sigue aguantando el suyo en la mano. Quiere convencer a Auden para que se lo beba él.

—¿Carter no bebe chupitos? —le pregunto a Olivia al oído.

—Él lleva el coche hoy, así que es por responsabilidad —me explica con una gran sonrisa—. Ofrécete a bebértelo tú. —Arquea las cejas con picardía.

Pongo los ojos en blanco.

—Sería supersexi —dice ella.

—No me gusta Carter de este modo.

Se queda de piedra. Tras unos segundos mirándome fijamente, estupefacta, estalla en carcajadas.

—Mientes. —Me tira de los brazos y me empuja hacia Carter.

Y de repente me veo frente a él, con la boca ligeramente abierta y el cuerpo algo inestable. Él me mira con curiosidad; estaba hablando con Auden.

—Si no quieres el chupito, no te preocupes que te lo quito de las manos.

Uf, eso no ha sido nada sexi. Creo que Olivia no ha tenido en cuenta cómo soy cuando se le ha ocurrido esta idea.

Aun así, Carter se ríe.

—Muy bien. —Me lo cede y me da un repaso—. Dale.

Le quito el chupito de las manos, tratando de flirtear con mi firme contacto visual, porque, por fin, esta noche me siento lo bastante segura como para mantenerle la mirada. Él me observa, divertido. Me relamo y luego me vierto lentamente el licor en la boca. Las mejillas se llenan de ese asqueroso veneno y se me humedecen los ojos. Me lo trago y frunzo el ceño por la persistencia del sabor.

—Qué elegancia —dice, riendo.

—Cállate. —Me doy la vuelta, sonriendo, luego riendo y ruborizándome.

Olivia me sacude la cabeza.

—Anda que… —Me lleva de vuelta a la barra. Los chicos se quedan al otro lado de ella, y me susurra—: ¿Cómo vas a jugar?

—¿Cómo?

—¿Qué harás para ganártelo? —me pregunta, como si fuera lo más obvio del mundo. Se echa las trencitas por encima del hombro y se sube la parte superior del vestido.

—¿Ganármelo cómo?

Pone los ojos en blanco.

—Llevártelo a la cama, que hay que decírtelo todo.

Hago una mueca, llena de pánico.

—Yo no… ¿qué? ¿Lo dices en serio?

—Ah. ¿Eres virgen?

Aprieto los labios y asiento con la cabeza.

—Bueno, pues empieza despacito. ¿Cómo conseguirás que te bese?

—No lo conozco mucho —digo, frunciendo el ceño.

Suspira y se vuelve hacia la barra.

—Voy a pedir otra. ¿Quieres?

Niego con la cabeza. Creo que el segundo chupito está empezando a hacer efecto. Noto cómo el calor se me extiende por el pecho y por todo mi cuerpo.

Mientras se inclina sobre la barra para pedir otro chupito, miro a Carter. Auden y él están apoyados en la barra con los brazos cruzados, charlando animadamente. Por supuesto, me he imaginado mil formas de besar a Carter, claro que también he imaginado diez formas de besar a todos los chicos atractivos que hay por aquí.

No tiene nada que ver con que me guste Carter o no. Me mira de una forma que me hace sentir viva. Femenina. Conquistadora. Es por cómo soy, por la mezcla de biología y química, hormonas y feromonas. Soy tan hetero que *cualquier* chico, quien fuera, me haría sentir así. No es solo Carter.

Y justo entonces levanta la barbilla y me mira a los ojos.

Me trago la lengua, me muerdo el labio y me aferro a todo lo que tengo. Porque todo mi cuerpo quiere ir corriendo hacia él.

No sonríe. Me observa y sigue hablando con Auden, como si no me estuviera mirando descaradamente.

Olivia agarra el chupito, grita: «¡Vamooos!» y se lo bebe de un trago. Se vuelve hacia mí, con una expresión que demuestra exactamente lo borracha que va ya; la misma expresión que debo de tener yo ahora mismo.

De repente, se apagan las luces del local, igual que la música. El público grita. Olivia se gira hacia el escenario y chilla también. A continuación, empieza a sonar un tema de hip hop por los altavoces, más fuerte que antes. Un chico negro esquelético sale al escenario, sin camiseta, con un chaleco vaquero azul, pantalones blancos y cadenas doradas al cuello.

Ese no es Vontae.

Mierda, había olvidado que habría un telonero y a saber cuánto rato va a actuar. Medio rapea y medio grita por el micrófono y el público lo sigue moviendo la cabeza. La mayoría tampoco lo conoce.

Olivia se acerca sigilosamente, arrastrando a Auden con ella. Se colocan al fondo de la multitud; ella baila sin miedo y Auden observa torpemente.

Me río a carcajadas. Entonces, Carter se gira y me mira, captando la última parte de la carcajada. Se me acerca y a mí me da un vuelco el corazón.

—Ya me he acordado de lo que te estaba diciendo fuera.

Enarco las cejas como respuesta.

—Cuando dices que no eres el tipo de persona que se siente cómoda en esta situación, te estás diciendo a ti misma cómo sentirte la próxima vez.

—No me digo cómo sentirme, solo deduzco cómo me siento de forma natural.

—No es justo deducirlo por esta primera vez. Es normal que te sientas incómoda. Es una experiencia nueva. —Lo miro con la cabeza inclinada y los labios fruncidos. Se aparta un poco y señala a nuestro alrededor—. Vuelve a este club dos o tres veces más y verás cómo te sientes.

Miro alrededor, me fijo en los rincones oscuros, en la pista llena de gente, en el escenario y en los focos. Luego lo miro a él; las luces azules y verdes brillan en sus ojos y bailan en sus mejillas. Una sonrisa se abre paso hasta mis labios. Intento contenerla, pero tanto alcohol hace que me sea difícil controlar los músculos. Así pues, escondo la sonrisa tras el puño.

El telonero termina su actuación y el público aplaude. Miro el teléfono: nueve y media de la noche. Si es puntual, Vontae empezará a las diez. Pero a saber cuándo terminará. ¿A las once? ¿A las doce?

Auden y Olivia vuelven; Olivia sin aliento y Auden con la cara roja. Carter se lleva a Auden a un lado. Hablan en voz baja, pero capto algunas palabras por aquí y por allá.

—Arrímate un poco más.

—Hay demasiada gente —protesta Auden.

Hay un espejo detrás de la barra en el que no me había fijado hasta ahora. Me miro. Tengo la boca entreabierta; aún noto los labios entumecidos. Cierro la boca y observo a Carter mientras anima a Auden... sus ojos, sus labios.

Pero entonces oigo que Auden dice:

—Mira, solo necesito otro chupito.

El camarero está al otro extremo de la barra.

—No esperes a los chupitos. No puedes pasarte la noche esperando, colega.

Auden pone los ojos en blanco, pero tendría que haberle hecho caso a Carter. Ninguno de nosotros se da cuenta de eso hasta que el hombre más sexi del mundo se acerca y dice:

—¿Livvy?

Ella se da la vuelta con su ajustado vestido de cuero.

El chico misterioso es de piel clara con unos ojos de color ámbar intenso y largos mechones castaños. Con una confianza desbordante, a sabiendas de que puede tener a cualquier chica que quiera, toma la mano de Olivia.

—Hace mil que no nos vemos.

—Sí, hay una razón para eso —murmura Carter a mi lado.

—¿Qué haces tan lejos? Sé que te encanta Vontae. Tendrías que estar delante —dice el tipo.

—¿Cómo? Mira a toda esa gente —responde ella con el ceño fruncido.

—¿Y? —Se ríe. Su risa es como la de un ángel—. Conseguiré que nos dejen pasar. Vamos. —Y yo alucino, porque Olivia lo sigue hasta el borde de la muchedumbre sin decir ni pío. A ver, yo también lo haría, pero esperaba más resistencia por parte de ella.

—¡Mierda! —exclama Carter, frustrado—. Ese tipo es la criptonita de Livvy. Seguro que se va con él esta noche.

—¿Quién es? —pregunto.

—Su ex, Kendrick.

Auden observa cómo Olivia desaparece entre la multitud con Kendrick. Noto las oleadas de miedo que emana.

Al final, el camarero se acerca a nosotros. Carter se inclina hacia delante.

—Dos chupitos de tequila.

—¡Que sean cuatro! —grita Auden, sacando la cartera. Tira el dinero sobre la barra mientras el camarero nos sirve cuatro chupitos.

—¿Estás loco? —grito.

Auden no me hace ni caso y procede a beberse un chupito… y luego otro. Me bebo uno con los ojos cerrados. La respuesta es sí. Sí, está loco.

«Tomar chupitos de tequila es fácil cuando ya vas borracha». Tengo que añadir eso a mi lista de lecciones vitales. Aunque, sinceramente, todo es más fácil yendo borracha, salvo estar de pie, caminar, ir al baño e hilar varias frases con sentido. Llevo tres cervezas y cuatro chupitos. He ido al baño dos veces. Voy haciendo «eses» cuando debería estar quieta de pie. Auden está hablando mucho, demasiado. Carter intenta mantenernos a raya, pero no puede con nosotros.

Porque justo entonces suena una canción de Toni Braxton. Carter ve en mi cara lo mucho que me gusta esta canción. Canto sin dejar de mover la cabeza. Él sonríe y me observa con cautela. Entonces suena el estribillo y no puedo evitarlo: empiezo a mover las caderas. Carter se da cuenta de que es un error antes que yo. Sucede muy rápido. Demasiado. Se me tuerce el tobillo, me resbala el tacón… y caigo.

Sin embargo, Carter se lanza rápidamente, me pone una mano en la espalda y con la otra me tira del brazo.

—Dios mío, Quinn.

—Qué rápido eres —digo arrastrando las palabras.

—¿Estás bien? —me pregunta mientras me ayuda a incorporarme.

Me pierdo en sus pestañas y en sus cejas y en su barba recortadita. Subo la mano para recorrer la línea de su mandíbula. Lo miro a los ojos. Parece sorprendido y desprevenido. Me río.

—Por cierto, me gusta tu corte de pelo.

—Uf, estás muy borracha.

Me suelta y da un paso atrás.

—Qué va. No estoy tan borracha como Auden. —Ambos miramos a Auden, con la espalda apoyada en la barra, moviendo la cabeza al ritmo de la música con los ojos cerrados.

Carter suelta una carcajada.

—Cierto, pero tú estás muy cerca. —Me aparta la mano de la cara y la otra que apoyo en su pecho—. La Quinn sobria no me estaría sobando de esta manera.

Frunzo el ceño.

—A la Quinn sobria le da demasiado miedo lo que siente.

—¿Qué significa eso? —pregunta con las cejas enarcadas.

—De eso va mi diario: de poner por escrito todo lo que siento para no tener que hablar del tema. —Chasqueo la lengua—. Es una costumbre bastante fea.

Me mira, contemplativo.

—Pues tal vez deberías dejar de hacerlo, entonces.

—Mi diario ha desaparecido, así que… —Paso por su lado tambaleándome de vuelta a la barra—. Auden, pero ¿tú te sabes esta canción?

—¡Sí! Me encanta.

Ni yo conozco esta canción, un tema moderno de hip hop. Tampoco es de mis favoritas.

Y por fin llega el momento. Vontae comienza su actuación con un fragmento instrumental digno de un cantante de ópera. La gente enloquece. Auden se pone de puntillas, buscando a Olivia y a Kendrick. Carter está apoyado en la barra detrás de mí y centra su atención en el escenario.

Cuando el gentío empieza a cantar me doy cuenta de la minoría que somos Carter y yo aquí. Que la mayoría del público es blanco y que no tienen ningún problema en rapear palabra por palabra, incluso «negrata».

Sé que es solo la letra. Sé que no me están llamando «negrata» a mí, pero cada vez que la oigo cantada así a coro, me acobardo un poco. Es superior a mí, aunque se supone que no debo (y ni siquiera se me permite) ofenderme por eso.

Me hierve la sangre porque me ofende. Y empiezo a sudar a mares porque también tengo miedo.

Hay dos chicas al fondo bailando como si no hubiera un mañana. Una de ellas tiene el pelo rubio y lleva una gorra de béisbol verde lima. La otra tiene rizos castaños con reflejos rubios. Se parecen a Destany y a Gia. Aunque puede que no sean ellas. No bailarían así. Pero me duele. Sé que «negrata» también asoma por sus labios, como todos los demás.

—¿Estás bien? —me pregunta Carter al oído.

Había olvidado que lo tenía detrás. Me agarro las manos y me froto el pulgar izquierdo con el derecho. Me doy la vuelta para mirarlo. Cuando repara en mi expresión pone cara larga.

—No pasa nada —me asegura.

—Tengo miedo —susurro. Es imposible que me haya oído. Creo que tal vez me ha leído los labios.

—No tengas miedo. No te pasará nada.

—¿Qué está pasando? —pregunta Auden desde detrás de nosotros.

—¡Vamos a sentarnos! —grita Carter. Empieza a caminar hacia los sofás del fondo del club y me agarra la mano sin mirar, como si su mano siempre supiera dónde encontrar la mía. Me sienta en un sofá bajo y firme de color morado. Esta zona está vacía. Supongo que nadie está tan loco como para comprar entradas y luego no mirar.

Carter se sienta a un lado y Auden al otro.

—¿Qué pasa? —grita Auden.

—¿No ves que esa gente se parece más a ti que a nosotros? —le pregunta por encima de mi cabeza.

Cierro los ojos con fuerza por lo bien que sienta oírlo decir «nosotros». Me hace sentir mejor, como si no estuviera sola. Y me dan ganas de llorar, porque si no hubiera estado sola en aquella fiesta del otro finde, quizá las cosas serían distintas ahora.

—¿Has oído la letra de la canción? ¿Te has fijado en que todos la cantaban?

—Oh —dice Auden al final.

Carter asiente. Tiene la mandíbula apretada mientras se concentra en el escenario.

—Por eso no quería venir. No solo porque la música sea una mierda.

Sus ojos se posan en los míos y luego se le suaviza la expresión.

—No pasa nada —me asegura—. Voy a por un poco de agua.

—Agua no. Cerveza. Dos Equis.

Intenta reprimir una sonrisa, pero la sonrisa gana.

—Eso, eso —dice Auden detrás de mí.

—Estáis locos si creéis que os voy a dar más alcohol. Os traeré agua.

—¡Aguafiestas! —grita Auden, que luego se vuelve hacia mí—. ¿Sabes, Quinn? Nunca entenderé por qué los blancos luchan con uñas y dientes para poder decir esa palabra. No le veo la gracia. —Está mirando hacia la pared de enfrente, a los sofás vacíos y las luces tenues.

—Ni yo.

—Sé por experiencia que hay lugares donde esa palabra se sigue utilizando con odio.

—¿Qué quieres decir con que lo sabes por experiencia? —pregunto con el ceño fruncido.

—Mis padres son de un pequeño pueblo rural del este de Texas. El quinto pino, vaya bosque. —Baja la mirada hacia sus manos, en el regazo—. Cada vez que vamos a verlos, tengo que vérmelas con el racismo de mi familia. —Vuelve a levantar la vista—. Cuando Obama era presidente, era una pesadilla.

—Ya imagino —dijo arqueando las cejas.

—No me parece bien que los blancos digan esa palabra, aunque sea un eufemismo, sabiendo que en algún lugar, alguien la sigue usando para hacer daño. No me parece justo para vosotros que cada vez que la oigáis tengáis que pensar si os lo dicen como insulto o no.

Miro a Auden y casi lloro.

—Vaya, Auden…

—¿Qué? —Se vuelve hacia mí, confundido.

—Gracias. —Nunca me he sentido tan comprendida por un colega blanco. Me entran ganas de comprarle un regalo. Tengo ganas de abrazarlo. Joder, tengo ganas de subirme al escenario, apartar a Olivia de Kendrick y gritarle en la cara lo buen tipo que es Auden y lo afortunada que sería si saliera con él.

Carter vuelve con las Dos Equis. Verlo me anima aún más.

—¡Gracias, gracias, gracias! —coreamos Auden y yo al tiempo que le arrebatamos las cervezas.

—Mañana vais a tener una resaca de tres pares —dice, mirando cómo bebemos—. Acordaos de que tenemos que ver la segunda película de JFK.

Me giro hacia él.

—Ah, sí.

—No volvamos a mi casa —dice Auden, señalándonos con la cerveza—. Carter, te toca a ti.

De repente, parece incómodo.

—En realidad… no tengo reproductor de DVD.

—Ah, es verdad. Me lo dijiste —dice Auden—. Supongo que tendremos que volver a casa de Quinn.

—Supongo que sí —digo, engullendo más cerveza. El coro de letras de rap empieza a confundirse. Todo se me mezcla.

Estoy mirando el sofá vacío que tenemos enfrente, con la cabeza embotada, hasta que Carter dice:

—¿Seguro que no podemos ir a tu casa, Auden? Tu madre me pareció muy agradable.

—¿Pasa algo con mi casa? —pregunto, moviendo la cabeza hacia él.

Se le tensan los labios.

—Bueno, tu padre me tiene por un criminal.

Cierro la boca de golpe. No puedo discutir con él, no después de que me haya consolado. No puedo rebatir sus sentimientos.

—Eres bienvenido en mi casa —digo, apartando la mirada—. Mis padres se pasaron el día discutiendo cuando te fuiste. Sé que a mi padre le avergüenza su reacción.

—No sé. El miedo es peligroso. El miedo mata a los hombres negros.

—¿Crees que mi padre te mataría? —pregunto, mirándolo a los ojos.

—Si tu padre hubiera llevado un arma encima aquel día, creo que ahora mismo yo podría estar muerto.

Me duele que temiera por su vida en mi casa. Que un chico de piel tan oscura como la mía no se sienta a salvo cerca de mi padre.

—Sinceramente, dudo que mi padre esté en casa mañana. Suele estar fuera los sábados.

Carter me mira, escéptico.

—Y te mantendré a salvo. Lo prometo.

Sonríe con la mirada brillante y luego se ríe.

—¿Tú me mantendrás a salvo?

Asiento con la cabeza.

—Seré tu guardaespaldas. Si necesitas ir al baño, me pondré delante de la puerta y te acompañaré a todas partes.

Se ríe, echando la cabeza hacia atrás. Acto seguido, me mira a los ojos y yo me pierdo en los hoyuelos de sus mejillas.

—De acuerdo. Trato hecho.

Extiende la mano y me recuerda la primera vez que hicimos un trato en clase del señor Green, el día anterior. Pensaba que era el malo, pero ahora le creo. El chantajista no puede ser él. Tiene muchos puntos débiles…

Como el centro de su palma.

Pongo mi mano en la suya y me la estrecha con fuerza. Sonríe, y yo pienso en lo que me ha dicho Olivia de encontrar la forma de que me bese. Entonces me inclino hacia él. Y creo que él se está apartando. No estoy segura. De repente, la cabeza de Auden cae sobre mi regazo y su botella de cerveza, ya vacía, cae al suelo y rueda bajo el sofá.

Carter da un brinco y yo también.

—Tenemos que irnos —dice Carter, mirando la cabeza de Auden en mi regazo.

—¿Y qué pasa con Olivia?

—Me ha enviado un mensaje hace un rato. Se va a casa con Kendrick. —Se levanta y me mira—. ¿Crees que puedes quedarte aquí sin que te roben?

Lo miro con los ojos muy abiertos.

—Voy a acercar el coche de Olivia. Vigila a Auden, que no te vomite encima.

Me quedo aún más horrorizada.

—No pasa nada. Vuelvo enseguida, lo juro. —Y desaparece.

Miro a Auden, sus mejillas rojas y la boca abierta. Gime y aprieta los ojos. Le agarro la mano sudada.

—No pasa nada. Dentro de nada saldremos de aquí.

—Quinn, ¿por qué me ha dejado Olivia por ese otro tipo? —pregunta entre dientes, abriendo los ojos y volviéndose hacia mí.

—Tiene un pasado con ese chico. A veces no hace falta más.

—¿Crees que es porque soy blanco? Quizá no le gusten los blancos.

—Es medio blanca.

—Eso no significa que le gusten los blancos.

—A ella le gustas tú, Auden.

—¿Cómo lo sabes?

—Antes de que apareciera Kendrick, estaba prácticamente encima de ti.

Él asiente.

—Eso es verdad. —Echa la cabeza hacia atrás y vuelve a cerrar los ojos. Le tomo la mano hasta que Carter vuelve.

—El coche está fuera —dice con la voz entrecortada. Me toma de la mano y me levanta del sofá.

—¿Y Auden qué?

—Ahora vuelvo a por él. No va a ir a ninguna parte.

Cuando salimos, el aire de la noche es como un bofetón en la cara. Me entran escalofríos por toda la piel que llevo expuesta.

—Carter, no me encuentro bien. —Cierro los ojos.

Me agarra por la cintura y tira de mí.

—Ya lo sé. Ahora te traigo agua.

—No quiero agua. Solo quiero tumbarme.

—Podrás tumbarte dentro de un minuto. Vayamos primero al coche.

—No sé si podré.

—Está aquí mismo, Quinn.

—Pero me duelen los pies.

Suspira.

—Odio estos zapatos. ¿Cómo se las apañan las chicas con los tacones de aguja? —Apoyo la cabeza en su brazo.

—Pues ni idea —murmura, tratando de mantenerme derecha.

—¿Crees que parezco una fulana con este vestido?

Me mira con una expresión divertida.

—No.

—¿Te parezco sexi?

Llegamos al coche y abre la puerta del copiloto, sin responderme.

—Carter —gimoteo, arrastrando la última sílaba. Luego hago que se pare en plena acera y lo miro a los ojos haciendo un mohín.

—¿Qué, Quinn?

Le paso los brazos por el cuello y me pongo de puntillas para acercarme a su boca.

—¿Crees que soy sexi?

Me mira. Me sujeta las caderas con las yemas de los dedos, como si no estuviera cómodo tan cerca de mí, pero no quisiera apartarme.

—Quinn, siempre has sido guapa. Ya lo sabes.

Me muerdo el labio inferior e inclino la cabeza. ¿Siempre ha pensado eso? ¿Tendrá Olivia razón y le gusto? Justo cuando estoy a punto de preguntárselo, el mundo empieza a dar vueltas. Siento que tengo la cabeza hecha de aire. Se me cierran los ojos y siento que me sube la bilis por el esófago.

Carter debe de intuir lo que va a pasar porque se aparta de un salto. Se salva por un pelo. El vómito cae en la acera y salpica los botines que me ha prestado Olivia.

—Lo siento, madre de Olivia —gimoteo.

Carter me aparta el pelo, pero ya estoy vacía. Creo que me mete en el coche, pero no recuerdo haberme sentado, ni haberme puesto el cinturón de seguridad, ni haber ido en coche. La oscuridad me hace sentir bien, así que dejo que me engulla entera.

RAZONES POR LAS QUE ESTE ES PRECISAMENTE MI LUGAR

1. Creo que no estaría aquí si una parte de mí no quisiera estarlo. Dondequiera que sea este «aquí».

2. Y si estar «aquí» es un error, creo que probablemente aprenderé algo, algo que necesito aprender.

3. Ya hay bastantes puertas cerradas y techos de cristal en el mundo. Mi zona de confort no debería ser uno de ellos.

Capítulo 16

LO PEOR DE SER HUMANA

ANTES DE PODER ABRIR LOS OJOS, TENGO QUE SENTIR. Sentirlo todo. La cabeza me late con fuerza, tengo la garganta seca y el estómago revuelto. No sé si puedo abrir los ojos.

Me vienen fogonazos de la noche anterior y cada fracción de tiempo es más horrible que la anterior: yo cayendo en medio del club, yo encima de Carter, él apartándome, yo casi vomitándole encima. ¿Todo eso… es real?

Cuando por fin abro los ojos, me sobresalto. Junto a la cama hay una niña con trencitas que me mira fijamente.

—Eres guapa —dice.

Es lo último que esperaba ver, así que se me escapa un chillido corto y rápido. Me tapo la boca con la mano y ella retrocede.

Se abre la puerta. La luz entra por el pasillo.

—Imani —dice Carter. La niña se pone en guardia, con las manos a la espalda—. Te he dicho que no entraras.

—Pero solo quería ver…

Abre más la puerta.

—Ve a desayunar.

La niña frunce el ceño y sale corriendo del cuarto.

Estoy sin palabras, muda, debajo de su edredón, en su cama grande, y no recuerdo cómo he llegado hasta aquí. Me mira, secándose las manos en una toalla. Va sin camiseta y lleva unos pantalones cortos negros. Vuelve a ser el de siempre.

—Eso va por ti también. A desayunar. —La puerta se cierra tras él.

Cuando me incorporo, miro hacia abajo. Todavía llevo puesto el vestido de anoche. Me acerco una mano tentativa al pelo enmarañado. Mierda, no me lo recogí para dormir. Y no puedo ni imaginarme la cara que debo de tener.

Paso las piernas por un lado de la cama y me pongo de pie demasiado rápido. La cabeza me da vueltas y se me remueve el estómago. Me agarro al colchón hasta que todo se asienta. Todo menos el estómago.

Cuando llego a la puerta, entrecierro los ojos contra la luz que se filtra por el pasillo; oigo el tintineo de los cubiertos y el murmullo de un programa infantil. Luego entro a la cocina pesadamente y veo a Carter removiendo una olla de avena en una antigua cocina de gas.

—Agarra un cuenco —dice, señalando con la cabeza un armario abierto en el que hay platos azules de plástico.

—No puedo ni pensar en comer —digo con voz ronca.

—Te hará sentir mejor.

Miro a mi alrededor, agotada.

—Ehm…, ¿están tus padres en casa?

—*Nop* —responde sin apartar la vista de la olla.

—¿Qué hora es?

—Son las ocho, creo. —Se saca el móvil del bolsillo—. Ocho y media.

—Tengo que ir a por mis cosas a casa de Olivia. ¿Dónde está?

Carter deja la cuchara en el suelo y se gira para mirarme.

—Fui yo a por ellas. —Señala la sala de estar.

Cruzo la puerta arrastrando los pies. Mi mochila está en el suelo, frente a un sofá color marrón raído, y mi móvil encima, pero me detengo cuando veo a Auden desmayado entre los cojines con un cubo de basura junto a la cabeza. La hermana pequeña de Carter está sentada frente a un pequeño televisor en la esquina, viendo unos dibujos animados de Nickelodeon que no conozco, con un tazón de avena en las manos, como si todo esto fuera lo más normal.

Cuando vuelvo a la cocina con mis cosas, no sé cómo, pero me noto el estómago aún peor. Me apoyo en la puerta y cierro los ojos.

—¿Estás bien?

—Tengo que irme. Mis padres... —Trago saliva con fuerza.

—¿Sigue en pie lo de hacer el trabajo en tu casa?

Abro los ojos de golpe y luego lloriqueo:

—Se me había olvidado...

—Mira que os lo dije a ti y a Auden, a los dos. Os pasasteis con la bebida.

—Ya te digo.

Carter se encoge de hombros.

—Si quieres, conduzco yo.

—¿Cómo? ¿Conducir tú mi coche? De ninguna manera. ¿Lo dices en serio? —Me río un poco y sacudo la cabeza demasiado rápido.

Él me lo nota al instante.

—¡El cubo de basura está ahí!

Me agarro al cubo y con los ojos cerrados, echo hasta la primera papilla. Vomitar ya estaba en mi lista de «Lo peor de ser humana» y ahora tengo que añadir la resaca. Todo me quema, las fosas nasales, la garganta, los ojos, mientras me vacío entera en la papelera.

—Como te decía... —Carter se ríe—, ¿quieres que conduzca?

Miro por encima de un hombro tembloroso.

—Sí, por favor.

Carter me acompaña al cuarto de baño, donde me quito el vestido, intento recogerme el pelo y me cepillo los dientes. Se me ha corrido el rímel y parezco un panda. Tengo un aspecto horrible y me siento aún peor.

Cuando salgo, Carter está buscando algo en su armario.

—Dame un segundo. A ver si encuentro una camisa.

Le miro los músculos de la espalda; tiene la columna vertebral tan definida que se le marca como una zanja en la que quiero zambullirme, y pienso para mis adentros: *No, no quieres.*

—¿Puedes despertar a Auden? —pregunta. Mira por encima del hombro y me descubre observándolo.

Con los ojos muy abiertos, giro sobre mis talones.

—Sí.

Imani sigue enfrascada con la televisión cuando me siento en el sofá junto a los pies de Auden. Le doy unos golpecitos suaves en el tobillo y lo llamo por su nombre. No se mueve. Le aprieto los tobillos y lo zarandeo. Sigue sin moverse.

Entonces, me distraigo con las fotos de Carter que hay en las mesitas auxiliares. Dios, qué ojos. Miro una foto de él cuando era preadolescente, tiene a su hermanita en brazos. Ella lo observa embelesada, pero él mira a cámara, entre risas.

Durante los anuncios, Imani se me acerca con ojos ansiosos y me apoya las manos en las rodillas. Tiene las pestañas tan largas como las de su hermano.

—¿Cómo te llamas?

—Quinn.

—¿Eres la novia de Carter?

Sonriendo, niego con la cabeza.

—Pero Carter solo deja que duerman en su cuarto sus novias.

—Imani, ¿qué le estás contando? —Carter entra al salón con una camiseta negra en la mano. Intento no mirar cómo se la pone.

—Ah. —Ella se sorprende de que él esté escuchando—. Le estaba diciendo que solo tus novias duermen en tu cuarto. Livvy nunca duerme aquí…

—¿Cuántas novias? —pregunto.

Imani sonríe.

—Muchas, como setecientas. Pero tú eres la más guapa.

Me pregunto si eso se lo dirá a todas las chicas.

—Imani —dice Carter, abriendo los ojos—. Eso tenía que ser un secreto.

Se vuelve hacia él con ojos de cachorrillo.

—No, porque me dijiste que no le contara a mamá cuando se quedaran a dormir las chicas y no se lo estoy diciendo a mamá. Se lo estoy diciendo a… —Me mira con una mueca—. ¿Cómo te llamabas?

—Quinn.

Se vuelve hacia Carter.

—A Queen.

Abro la boca para corregirla, pero decido que ese error es una mejora de todas formas. *Queen Jackson*. Como una reina.

Carter se da cuenta de que me hace gracia y ríe por la nariz. Luego le hace un gesto con la cabeza a Imani.

—Tienes razón. Eso te dije, sí. Pero ¿y si no se lo contamos a nadie? ¿Te parece?

Su hermana se encoge de hombros; de repente, vuelven a empezar los dibujos y pierde interés en la conversación.

—Bien jugado, Carter. Que tu hermanita te guarde el secreto de tus setecientas novias… —digo, poniéndome de pie con la mochila en las manos—. Me alegra saber que he dormido encima de fluidos corporales de vete tú a saber quién.

—De desagradecidos está lleno el mundo. Podría haberte hecho dormir en el sofá. —Agarra las llaves de la mesa que hay junto a la puerta y se las mete en el bolsillo—. Ya que estamos, ¿no ibas a despertar a Auden? —Se acerca al sofá y le arranca la manta de encima, lo zarandea por el hombro y le da una palmadita en la cara, algo menos suave. Auden abre los ojos y se incorpora.

Creo que a Carter se le da genial detectar la cara de «estoy a punto de vomitar», porque le pasa el cubo de la basura y Auden empieza a hacerlo a lo grande.

—Qué asco —digo mientras me doy la vuelta.

Carter se burla.

—Estás tú para hablar... —Recoge el cubo cuando Auden termina; al parecer no le da ningún apuro. A mí, en cambio, me entran ganas de vomitar otra vez.

Mientras Carter recoge la basura en la cocina, Auden se sienta en el borde del sofá y se sostiene la cabeza entre las manos.

—¿Puedo quedarme aquí todo el día?

—Tenemos que ir a ver la película en casa de Quinn —dice Carter desde la cocina.

—No te preocupes —apunto yo—. Lo veremos en mi estudio. Tengo un sofá muy mullido y una máquina de hacer palomitas. —Estoy de pie en la puerta, lo más lejos posible del vómito.

Carter sale de la cocina con una bolsa de basura grande y negra en la mano. Hago una mueca, tratando de contener la respiración. Me da igual que la mitad de eso sea mi vómito. No soporto el olor.

—Imani, vamos. Te llevo a casa de mamá Sandy.

Ella da un gritito ahogado y salta con los puños cerrados.

—¡No, por favor! Quiero ir con vosotros.

—Estaremos haciendo los deberes todo el rato. —Ella frunce el ceño mientras él se pone los zapatos—. Para el caso es como si nos quedáramos aquí.

Imani refunfuña, apaga la televisión y sigue a su hermano hasta la puerta. Carter le ayuda a ponerse unas zapatillas de deporte con lucecitas... y yo intento controlar mi atracción por él. ¿Por qué es tan adorable? Luego se arrodilla y la deja subirse a su espalda.

Salgo del piso tras ellos y entrecierro los ojos contra el sol de la mañana. Auden camina arrastrando los pies detrás de mí. Cuando llegamos al final de las escaleras, Carter nos dice que esperemos y echa a correr con Imani chillando/riendo/rebotando en su espalda. Y sonrío. No puedo evitarlo.

Tira la basura en el contenedor de la otra punta del aparcamiento y vuelve corriendo hacia nosotros. Llega respirando con dificultad, y también Imani, que apoya la cabeza en su hombro.

—Otra vez —le pide ella.

—Dame un minuto. —Él sonríe.

Luego caminamos por la acera hacia el bloque de pisos donde vive Olivia; los coches pasan zumbando a toda velocidad. Miro la punta del codo de Carter mientras agarra las piernas de Imani. Me acuerdo de lo cerca que estuve de besarlo anoche, de lo mucho que aún quiero besarlo. Debo de seguir borracha.

Cuando llegamos al apartamento de Olivia, nos dirigimos hacia las escaleras, pero Auden se queda atrás.

—Eh, ¿puedo esperar en el coche?

—Livvy no está aquí, colega —dice Carter.

—Aun así. —Agacha la cabeza—. Necesito tumbarme, en serio.

Me saco las llaves del bolsillo y abro a distancia las puertas del Mercedes, que está al fondo del aparcamiento, a salvo.

—No me vomites en la parte de atrás. —Auden se dirige hacia mi coche y yo sigo a Carter por las escaleras—. ¿Está evitando a Olivia?

—¿Tú no lo harías? Kendrick prácticamente se la arrancó de los brazos. —Llama a la puerta con los nudillos e Imani apoya la cabeza en su hombro.

La madre de Olivia abre la puerta.

—Hola, Carter. —Le dedica una sonrisa somnolienta—. Imani. —Luego me mira a mí—. Y no me acuerdo de tu nombre, cariño.

—Quinn.

—Quinn —repite con la voz entrecortada.

—Buenos días, mamá. ¿Te puedo dejar a Imani un rato? Tenemos que hacer un proyecto del insti.

La madre de Olivia me mira y luego a Carter inclinando la cabeza.

—Un proyecto del insti, ¿eh?

—Sí.

—Chico, a mí no me mientas, ¿eh? Vamos, Imani.

—Te juro que no te miento. Es un proyecto para clase de Historia.

—Ya, ya —dice ella—. Que te crees que me chupo el dedo.

Miro a Carter, que niega con la cabeza y pone los ojos en blanco. Hace bajar a Imani de la espalda y la deja en el suelo. Su hermana lo mira y hace un mohín.

—No tardo —le dice, alborotándole el pelo.

Tuerce la boca y entra en el apartamento dando pisotones; las zapatillas se le encienden por el camino.

—Gracias, mamá.

La madre de Olivia asiente con la cabeza y nos hace un gesto para que nos vayamos.

—Me cae bien —comento, siguiendo a Carter por las escaleras hasta el aparcamiento.

—¿Mamá Sandy? Sí, es genial.

—No, me refería a Imani.

Se vuelve hacia mí con una sonrisa radiante.

—Ah, sí. A mí también.

Cuando nos subimos al coche, Auden está hecho un ovillo en el asiento trasero con los ojos cerrados. Carter arranca con una sonrisa de oreja a oreja y acaricia el volante.

—Ten mucho cuidado, ¿vale? —le pido.

—He visto cómo conduces. Lo haré mucho mejor. Lo prometo.

Cierro los ojos y echo la cabeza hacia atrás.

Mientras él conduce, con los ojos cerrados y la cabeza palpitándome, rememoro la noche anterior y cómo me miraba Carter. No me quitaba los ojos de encima, como dijo Olivia. Revivo cómo me arrinconó contra la pared cuando pasaron esos chicos por delante de nosotros. Cómo olvidó lo que estaba diciendo. Cómo nos olvidamos los dos.

—¿Recuerdas algo de anoche? —pregunta Carter como leyéndome los pensamientos.

—No recuerdo nada después de vomitar.

—Estabas muerta. Tardé veinte minutos en subirte por las escaleras hasta mi casa.

Abro los ojos de golpe.

—Un momento. ¿Qué estaba haciendo?

Me mira con una sonrisa.

—Estabas como salvaje. Me rogabas que me acostara contigo.

Se me desencaja la mandíbula.

—Noooo. —Dios, qué horror.

Se ríe, echando la cabeza hacia atrás.

—Estoy bromeando contigo, Jackson.

—No hagas eso. —Frunzo el ceño y lo señalo con el dedo—. No tiene gracia. —Porque es algo que perfectamente podría haber hecho.

—Sin embargo, sí que estuviste algo salvaje anoche. Te me echaste encima y no dejabas de preguntarme: «¿Te parezco sexi, Carter?». Quisiste besarme y…

—Ya, mejor no hablemos del tema.

Se queda callado, pero casi oigo la sonrisa que se le dibuja en los labios.

—No sabía que te gustara de ese modo.

—Silencio. —Lo fulmino con la mirada—. Estaba borracha.

Inclina la cabeza con una sonrisilla exasperante.

—Lo único que importa es que he podido contener al chantajista. —Agarro el móvil y compruebo que no haya ningún mensaje. No, nada.

—No, lo que importa es si te divertiste. —Me mira con las cejas enarcadas.

Asiento con la cabeza y me giro hacia el parabrisas.

—Me divertí, sí. —Entonces cierro los ojos y echo la cabeza hacia atrás—. Pero ¿sabes qué es lo peor de esta resaca?

—¿Qué?

Me giro para mirarlo.

—Que tengo antojo de pollo frito.

—¡Sí! ¿Podemos parar en Popeyes? —pregunta Auden, que se incorpora de repente. Miro hacia atrás, sorprendida. Habría jurado que estaba dormido.

Carter se ríe.

—No creo que haya ningún Popeyes cerca de la casa de Quinn.

—No hay, pero ¿qué os parece un Jason's Deli? Si queréis, entro a por sopa.

Auden gime y se tumba otra vez.

—Si no queda otra...

LO PEOR DE SER HUMANA

1. Tener que ver morir a la gente.
2. La diarrea.
3. El estreñimiento.
4. Vomitar.
5. Las mentes configuradas para el prejuicio.
6. No tenemos un panel de control para gestionar las emociones.
7. Estamos a merced de nuestro ADN y nuestra herencia.
8. Las resacas.
9. No podemos elegir de quién nos enamoramos.

Cuando llegamos a mi casa, el coche de mi padre está en la entrada. Le aseguro a Carter que lo protegeré, pero no se ríe. Parece nervioso.

Salimos del coche y nos acercamos a la puerta: primero yo, luego Auden y Carter en último lugar. Me quito las zapatillas y los chicos hacen lo mismo. Después, en silencio, cruzamos el vestíbulo en calcetines. Echo un vistazo al salón y saco la cabeza por la cocina.

—Despejado —digo.

Los llevo al estudio, en la planta de arriba, y los acomodo en el sofá.

—¿Agua? —pregunto.

—Sí, por favor —responde Auden. Carter asiente.

Cuando vuelvo a bajar, veo a papá en la cocina, metiéndose el polo dentro del pantalón. Se me vuelve a revolver el estómago, todavía delicado.

Me oye y se gira.

—Mira qué bien, estás aquí. Tú y yo iremos a ver a Hattie.

Lo miro fijamente, sin decir nada. No lo plantea como si fuera una elección. No lo dice con un ápice de paciencia.

—No, hoy tengo que hacer un trabajo.

—Quinn. —Se detiene frente a mí, furioso—. ¿Cómo puedes estar aquí de brazos cruzados mientras tu abuela está enferma?

—Es que no puedo verla así. —Se me llenan los ojos de lágrimas. No estoy preparada para hablar de esto ahora mismo. Necesito unas horas más de sueño. Necesito comida. Necesito tiempo.

—Lamentarás hasta el último segundo que no pases con ella. —Me agarra de la muñeca—. No pienso dejar que te hagas eso a ti misma... ni a ella. Vamos.

Me da la vuelta.

—Papá.

Me empuja hacia el vestíbulo.

—Papá.

Me niego a ir a esa horrible residencia de ancianos para ver a la Hattie que no puede caminar sin ayuda, a la Hattie que quizá ni siquiera recuerde mi nombre y mucho menos mi cara... la impostora.

—¡Papá, para! No puedo ir! —Escupo lágrimas por la boca y me aparto a la fuerza. Como me meta en el coche, juro que saltaré a la primera oportunidad que tenga.

—¡Desmond, no puedes obligarla a ir si no está preparada! —exclama mi madre desde lo alto de la escalera.

Deja de tirar de mí, pero no me suelta el brazo.

—Ese es tu problema, Quinn. —Se vuelve hacia mí, con los ojos vidriosos, pero no lo bastante llorosos como para apagar el fuego que hay en su mirada—. Si te quedas aquí sentada, esperando a estar preparada, jamás estarás preparada para nada. Te cuesta escoger un lugar para vivir. Te cuesta elegir una especialidad. Te cuesta mover el culo e ir a ver a tu abuela moribunda. ¡Se está muriendo, Quinn! Y tú aquí plantada como si Hattie fuera a vivir para siempre.

Me aparta la muñeca con brusquedad.

—Luego no me vengas llorando cuando ya no esté y no hayas podido verla.

Sale al vestíbulo a toda prisa y mi madre corre tras él.

Tiemblo como un terremoto, mirando fijamente el salón vacío hasta que se desdibuja en un batiburrillo de colores.

Carter me atrapa en la cocina antes de que me cedan las piernas. No sé cuándo ha bajado ni cuánto ha oído, pero me dejo caer en sus brazos, agradecida de tenerlo aquí.

Se me escapa el aliento y jadeo contra su camisa negra. No estoy llorando sin más. Lloro a moco tendido. Nunca he llorado a moco tendido delante de nadie. Dudo que me vea igual de «guapa» después de esto.

Mamá alcanza a papá en la puerta principal.

—Mira, Desmond, te juro que me da igual de qué vaya todo esto. ¡No puedes hablarle así!

—Se arrepentirá de esto el resto de su vida. ¿Y por qué? ¿Porque le da miedo ver cambiar a Hattie?

—Hattie siempre ha sido fuerte —dice mamá—. A Quinn le cuesta hacerse a la idea de que ya no sea así.

—Eso no es excusa. No puedo quedarme de brazos cruzados y ver cómo pierde el tiempo. —Se le quiebra la voz con esto último. Y entonces la puerta principal se cierra de un portazo.

Todo queda en silencio, salvo por mis jadeos y sollozos. Carter separa mi rostro de su camisa. Me limpia las mejillas. Me cuesta ver a través de las lágrimas, pero sí reparo en su ceño fruncido y su mirada amable.

Mi madre se acerca por detrás. Carter la mira a los ojos y retrocede unos pasos, para que ella pueda ponerse en su lugar.

—Carter —dice ella, sin romper el contacto visual conmigo—, sube al estudio. Quinn irá en un ratito.

Observo a Carter por encima de su hombro y me seco los ojos para aclararme la vista. Camina hacia atrás, pero me mira como si no quisiera irse. Yo tampoco quiero que se vaya. Miro a mi madre. Quiere hablar de lo que acaba de ocurrir, pero yo solo quiero subir, tomarme la sopa de *cheddar* y brócoli y ver una película aburrida con mis amigos.

—Mamá, estoy bien. —La miro a los ojos y luego me paso las manos por la cara.

—Quinn. —Frunce el ceño—. Tu padre se ha pasado de la raya y...

—¿Podemos hablar más tarde? Ahora mismo, solo quiero... —Señalo las escaleras detrás de ella—. Tenemos que hacer un trabajo.

Reflexiona y busca en mi mirada, pero luego asiente.

—De acuerdo, cariño. Luego hablamos.

Paso por su lado y sigo a Carter por las escaleras.

El aire es tenso, pero cuanto más subimos, más se me relajan los hombros y menos siento que deba disculparme por lo que acaba de presenciar.

Supongo que no hay un lugar perfecto para ver esta película. En la casa de Carter no hay gran cosa, ni padres (que yo haya visto), ni siquiera un reproductor de DVD para poner la película. En casa de Auden hay una madre que no nos deja a solas el tiempo suficiente para ver el DVD. En mi casa hay unos padres que se pelean y una hija que se derrumba de tal modo que ni siquiera hemos podido poner la película todavía.

Pero todos sabemos que ninguno de nuestros hogares es perfecto. Y se da una especie de entendimiento tácito entre nosotros. Lo veo en la forma en que Auden se tumba en mi sofá, justo en la curva de la L, apoyando los pies en los cojines como si ya hubiera estado aquí antes. Lo veo en la forma en que Carter coloca la comida en la mesa y reparte el pedido, como si nada de lo que acaba de pasar fuera nuevo o sorprendente o raro. Y me conmueve, sobre todo después de haberme visto en mi estado más feo. Alucino con que no haya huido después de verme así.

—¿Lista, Jackson? —me pregunta, levantando la mirada.

Joder, creo que aún tiene la camiseta empapada.

—Voy a asearme. —Echo a correr por el pasillo hasta el cuarto de baño, me pongo el pijama más cómodo, me lavo la cara, luego me hidrato el pelo y me lo recojo.

Ya me veo mejor. No estoy impecable, pero sí algo mejor.

Cuando vuelvo al estudio, casi han terminado de comer. Me siento apoyada en el brazo del sofá, subo los pies al cojín y pongo la película.

Es aburrida, como ya lo intuía, y después de la noche que hemos pasado y el atracón que nos hemos dado, los tres nos quedamos fritos a los treinta minutos de empezar.

Cuando me despierto, la película ha terminado. Creo que ninguno ha tomado siquiera una página de apuntes. El DVD está en la pantalla del menú y la inquietante música presidencial ahoga los ronquidos de Auden.

Levanto la cabeza. Auden está tumbado en la otra mitad del sofá, con la cabeza hacia atrás y la boca abierta. Carter está sentado a mi lado con la cabeza ladeada hacia mí y los ojos cerrados.

Tengo las piernas en su regazo. Dejo caer la cabeza sobre el cojín del sofá y miro fijamente la pantalla del televisor, deleitándome con su calor y cercanía.

Entonces, tengo ganas de más. Me pongo de costado para mirarlo, con las rodillas encajadas en su abdomen. Él tiene una mano posada en mi muslo y la otra en mi espinilla, pero sigue con los ojos cerrados. Me quedo mirando la forma que dibujan sus gruesos labios, el puente de su ancha nariz y el lugar donde estarían sus hoyuelos.

Y, de repente, abre los ojos. Me sostiene la mirada con calma y sin mediar palabra. Reconocemos algo con nuestras miradas. Sus manos se me antojan más pesadas sobre la piel. Y me entran los calores. Sudo. Estos pantalones de pijama son gruesos y me abrasa el calor corporal que emana.

Estoy pensando en todas las formas en que podría besarlo, pero a la que me decido, me dice con una voz profunda y aturdida, pero sexi:

—Roncas mientras duermes.

Hago una mueca.

—Creo que me confundes con Auden.

—Sé lo que he oído. —Sonríe y me aprieta la pantorrilla.

Me arden las mejillas. Quito las piernas de su regazo y me siento.

—Yo no ronco.

—¿Cómo lo sabes?

Estiro los brazos por encima de la cabeza, bostezando. Cuando me vuelvo hacia él, me está repasando de arriba abajo sin cortarse ni un pelo.

—Porque lo sé.

Me pongo de pie y me bajo la camisa del pijama. Me alejo del sofá y miro por encima del hombro: todavía me está mirando.

Cuando bajo las escaleras, oigo que me sigue.

Capítulo 17
COSAS QUE NUNCA HABRÍA HECHO SI AÚN TUVIERA MI DIARIO

LA PUERTA DEL PATIO SE CIERRA TRAS ÉL.

—¿Quieres hablar de lo que ha pasado antes?

Supongo que se refiere a la pelea de mis padres y a lo de Hattie y a verme llorar a moco tendido.

—No.

Echa un vistazo a los muebles del patio que tengo a la espalda y luego vuelve a mirarme a los ojos. Entrecierra los suyos, aunque el sol ya no es tan intenso. Las nubes absorben la luz y proyectan un ambiente gris. Parece que va a llover.

—Pero gracias por consolarme. No tenías por qué hacerlo.

Me siento pequeñita al mirarlo. Él, con las manos en los bolsillos de los pantalones cortos, como si tal cosa. Agacha la cabeza y mira el espacio que nos separa.

Cuando voy al columpio de Hattie que está en el porche, él me sigue y se sienta cerca de mí.

—¿Sabes? Aunque haya cambiado, sigue siendo tu abuela. No la castigues por estar enferma.

—No la estoy castigando. —Me giro y chocan nuestras rodillas.

—Pero no aceptas que ahora sea diferente —dice con calma.

Busco en su mirada y absorbo un poquito de su tranquilidad. Luego miro el patio, el cielo nublado, el césped verde, la acera que lleva hasta la piscina.

—Es duro ver cómo una persona a la que quieres se deteriora ante tus ojos —digo al cabo de un rato. Él se vuelve hacia mí con una mirada sombría. Acaricio el asiento del columpio—. Este columpio era suyo.

—Ah. —Sobresaltado, se levanta—. ¿Quieres que…?

—No, no, puedes sentarte. —Le agarro la mano sin pensarlo, pero se la suelto de inmediato y dejo las manos en el regazo—. Aquí me contaba todas sus historias.

Con cautela, vuelve a sentarse.

—Cuéntame una.

—De acuerdo. —Sonrío, emocionada, y me giro hacia él—. De pequeña, Hattie tenía que ir andando al colegio. Y estaba a varios kilómetros; no sé cuántos, pero muchos. Uno de los niños del barrio se metía con Hattie y su hermano cuando iban de camino a la escuela.

—¿Por qué? —pregunta, desconcertado.

—¡No tengo ni idea! Supongo que la gente se metía en peleas porque se aburría.

Carter se ríe.

—¿Y cómo es que ese crío no iba a la escuela?

Me mira a los ojos y se me borra la sonrisa. Su pregunta me hace ser consciente de que no recuerdo mucho de la historia. ¿Por qué no iba a la escuela? Puede que tuviera un motivo para meterse con ellos. No recuerdo si era blanco o negro. Tal vez fuera un vecino racista que no quería que los niños negros fueran a la escuela…

—Pues no me acuerdo. No llegué a apuntarlo.

—No pasa nada —dice. Pero sí, sí que pasa, porque Hattie quizá no lo recuerde tampoco, así que ese recuerdo se habrá perdido para siempre—. Oye, mírame —me pide, interrumpiendo así mis pensamientos desenfrenados. Centro la vista en él—. ¿Qué recuerdas?

—Mmm. —Aparto la mirada y trago saliva—. Solo recuerdo que los perseguía todos los días. Nunca llegó a alcanzar a Hattie, pero siempre atrapaba a Sonny, su hermano pequeño. —Miro a Carter a la cara—. Entonces, Hattie engañaba a ese matón, corría en círculos alrededor de él y hacía que la persiguiera a ella para que Sonny pudiera escapar.

Carter sonríe.

—Parece sacado de unos dibujos animados.

—Ya ves. —Me río, apoyando la espalda en el columpio y poniendo ambos pies en el suelo. Pienso en todas las historias sobre lo rápida que era Hattie. Me gustaría haberla visto correr, pero como no puedo, me la imagino con la espalda recta y las piernas musculosas levantando polvo del suelo. Era muy fuerte. Siempre lo ha sido.

Nos columpiamos, mirando al jardín, sin hablar. Me siento bien aquí al aire libre. Quieta como un árbol, dejando pasar el viento entre mis hojas.

Sin embargo, y de repente, el cielo se oscurece y empieza a llover con fuerza sobre la casa. Dejo de columpiarme, respiro profundamente y dejo que me invada el olor a tierra mojada.

—Dios, me encanta que llueva.

Me bajo del columpio, me acerco al borde del patio y estiro la mano para atrapar las gotas. El agua me refresca y me calma. Giro la cabeza. Carter me observa desde el columpio, igual de satisfecho. Sonríe cuando se cruzan nuestras miradas. Yo también sonrío, voy corriendo hacia él y le lanzo agua de lluvia a la cara.

Su sonrisa se transforma en incredulidad.

—Así que quieres jugar, ¿eh? —Se levanta.

Me río y me alejo de él.

—No te atrevas. Este pijama es de seda. No se puede mojar.

Se encoge de hombros y se dirige hacia el borde del toldo.

—Haberlo pensado antes. —Estira el brazo para recoger agua de lluvia y yo salgo escopeteada hacia el otro lado del patio, pero él es más rápido que yo. Me agarra por la cintura—. Ahora tengo que tirarte a ti a la lluvia —dice, tirando de mí hacia atrás.

—¡No, no lo hagas! —grito sin dejar de reír. Me retuerzo entre sus brazos y me giro para mirarlo con ojos de loca. Le empujo el pecho con todas mis fuerzas, intentando moverlo hacia el jardín para que se moje. Sin embargo, no se mueve y se ríe porque mis intentos son en vano.

Entonces, aprieto las manos en sus abdominales e hinco los dedos de los pies en el suelo, usando toda mi fuerza para hacerlo retroceder. Se mueve varios centímetros con una sonrisa picarona en los labios. Y me agarra de los antebrazos.

—Si me empujas bajo la lluvia, te vienes conmigo.

—Pues buena suerte. —Sigo empujándolo hasta que su espalda choca con una columna al borde del patio. La lluvia cae el césped a escasos centímetros de nuestros dedos; parte del agua moja el cemento del patio y la otra nos salpica los pies.

Cuando lo miro a los ojos, sin perder la sonrisa juguetona de mis labios, me doy cuenta de que él ya no sonríe. Parece sumido en sus pensamientos. Tiene la espalda apoyada en la columna, pero aún tengo las piernas en posición de empuje y las manos apoyadas en sus abdominales. Sin decir una palabra, me levanta por los brazos y apoyo los dedos de los pies en sus calcetines negros; solo unos milímetros separan nuestro pecho y nuestro aliento.

Mi sonrisa también se desvanece y mi mirada se posa en la cadena que le rodea el cuello, en el vello de la barbilla y luego en sus labios.

—Por favor, no me lances a la lluvia —le pido en voz bajita, nerviosa y con la respiración entrecortada.

Sus dedos se aventuran hasta la parte baja de mi espalda.

—No lo haré —dice él igual de apurado.

La lluvia se convierte en mero ruido de fondo mientras él agacha un poco la cabeza. Yo levanto la mía, anticipando su aliento y la calidez de sus labios.

Entonces, se abre la puerta del patio detrás de nosotros. Doy un grito y me zafo de los brazos de Carter.

—¡Carter! —exclama Imani, que viene corriendo sin inmutarse por lo que acaba de interrumpir y salta a sus brazos.

Y justo detrás de ella aparece Olivia, sonriéndome.

—Livvy me ha enseñado a hacer collares —dice Imani, colgada de su cuello.

Me acerco a Olivia, que no puede aguantarse las ganas de soltarme: «Ya te lo decía yo».

—Si supiera que iba a interrumpir un morreo, habría esperado un poco más.

—Cállate. No ha pasado nada. —La acompaño hacia dentro. Carter e Imani nos siguen despacio.

—No ha pasado nada... *todavía* —me susurra al oído. Luego me detiene al pie de la escalera y me mira con cierta aprensión—. ¿Está Auden?

—Ah. —Miro a Carter, que se acerca—. Ehm, sí, está arriba.

—¿En serio? —Abre los ojos de par en par y se pone nerviosa.

—Deberías darle espacio, Livvy.

Olivia le lanza una mirada penetrante.

—Quiero explicarle lo de Kendrick. Irme con él anoche fue un error tremendo.

—Ni que lo digas —le suelta Carter sin despeinarse.

—¡Oye, Queen! ¿Esta es tu casa? —pregunta Imani de repente. Sonrío; me encanta que me llame así. Asiento con la cabeza, ella se zafa de los brazos de Carter y corre directamente hacia mí—. ¿Puedo ver tu cuarto? —Me agarra con su manita suave. Luego subo con ellos a mi cuarto.

Auden mira por encima del sofá mientras cruzamos el rellano.

—Gracias por abandonarme —nos reprocha—. Podríais haberme desper... —Se queda sin palabras cuando ve a Olivia detrás de mí.

—Hola, Audee —dice ella tímidamente—. ¿Podemos hablar?

El aire está supertenso de repente.

—Mi cuarto está por aquí —digo mientras llevo a Imani y a Carter por el oscuro pasillo y dejo a Olivia y a Auden solos en su incómoda tensión.

Cuando enciendo la luz, Imani me suelta la mano. Me quedo en la puerta, contemplando mi habitación como si también fuera la primera vez que la veo.

Unas paredes desnudas de color rosa, la cómoda llena de productos de belleza, el escritorio lleno de papeles desperdigados y aceite de coco y vinilos del tocadiscos.

Imani chilla, corre y salta sobre mi cama, mirando el estampado de flores rosas y amarillas del edredón.

—Esta cama es enorme —comenta—. Es como la de mamá, ¿verdad, Carter?

—Pues sí. —Oigo su voz tan cerca que me hace estremecer. Pasa junto a mí y se sienta en el borde del colchón, mirando alrededor.

—No pude escoger la pintura. Es rosa desde que nací.

Carter se inclina hacia delante y apoya los brazos en los muslos. Me lo quedo mirando un rato para memorizarlo ahí en mi cama.

—¿De qué color lo pintarías? ¿Azul pastel?

Se me corta la respiración de lo pasmada que me ha dejado.

—Pues sí. ¿Cómo lo sabes?

—A ver, está claro. —Se encoge de hombros con una sonrisa—. Y soy muy observador.

Sonrío. Esa respuesta me resulta familiar.

—Siempre llevas las uñas a juego con la funda del móvil —aclara.

—¡A mí también me gusta el azul! —exclama Imani, que salta de la cama y se acerca corriendo al escritorio.

Su hermano se une a ella y empiezan a repasar los vinilos. Me siento en la cama, observando sus reacciones al ver los discos de Mary J. Blige y de Lauryn Hill.

—Sé que es una locura, pero pensaba que tendrías listas por todas las paredes. —Se gira, apoyándose en el escritorio mientras Imani encuentra la caja en la que guardo los esmaltes de uñas.

—Las listas son para el diario.

Él asiente con la cabeza.

—Porque para qué ibas a exponer tus sentimientos en la pared, ¿no? No tienes intención de contárselos nunca a nadie, ¿verdad?

—Dicho así parece que sea una costumbre poco saludable. —Toqueteo un hilo suelto del pijama.

—Tú misma dijiste que era una costumbre bastante fea.

Levanto la cabeza y le dedico una sonrisa irónica. Carter se me acerca con las manos en los bolsillos.

—Y, dime, ¿qué has estado haciendo ahora que no tienes el diario?

Suelto una carcajada, me arranco el hilo y lo hago rodar entre el dedo índice y el pulgar.

—Me he abierto.

—¿Abierto cómo? —pregunta, deteniéndose frente a mí.

—Sí, porque he dicho y hecho demasiadas cosas.

Por la mirada que me echa parece que acaba de recordar que casi nos hemos besado hace unos minutos. Agacho la cabeza; ya no tengo las agallas que tenía ahí fuera, cuando llovía y parecía que estábamos solos en nuestra propia islita.

Imani corre hacia mí con el esmalte azul pastel.

—¿Me pintas las uñas de este color?

—Otro día, Imani —dice Carter.

Ella se vuelve hacia su hermano y hace un mohín.

—Eso, otro día —le aseguro. Ella sonríe y corre a dejar el esmalte en su sitio.

—Ve a buscar a Livvy. Dile que ya nos vamos.

Da un brinco y cruza la puerta, gritando:

—¡Livvy!

Y entonces nos quedamos solos.

—Para que conste, creo que todo lo que has dicho y hecho ha sido perfecto —me dice y pasa por mi lado de camino a la puerta—. Y no te vendría nada mal decir y hacer un poco más.

—¿Con respecto a qué? —pregunto, inclinando la cabeza.

—Con respecto a tus sentimientos. —Sale por la puerta y me lanza una última mirada descarada antes de desaparecer por el pasillo.

COSAS QUE NUNCA HABRÍA HECHO SI AÚN TUVIERA MI DIARIO

1. Hablar con Olivia Thomas y hacerme amiga suya.
2. Ir a Houston y enfrentarme a los prejuicios que tengo sobre mi propia raza.
3. Hablar con Carter Bennett sobre mi padre, los estereotipos y ser una Oreo.
4. Hablar con Carter Bennett sobre mis listas y mis sentimientos.
5. Salir por el centro y ver un lado completamente distinto del puritano Auden Reynolds.
6. Emborracharme en un club y despertar en la cama de Carter Bennett.
7. Estar a punto de besar a Carter Bennett una y otra vez.

Capítulo 18
MOTIVOS POR LOS QUE NO DUERMO ESA NOCHE

EL CHANTAJISTA ME ENVÍA UN MENSAJE DE TEXTO ESA misma noche: **Tienes hasta mañana a medianoche para tachar otra cosa de la lista.**

Le envío a Carter una captura de pantalla.

Carter pregunta: **¿Y bien? ¿Qué vas a escoger? ¿Hattie? ¿Columbia? ¿Destany?** Luego en otro mensaje: **¿Matt?** Como si tuviera que obligarse a mencionar ese elemento concreto como una posibilidad.

En realidad, casi me había olvidado de ese punto: «Declararle mi amor a Matthew Radd». De repente, «amor» me parece una palabra demasiado fuerte.

No quiero hacer nada de eso.

¿Cuándo me contarás lo que pasó entre Destany y tú?

Habla como si se lo hubiera prometido, como si tuviera derecho a obtener esa información, pero después de cómo me consoló anoche en el concierto de Vontae, tal vez no sea tan malo contárselo.

¿Mañana? Vendréis a ver la última peli, ¿no?

Sí, pero si te llamo, podrías contármelo ahora mismo...

Se me acelera el pulso. ¿Llamar? ¿Hablar por teléfono? ¿Con pausas y silencios incómodos y respiraciones… y voces? Se me eriza la piel. Me doy la vuelta en el colchón y me tumbo sobre la barriga. **OK.**

Me llama y miro fijamente su nombre en la pantalla. *Carter Bennett.*

—Hola —respondo.

—Holaaa. —Añade un par de aes a su saludo—. ¿Estás en la cama?

—Sí. ¿Y tú?

—Sí.

Me lo imagino con la cabeza donde estaba la mía anoche, tumbado debajo de ese edredón azul con solo los calzoncillos puestos. Bueno, supongo, en realidad no sé qué se pone para dormir.

Como si me leyera la mente, me pregunta:

—¿Qué llevas puesto?

Una sonrisa de sorpresa se asoma a mis labios.

—Carter, eso está fuera de lugar.

—¿Qué? —Se ríe—. Como si no lo estuvieras pensando tú también.

Totalmente.

—No me vaciles, anda —dice.

—¿Por qué quieres saberlo? ¿Qué llevas puesto tú?

—Nada —responde.

Abro la boca, pero no me sale nada. Nada, como lo que lleva puesto.

—No lo decía en serio, Jackson —dice entre risas.

Ahogo una risilla nerviosa.

—*Nop*, llevo ropa interior y calcetines. Sinceramente, no sé cómo la gente lleva pijamas enteros en la cama. A mí me sobra ropa.

—Estoy de acuerdo.

Se hace un silencio total. Me pregunto cómo será su cara en este momento.

—¿Estás de acuerdo? ¿Qué significa eso? ¿Qué llevas puesto, Jackson?

—Lo mismo que tú, menos los calcetines.

—Uauuu —aúlla—. Joooder.

Me muerdo el labio inferior.

—Pero bueno... No íbamos a hablar de eso.

—Al principio no, pero ahora sí. Cuando dices lo mismo, ¿incluye algo en la parte de arriba?

—¡Carter!

—¿Qué? Es una información crucial.

—¿Quieres que te cuente lo de Destany o no?

—Sinceramente, ahora no sé si podré concentrarme en eso.

Me tapo la sonrisa como si él pudiera verla.

—Pues entonces cuelgo.

—¡Espera, no! —Respira profundamente para calmarse—. Está bien, tú ganas. Me portaré bien.

—¿Seguro? —le pregunto riéndome.

—Sí. Va, sigue con la historia. —Al ver que no digo nada, añade—: Por favor. —Siento un escalofrío al oírle esa voz grave.

—Muy bien. —Yo también respiro profundamente—. ¿Sabes aquella fiesta en casa de Chase del otro fin de semana?

—Algo he oído, sí.

—Pues fui allí con Destany y Gia. Estábamos fuera y Gia estaba desahogándose ante todo un grupo de gente sobre una señora negra que la había acusado de robar en Gap, cosa que era cierta. —Pongo los ojos en blanco—. Pero mientras se quejaba, no paraba de llamar «negrata» a esa señora —le cuento susurrando, por la vergüenza que vuelvo a sentir al recordarlo—. Y yo me quedé ahí sentada y dejé que la llamara así.

No dice nada. Pensaba que me acusaría de ser una cobarde, pero no.

—Cuando Gia se dio cuenta de que yo estaba entre ellos... —se me quiebra la voz—, dijo: «Ay, Dios, Quinn está aquí». Y entonces me miraron todos.

—Uf, es horrible.

—Eso no es lo peor. Después de darse cuenta de que estaba allí, Destany, mi mejor amiga, les dijo: «No os preocupéis por Quinn. A efectos prácticos es casi blanca».

Cierro los ojos y escucho su respiración. Todavía me escuece revivir ese momento, porque justo cuando creía que Destany me defendería, pasó de mí y de mis sentimientos. Es como si no tuviera derecho a ofenderme. Dio por sentado que no me había ofendido.

—Creo que me fui sin dar ninguna explicación porque estaba avergonzada de mí misma. No era la primera vez que hacían comentarios racistas, pero sí era la primera vez que me di cuenta de que podían estar hablando de mí. ¿Entiendes lo que quiero decir?

—Te entiendo perfectamente. —Se toma su tiempo para escoger las palabras—. Creo que llega un momento en que hay que aprender lo que significa tener nuestra piel. Es como una especie de despertar.

—¿Cuándo fue tu despertar? —le pregunto.

—Te conté que fui a un colegio público, ¿no?

Asiento con la cabeza como si pudiera verme.

—¿Y que mis amigos blancos me consideraban una excepción a sus estereotipos?

—Sí.

—Pues tenía unos nueve o diez años y mi mejor amigo, Derrick, daba una fiesta en la piscina.

—Oh, oh.

—Sí. —Se ríe—. Ya imaginas por dónde van los tiros. Dijo que había invitado a todo el mundo, pero me di cuenta de que yo era el único negro de la lista de invitados. Le pregunté por qué y adivina qué me contestó.

—Sorpréndeme.

—Me dijo: «Supuse que no vendría ninguno, porque los negros no saben nadar y se les estropea el pelo o algo así, ¿no?».

—Vaya. Me imaginé que sería una de las dos cosas, no ambas. ¿Y qué hiciste después de que te soltara eso?

—Nada. Dejé de hacer cosas con él, igual que tú empezaste a pasar de Destany.

—¿En serio? —Me surge una duda—. Si tuvieras una lista de siete cosas que te da miedo hacer, ¿qué incluirías?

No me responde de inmediato. Oigo que se revuelve en la cama y dejo que se tome su tiempo.

—Se me ocurren muchas cosas —responde al cabo de un rato.

—¿Cómo cuáles?

Hace una pausa.

—Es que si te lo digo, me sentiré presionado para hacerlas realidad. Pero te felicito, Quinn. Eres supervaliente. Lo sabes, ¿no?

Abro los ojos y separo los labios. Nunca me he considerado valiente. Me alegro de oírlo y más aún viniendo de Carter.

—Tampoco he hecho tanto.

—Has hecho bastantes cosas.

—Gracias a vosotros también que me habéis ayudado.

Se queda callado un instante.

—Mmm.

—Puede que si nos dejaras ayudarte, también te fuera fácil —propongo.

—Puede —canturrea.

Me quedo callada, con el móvil apretado entre la oreja y la almohada. Él también guarda silencio, imagino, en la misma postura. Ninguno de los dos dice nada durante unos segundos, decenas de segundos.

—Quinn —dice en un suspiro, como si fuera una ocurrencia tardía, como si hubiera tenido mi nombre en la lengua y no se hubiera dado cuenta de que lo había soltado.

—Carter —digo yo del mismo modo.

Es más de medianoche. Estoy cansada, sobre todo teniendo en cuenta lo de anoche, pero no estoy preparada para colgar. Su voz, sus palabras y su presencia me reconfortan. Lo reconozco. Me da paz.

—Entonces, ¿qué? ¿Llevas bragas y sujetador o solo bragas? Retiro lo dicho. Ya no me siento cómoda.

—Carter, creo que no deberías preguntarme eso.

—¿Por qué no?

—Porque es una obscenidad y tú y yo no somos así.

—¿No somos obscenos?

—No estamos juntos.

—¿Y? No es por eso.

—¿Qué es, entonces? ¿Qué conseguirás con eso?

—Cerrar una etapa —dice exhalando en plan dramático.

—Pues no es asunto tuyo, Carter. —Me subo la sábana hasta la barbilla.

—Vale, tienes razón, Jackson —reconoce, rindiéndose.

Me pongo de lado, de cara a la pared. ¿Por qué me decepciona que se haya rendido?

—De todos modos debería colgar. Es tarde.

—Sí, vale.

—Buenas noches, Quinn.

Y con esas tres palabras siento mariposillas en la barriga. Es como si estuviera flotando por encima de mi cuerpo, como si fuera imposible que Carter Bennett me diera las buenas noches.

—Buenas noches, Carter.

Cuando cuelgo, pongo el teléfono boca abajo sobre la cama y cierro los ojos. Estoy más despierta de lo que he estado durante el día. No debería sentir este vértigo. No debería echarle ya de menos. Y, desde luego, no debería agarrar el teléfono y enviarle un mensaje: **Solo bragas.**

Pero lo hago.

MOTIVOS POR LOS QUE NO DUERMO ESA NOCHE

1. Carter responde con un: «Joooder. Pero ¿qué me has hecho?».
2. Intento averiguar a qué se refiere. ¿Le he hecho algo?
3. Me lo imagino en su cama, pensando en mí en ropa interior.
4. Eso requiere que yo piense en él en ropa interior.

5. Estoy convencida de que ambos sabemos lo que estamos pensando en este momento y no sé si estoy muy cómoda con la idea.

6. No sé cómo debo actuar con él mañana. No dejo de imaginarme todas las situaciones posibles.

7. Y sigo imaginando qué habría pasado entre los dos si Olivia e Imani hubieran esperado cinco minutos más antes de salir.

8. Caigo en la cuenta de que no le respondí a Matt ayer. Y que me da igual.

9. Y ahora ya no sé cómo encaja eso en la lista de tareas, porque si tengo que abrirle mi corazón a alguien, es a Carter.

10. Puede que lo haga. Mañana.

Capítulo 19

QUÉ SE SIENTE AL BESAR A CARTER

CARTER ME ESCRIBIÓ A PRIMERA HORA: **LAS COSAS NO fueron bien entre Olivia y Auden. Él no va a venir. Solo yo.**

Y me entra el pánico. No sé qué ponerme. No tengo nada tan sexi como ese vestido rojo.

Mi padre se acerca a mi puerta y lo sorprende encontrarme envuelta en la toalla.

—¿Qué pasa? —Sortea el montón de ropa desperdigada en el suelo.

—No tengo ropa, papá. Solo trapos y… —Recojo una camisa blanca con volantes y encaje— lo que sea esto.

Se sienta en mi cama.

—¿Esto es por ese chico? Carter, ¿no?

Me sorprende que se acuerde de su nombre. Pero entonces me doy cuenta de que está sentado en mi cama y solo entra a mi cuarto cuando quiere hablar. Cuando ve que lo miro, da unas palmaditas en la cama.

—Siéntate conmigo.

Me siento a su lado con cautela. *Por favor, que no quiera hablar de Columbia.*

Se mira las manos en el regazo.

—Quiero disculparme por cómo te hablé ayer de Hattie.

Vaya, eso sí que no me lo esperaba, sobre todo porque papá no se disculpa nunca. No respondo, porque ¿qué se supone que debes responder cuando alguien se disculpa contigo? ¿Gracias? ¿Te perdono? ¿No pasa nada? No, nada de eso me suena bien. Nada me parece cierto.

Me mira.

—Cuando perdí a mi padre, me enfadé mucho con él porque se hubiera muerto. Sentí que había muerto solo para que yo me arrepintiera de ir a Columbia. Él nunca quiso que me fuera tan lejos.

Asiento con la cabeza. Ya sabía eso del abuelo.

—Volví de Nueva York para enterrarlo y pasar todo el tiempo que pudiera con Hattie. Y tú también puedes.

—Papá, la Hattie de ahora no es la Hattie que conozco. Tengo miedo de cómo es ahora. Tengo miedo de que no me recuerde.

Me mira, dolido.

—¿Cómo no se va a acordar de ti, Quinn? Me pregunta por ti cada vez que voy a verla.

Abro mucho los ojos y me tiemblan los labios.

—¿En serio?

—Sí, cariño. —Me toca la barbilla—. Claro que sí.

No he visto a Hattie desde hace más de un año. Y durante todo ese tiempo, a pesar de que el Alzheimer ha ido a más, sigue preguntando por mí.

Papá se levanta.

—Vístete —dice.

Lo veo alejarse y sus palabras resuenan en mi mente. «Me pregunta por ti cada vez que voy a verla». Mi Hattie pregunta por mí. Puede que aún sea ella de verdad y no solo la cáscara de lo que era antaño. Tal vez todavía siga ahí.

—Espera, papá —le digo.

Se gira en mi puerta.

—Quiero hablar contigo de otra cosa.

—¿Qué pasa? —Llega al centro de la habitación, pero no se sienta. Me intimida, pero no puedo seguir evitando el tema. No he podido mirarlo igual desde aquel día que vinieron Carter y Auden a casa. Solo necesito que me diga que es exactamente quien creo que es y que Carter malinterpretó la situación.

—Papá, ¿qué pasó con Carter el día que te lo encontraste en casa?

Me mira con los ojos entrecerrados, como si estuviera a punto de señalarme con el dedo y gritarme por volver a sacar el tema, pero entonces baja los hombros y suspira.

—Quinn, cariño, ¿por qué hay que volver a sacar el tema?

—En realidad, no hemos hablado del tema. Y no puedo dejar de pensar en eso porque, papá, mi piel es exactamente del mismo color que la de Carter, y no sé qué significa eso. —Me muerdo el labio para contenerme, pero siento que resurge todo lo que he estado reteniendo, que sale a la superficie para que se escuche y se vea y, al final, se reconozca también—. No sé qué implicaciones puede tener eso en la forma en que me ves.

Agacha la cabeza y viene a sentarse a mi lado otra vez.

—Veo a una chica negra increíble, inteligente, talentosa y preciosa.

—Y cuando miras a otras chicas que se parecen a mí, ¿es eso lo que ves?

Frunce el ceño.

—Pues claro, Quinn.

—Vale, entonces explícame, por favor, lo que pasó con Carter. —Me inclino hacia él con una mirada suplicante.

—Cometí un error. —Se encoge de hombros con una expresión desencajada—. Llevaba horas sin descansar y, sinceramente, creo que nunca había visto a un chico parecido a Carter pisar mi casa. *Nunca*.

—¿De verdad pensaste que quería robar?

Se mira las manos en el regazo.

—No sé lo que pensaba. Pero sí, puede que sí. —Levanta la vista y me mira a los ojos—. Pero, por favor, no pongas en duda mi amor por ti y lo mucho que te valoro. Cometí un error con Carter y, sinceramente, fue un llamado de atención. Necesito más amigos negros.

—¿Has tenido amigos negros alguna vez? —No me lo imagino con amigos negros, ni en el instituto, ni mucho menos en la universidad.

—En Columbia solo tenía amigos negros. De hecho, era miembro de la Asociación de Alumnado Negro. Creo que ya te lo había contado. —Sacude la cabeza—. No me escuchas cuando te hablo de Columbia.

—Bueno... —digo, poniendo los ojos en blanco. *No le demos la vuelta a la tortilla ahora.*

—Pero, vaya, necesito más gente negra en mi vida. Hasta ahora no me había dado cuenta de lo importante que es. Tener amigos negros te hace sentir... *completo.*

Cierro la boca; ese «completo» me retumba en los oídos. Sé exactamente a lo que se refiere. Tener a Olivia y a Carter en mi vida, aunque sea desde hace tan poco tiempo, ha supuesto un cambio radical. He tenido conversaciones y experiencias con ellos que jamás habría podido tener con Matt... y menos aún con Destany.

—Entonces... aprovechando tu espíritu conciliador, Carter va a venir a casa hoy.

Se incorpora. Observo con expectación cómo se dirige a la puerta. Entonces, se detiene y se gira en el pasillo.

—Vale, sí. Tal vez lo haga.

Carter aparece alrededor del mediodía. Mi padre abre la puerta principal cuando estoy bajando las escaleras.

Cuando llego al vestíbulo, Carter se está quitando los zapatos. Lleva unos pantalones cortos negros por las caderas, una camiseta blanca y los pendientes de brillantes. Nos miramos y luego él se fija en mis piernas desnudas en los pantaloncitos extracortos y el escote que me hace esta camiseta de tirantes escotada.

Papá se gira y me mira la ropa con el ceño fruncido.

—Carter, ve a sentarte en la barra. Quinn, vamos a hablar arriba un momento. —Pasa junto a mí hacia la cocina, con los ojos encendidos.

Pero por un segundo, estoy a solas con Carter.

—Hola —dice, contoneándose hacia mí.

—Hola. —Una sonrisa avergonzada se asoma a mis labios al recordar la conversación de anoche.

—¡Quinn! —grita mi padre desde la cocina.

Doy un brinco y cruzo la puerta corriendo detrás de mi padre. Miro por encima del hombro cuando Carter entra en la cocina detrás de mí. Sonríe sin dejar de mirarme.

Mis entrañas se transforman en grullas de papel que me aletean por dentro. Me quedo sin aliento cuando llego arriba, donde mi padre me espera con los brazos en jarra.

—Cámbiate ahora mismo.

Paso por delante de él haciendo un mohín.

—¿Qué parte?

—¡Todo!

Me quito los pantaloncitos y el top de tirantes y me conformo con unos pantalones Nike negros un poco más largos y una camiseta blanca. Cuando vuelvo a bajar, mi padre está inclinado sobre la barra frente a Carter.

—Hace *años* que no viene a esta casa ni una sola persona negra que no sea de mi familia. —Carter asiente con la cabeza, mirando la encimera. Me siento en la barra a su lado, esperando que así se sienta más cómodo—. En esta parte de la ciudad es difícil encontrar familias negras. Y esta de aquí —dice papá, mirándome— solo ha tenido amigos blancos. Eso no es excusa, por supuesto. Puede que también sea culpa mía, la verdad. Luchar contra los prejuicios es un esfuerzo consciente, incluso para los negros, y me doy cuenta de que hace mucho que no lucho. —Papá señala a Carter—. Hazme un favor y quédate por aquí, ¿de acuerdo? Me gusta que Quinn te tenga como amigo.

Carter me mira y sonríe.

—Si ella quiere...

Me encojo un poco en el taburete, incapaz de gestionar lo encantador que está hoy. Me doy la vuelta y reprimo una sonrisa, pensando en todas las situaciones variopintas que barajé anoche.

—¿Qué tipo de ingeniería quieres hacer? —pregunta mi padre, sacándome de mi trance.

—Civil —responde Carter.

—Un momento. ¿Quieres estudiar ingeniería? —¿Cómo no sabía yo eso?

—Sí, en la UT y con una beca completa —comenta mi padre con los brazos cruzados sobre el pecho.

¿*Cómo* puede ser que no lo supiera?

—¿Vas a ir a la UT? ¿Con una beca completa? —¿Este que pasa de todo y solo calienta la silla en clase tiene una beca completa y yo estoy en la lista de espera? Puede que mi sorpresa le resulte algo insultante, pero Carter se encoge de hombros.

—Quinn no tiene ni idea de lo que quiere estudiar en Columbia —dice papá con los labios apretados, lanzándome una mirada de desaprobación.

Y este es el momento perfecto para irnos. Antes de que siga dándome la lata, digo:

—Nos vamos arriba, papá. —Y me pongo de pie, señalando a Carter con la cabeza.

—La puerta abierta, por favor —dice a nuestra espalda.

Carter se sienta en el sofá del estudio, mientras yo pongo la película en la pantalla grande.

—Conque la UT, ¿eh? —Me giro para mirarlo. Tiene los dos brazos extendidos sobre los cojines y saca pecho.

—Sí.

—¿Cuándo pensabas decírmelo? —pregunto, como si tuviera la obligación de contarme su futuro.

Vuelvo a girarme para mirarlo y este se encoge de hombros.

—No había salido el tema.

—Ya... —Abro la caja del DVD y saco el disco—. Enhorabuena. Es fantástico.

Sonrío, me doy la vuelta y me acerco a él.

—Gracias. —Me devuelve la sonrisa y me regala una mirada pícara. Creo que puede definirse así, porque me repasa de arriba abajo, desde las piernas hasta la cara.

Me siento en el sofá a su lado, con los pies apoyados en el suelo; noto en la nuca el calor que emana su brazo. Mientras agarro el mando a distancia de la mesita, me fijo en las tres hojas de papel que hay.

—Tenemos que tomar notas para Auden, también —me explica.

—Oye, ¿qué ha pasado al final entre Olivia y él?

—Livvy puede ser una idiota a veces. No quiero hablar del tema.

Me siento y le doy al *play*. Tengo curiosidad por saber a qué se refiere.

—Pero dijo que lo de Kendrick había sido un error.

Carter se vuelve hacia mí con una sonrisa cansada.

—Que te lo cuente ella, ¿vale?

—Vale. —Me encojo de hombros—. Bien.

—Sé que si te lo cuento yo, no haré justicia a su versión.

A saber por qué lo dice.

Primero llenamos nuestras páginas y luego, juntos, escribimos la parte de Auden. Pero nuestras manos no dejan de chocar mientras intentamos tomar las mismas notas a la vez. Al cabo de un rato, decidimos turnarnos.

Cuando terminamos los apuntes de Auden, nos relajamos. Él se abraza al respaldo del sofá y yo me arrimo, solo un poquito. La película sigue, pero no la veo. Solo puedo concentrarme en él y en que, cada cinco minutos, siento que también se me acerca.

Oigo que mi padre sube las escaleras a toda prisa. El brazo de Carter me arde detrás de la cabeza. Me pongo tensa cuando papá rodea el sofá, nos mira a los dos sin decir nada y agarra su iPad de la otomana que hay al otro extremo de la habitación.

Luego vuelve a cruzar por delante de nosotros y repara en el espacio inexistente entre nuestros muslos. Aun así, no dice nada. Sin embargo, siento que ardo por el calor de su mirada inquisitiva.

Y entonces, sin exagerar, ni siquiera tres minutos después, entra mi madre.

—Quinn, ¿has visto mis gafas de sol? Esas de montura azul. —Nos mira a Carter y a mí, sentados juntos, con el dedo sobre los labios, ocultando una sonrisa.

Aprieto los labios y sacudo la cabeza.

—No.

—Vaya. —Pone los brazos en jarra y mira alrededor del estudio, como si fueran a estar aquí arriba por arte de magia o algo. La conozco y sé que deben de estar por la cocina.

Enarco las cejas y miro a Carter. Sonríe como si supiera lo que estoy pensando.

—Ya tenemos las notas. ¿Quieres que…?

—Sí, vale. —Baja los brazos del respaldo del sofá y yo apago la película.

—Ah, ¿ya ha acabado la película? —pregunta mamá.

Me pongo de pie, crispada.

—Estaremos en mi cuarto.

Carter me sigue por el pasillo.

—Ah, muy bien —dice—. No cerréis la puerta.

Hago una mueca y enciendo la luz de mi habitación.

—Lo siento.

—No pasa nada. —Mientras me siento al escritorio, él se acomoda en mi cama y me quedo inmóvil al verlo. Observo cómo rebusca en su mochila y saca su viejo cuaderno.

—Bueno, ¿quieres que hablemos de estrategia? —Levanta la vista y me mira a los ojos, sonriendo; sabe que es la décima vez que me pesca mirándolo desde aquel día en el jardín de casa.

—¿Estrategia para qué?

—Para lo que vayas a tachar hoy de la lista de tareas.

Me miro las manos.

—Ah. Eso.

Hojea el cuaderno y pasa a una página en blanco.

—¿Qué opciones te quedan?

Suspiro y agarro el móvil de la mesa, desenchufándolo del cargador. Abro el hilo del chantajista y luego me desplazo hasta la lista de tareas pendientes.

—Hoy es domingo, así que no puedo ir al segundo campus hasta mañana.

—Vale —dice Carter mientras lo apunta.

—Podría contarle a Matt mis sentimientos. —Hago un mohín—. Contarles a mis padres lo de Columbia, visitar a Hattie, hablar con Destany.

—Matt, tus padres, Hattie, Destany y el último elemento desconocido —dice, anotándolo todo poco a poco.

—Descartemos a mis padres y a Hattie. Y también el último punto.

—¿Cuál es el último punto? —pregunta, levantando la vista. Frunzo los labios mirándolo como si estuviera loco. Él me sonríe y vuelve a mirar hacia abajo.

—Tenía que intentarlo. Vale, pues eso nos deja a Matt y a Destany. Lo de Destany no debería ser muy difícil, ¿no? Anoche me contaste lo que pasó. Así que... díselo, ahora mismo.

Pongo los ojos como platos.

—No es tan fácil.

—¿Por qué no?

—He dejado que digan cosas peores en el pasado, ¿y ahora, de repente, tengo un problema con el racismo de Gia?

—Pero eso no importa.

—Claro que sí. Ya lo sabes.

—Mira, da igual lo mucho o poco que hayas tardado en darte cuenta de que está mal, eso no cambia lo feo que es ni el daño que te ha hecho.

—Ya, bueno. —Agacho la cabeza—. Pero es difícil.

—Vale, ¿entonces confesarte a Matt sería más fácil? —Lo miro a los ojos y capto un aire contradictorio en su mirada. Me siento igual. Ni siquiera sé si sigo teniendo esos sentimientos. Desde el viernes solo puedo pensar en Carter.

—Si no haces algo, Quinn, ¿qué publicará mañana? ¿Qué lista será?

—No lo sé —me lamento, poniéndome de pie para sentarme a su lado en la cama. Dejo una galaxia de espacio entre nosotros.

Carter mira su hoja de papel, duda y vuelve a levantar la vista. Me escudriña durante un segundo y luego pregunta:

—¿Qué sientes exactamente por Matt? —La pregunta me toma totalmente desprevenida. Cruzo las piernas en la cama, frente a él, pero sin mirarlo. Entonces, Carter también cruza las piernas—. ¿Estás enamorada de él?

Niego con la cabeza y me paso el pelo por detrás de la oreja.

—Pero ¿te gusta?

—No lo sé, Carter. —Juego con el pendiente en forma de estrella que llevo en la oreja—. Escribí ese punto de la lista hace meses.

—Entonces, ¿tus sentimientos han cambiado?

Me encojo de hombros y le sostengo la mirada.

—¿Qué sientes ahora por él?

Me miro el regazo e intento imaginar que estoy en la cama elástica de Matt. Trato de evocar la paz y la atracción que sentía por él, pero cuando levanto la vista, todo salta por la ventana. Porque aquí está Carter, sentado frente a mí, y solo puedo pensar en *él*.

Sus ojos se clavan en mí. Está esperando. Todas las palabras que me vienen a la mente son sobre él. Y, de repente, esas palabras salen a borbotones.

—No puedo pensar en Matt. No si tú estás aquí.

Carter abre los ojos de par en par.

Mi deseo por él vuelve a brotar. Debería taparme la boca. Porque tal vez todas sus miraditas sensuales y todas sus palabras sinceras no signifiquen más que una simple amistad. Tal vez él no sienta lo mismo que yo. Pero al mirarlo ahora mismo, no me puedo contener. Hay demasiadas razones por las que preferiría estar aquí que con Matt. Y todas salen a borbotones de mí.

—No puedo concentrarme cuando estás aquí. Porque estar cerca de ti es tan… Cuando hablamos, siento que ves partes de mí que no sabía ni que existían. Y ni siquiera he pensado en Matt desde que fuimos juntos a Houston. Y tenías razón. Es evidente que se ha puesto celoso después de verme contigo, pero no me importa porque… por ti.

Cuando levanto la vista, su rostro permanece inexpresivo, pétreo, durante un buen rato, hasta que esboza lentamente una sonrisa.

—¿Acabas de confesar tus sentimientos por mí, Quinn Jackson?

Parpadeo mirándome el regazo, asombrada de mí misma.

—Creo que sí.

—Vaya —se limita a decir. Y no puedo mirarlo a los ojos. No puedo apartar la mirada del esmalte azul de las uñas. *Por favor, di algo.* Lo que sea. Por el amor de Dios, no soporto esta espera.

Se acerca más a mí y veo cómo se reduce el espacio entre nuestras rodillas. Mi temperatura corporal se dispara diez grados.

—Creo que siento lo mismo.

Noto un nudo en el estómago. Levanto la vista, buscando su mirada.

—¿Sí?

Se acerca lo suficiente como para que se rocen nuestras rodillas y asiente.

—¿Qué significa eso?

—Pues no lo sé. Es tu confesión. ¿Qué quieres que signifique?

—Mmm. —Sonrío, avergonzada, frotándome las manos sudorosas. Pienso en todas las situaciones imaginarias que me impidieron pegar ojo anoche. En todas terminábamos besándonos.

Pero la transición hacia eso era siempre más suave y gradual. Yo me inclinaba, se inclinaba él también... y nos besábamos. Pero en realidad, no sé cómo llegar a eso.

Carter me mira a los ojos.

—Pareces aterrorizada.

—Lo estoy.

Se ríe.

—Tranquila. Soy *yo*.

Lo dice como si no fuera ese precisamente el problema. Lo miro con esa sencilla camiseta blanca y los pantalones negros, con los pendientitos en las orejas. Joder, está para mojar pan.

—¿Qué quieres, Quinn?

—Quiero besarte.

Casi se me salen los ojos de las cuencas. ¿Acabo de decir eso en voz alta? Dios, esto se está saliendo de control.

Pero no lo cuestiona. No duda.

—De acuerdo —dice, y se inclina para agarrarme la barbilla. Se me para el corazón—. Pues hazlo.

Entonces cometo el error de mirarle los labios. No he hecho más que pensar en sus labios durante las últimas veinticuatro horas. Cuarenta y ocho horas. ¡Setenta y dos horas! Me sorprendo inclinándome hacia él. Le noto una respiración entrecortada que, al cruzar sus labios, rompe contra los míos como en oleadas. Me inclino todavía más, cierro los ojos y le rozo la punta de la nariz con la mía.

Espero durante un segundo; espero la interrupción inevitable (que mi madre vuelva a preguntar dónde están sus gafas de sol), o cualquier cosa que me impida besar a Carter. Pero todo está en silencio. Todo, salvo nuestra respiración y el tintineo de los platos en la cocina.

—Tengo miedo —susurro.

—Hazlo.

Y sin pensármelo dos veces, aprieto los labios contra los suyos.

QUÉ SE SIENTE AL BESAR A CARTER

1. Es como si todo mi ser se asomara a mis labios para probar su sabor.
2. Es como nadar en el océano, cuando todo el agua intenta entrar en ti y tienes miedo de que pase.
3. Es querer que pase.
4. Es mejor que estrecharse la mano y rozarse los dedos, mejor que saludarse chocando el codo o el abdomen. Mejor que todo eso junto.
5. Es como si no importara que todo esto pueda acabar siendo un juego, porque debo de estar ganando si consigo besarlo.
6. Es esperar con toda mi alma que esto no sea solo un juego para él, porque besarlo no me parece un juego en absoluto.
7. Es un... ¡Ya era hora!

Sus labios acarician los míos, más suaves de lo que creía posible. Entonces aprieto más su boca y él me corresponde. Me siento sin aliento e ingrávida, con un cosquilleo que me recorre todo el cuerpo. Me acerco tanto que lo empujo ligeramente y este acaba tumbado en mi cama... y yo caigo encima de él.

Noto cómo se deslizan sus dedos por mi espalda y me levanta la camiseta para rozar mi piel desnuda. Me estremezco y abro la boca contra sus labios. Me introduce la lengua.

Nunca me han besado así. La lista de chicos a los que he besado es extremadamente corta y todas las veces fueron en primaria, pero eso Carter no lo sabe. Y espero que no sospeche por la forma en que le devuelvo el beso. Me dejo llevar por él; me dejo llevar por un montón de receptores sensoriales e impulsos naturales.

Hasta que oigo a mi padre dar una palmada en la puerta abierta.

—¡Eh!

Nos separamos de un salto y por poco nos caemos de la cama.

—Ha venido Olivia —dice papá, frunciendo el ceño. Nuestra amiga está de pie detrás de él y nos saluda con una sonrisa divertida.

—Por favor, procura que no vuelva a ocurrir —le pide él antes de alejarse.

—No hay problema. —Olivia entra en la habitación meneando la cabeza y con una sonrisa pícara cada vez más grande. Entonces, empieza a aplaudir poco a poco—. Eso ha sido una pasada.

—Cállate, Livvy —dice Carter, tirándose la camiseta hacia abajo.

Me mira.

—Tendrías que haberle visto la cara a tu padre al entrar. Se ha quedado de piedra. —Se ríe, apretujándose entre Carter y yo en la cama. Nos echa los brazos por los hombros y añade—: Estoy supercontenta de que estéis juntos.

Me zafo de su brazo y me pongo de pie.

—Solo nos hemos besado.

Ella me mira otra vez.

—Mira, he visto muchos besos... y eso ha sido más que un simple beso.

—Pensaba que me ibas a llamar antes de venir —dice Carter, cambiando de tema.

Ella se recuesta en mi cama, mirando al techo.

—Esperaba que Auden estuviera aquí.

—¿No le has hecho bastante daño ya?

—No digas eso —se queja, girando la cabeza hacia él—. Me gusta mucho.

—A todo esto, ¿qué ha pasado? —La curiosidad puede conmigo.

Se incorpora para sentarse y mirarme mejor.

—Me disculpé por haberme ido con Kendrick, pero después le dije que no estoy preparada para salir con nadie ahora mismo.

—Hago una mueca. *Ay, pobre*—. No sería justo para él. No quiero que sea un quitapenas ni salir con él por despecho. No se lo merece.

Me apoyo en el tocador.

—Lo entiendo.

—¿Para qué querías verlo? —pregunta Carter.

—No pude terminar de explicárselo. Se largó después de decirle que no podía salir con él.

Pobre Auden. No puedo ni imaginar el trayecto a casa después de eso.

Carter se levanta bruscamente.

—Espera, ¿dónde está Imani?

—Con mi madre —responde Olivia.

Carter suelta el aliento, pero no se vuelve a sentar.

—Creo que es mejor que nos vayamos.

Olivia se pone de pie, luego me choca una mano y dice:

—No empecéis a besaros hasta que salga de la habitación. —Y, dicho eso, se va.

Carter la sigue y yo lo observo con el corazón en un puño. Al instante, se detiene en la puerta y se gira para mirarme.

—Entonces, ¿qué? ¿Te sientes preparada para hablar con Matt?

Me río.

—Lo dices en broma, ¿no?

—No del todo. —Sonríe y da unos pasos hacia el interior del cuarto—. Ahora en serio, ¿qué vas a hacer? Solo tienes hasta medianoche.

—En la lista pone que debo decirle a Matt que lo quiero, pero ya no siento eso por él. —Agacho la cabeza y luego miro a Carter, que me mira de soslayo y sonríe—. Creo que intentaré explicarle eso al chantajista.

Enarca una ceja y se acerca unos pasos más.

—¿Crees que te hará caso?

—Es mi lista de cosas por hacer y ese punto ya no sirve. En lo que a mí respecta, acabo de tacharlo de mi lista al confesártelo a ti.

Acorta la distancia entre los dos, me mira a los ojos, luego a los labios y otra vez a los ojos. El corazón me late desbocado. No puedo hablar. Apenas puedo respirar. Pero puedo asentir.

Me besa y, así de fácil, soy como una muñequita de plastilina en sus manos.

El número dos de la lista está zanjado, pero no con Matt. Ya no siento lo mismo por él, así que, por desgracia, ese punto ya no se aplica. En su lugar, le he dicho lo que siento a Carter.

Adjunto una foto que Carter nos ha hecho besándonos. Luego, le doy a ENVIAR.

Capítulo 20
CÓMO EMPEZAR UNA CAMPAÑA DE DIFAMACIÓN

1. Engáñate creyendo que el objetivo ha destruido a propósito una relación sana.
2. Difunde el rumor de que es una robanovios.
3. Destruye su reputación; haz que se pelee con todas las amigas que tenga.
4. Difunde el rumor de que solo se relaciona con el género masculino porque no quiere tener competencia con los chicos.
5. Toma cualquier cosa que tenga el objetivo de ejemplar —como, por ejemplo, que sea la fotógrafa principal del anuario— y luego destruye ese mérito:
   a. Durante las vacaciones de Navidad, entra al instituto.
   b. Procura tener un coche de huida esperando detrás del edificio.
   c. No olvides tener vigilancia en la puerta.
   d. Desfigura la obra de su vida con rotulador rojo.
   e. Borra todas las grabaciones de las cámaras de los pasillos antes de largarte.

Escribí este artículo el día del acto vandálico. El sentimiento de culpa era tan inmenso que tuve que confesar lo que había hecho, aunque solo fuera a mi diario. Nadie tenía que verlo.

Pero cuando me despierto, todo el instituto está etiquetado en esta lista... Olivia incluida.

Todos pensarán que yo empecé la campaña de difamación contra ella. No fui yo, pero sí que estuve metida en el lío. Y no puedo negarlo. Estaba allí, aparcada detrás del edificio, cuando le destruyeron las fotos.

Y yo que creía que podríamos ser amigas... Y no solo eso. Carter ya no volverá a hablarme después de ver la lista. Igual que Auden.

Entonces recibo un mensaje de mi chantajista: **La lista dice que le cuentes a Matt lo que sientes, no que te confieses a cualquiera que te siga la corriente y te haga caso. Tienes hasta medianoche.**

Tiro el edredón al suelo. Esto ya es pasarse. Esto, en sí mismo, es una campaña de difamación contra mí. De un plumazo, me han arrancado de cuajo a mis nuevos amigos.

Pienso en nuestros cuatro sospechosos: Matt, Destany, Kaide y Carter. Es imposible que sea Carter. Lo tacho ya de la lista de sospechosos. Matt, Destany o Kaide. Sea quien sea, está muerto.

Sin embargo, cuando llego al insti, tengo la adrenalina a cero y me siento fría y asustada. No estoy preparada para enfrentarme a Olivia. No estoy preparado para perderla a ella, a Carter y a Auden. Así pues, me quedo sentada en el coche, en el aparcamiento mismo, con el motor todavía en marcha, leyendo los comentarios que se van acumulando debajo de la publicación:

Los celos te empujan a hacer locuras.

Ya sabía yo que era ella la culpable... Emana desesperación por todos los poros.

Entonces oigo un golpe en la ventanilla. Pego un salto del susto y encuentro la mirada preocupada de Carter. Asombrada, bajo la ventanilla.

—¿Estás bien? —me pregunta.

Me da un brinco el corazón. Ahora *sí* lo estoy. No esperaba que volviera a dirigirme la palabra. No sé qué decir. Estoy agradecida y aliviada de que esté aquí. Con los ojos vidriosos, le enseño el mensaje del chantajista. Mientras lo lee, lo observo y se me estabiliza la respiración.

Me devuelve el móvil y me dice:

—Todo va a salir bien. Lo solucionaremos, ya verás.

Asiento con la cabeza, tratando de absorber un poquito de su confianza.

—¿Sigue en pie lo de visitar tu segunda universidad?

Vuelvo a asentir con la cabeza.

—Tengo que ir a ver al señor Green un momento, pero vuelvo enseguida. ¿De acuerdo? —Se agacha y apoya los brazos en la ventana. El sol se refleja en su rostro y realza el tono marrón de las mejillas, el castaño de sus ojos y el rosa de sus labios. Se inclina y, como un imán, sus labios me atraen. Me da un pico, dos y tres. Luego se aparta—. No te muevas de aquí. Ahora mismo vuelvo.

Se da la vuelta y echa a correr por el aparcamiento. Veo cómo se va y se lleva mi corazón consigo. Estoy aturdida. ¿Cómo puede besarme después de ver la lista que han publicado hoy? No quiero cuestionarlo siquiera. Solo quiero más. Quiero darle las gracias y abrazarlo y celebrar que aún esté aquí conmigo.

Apago el motor, sin molestarme en subir la ventanilla y corro tras él. Sin embargo, hace ya un rato que se ha ido y solo aguanto veinte segundos al trote. Cuando llego al ala donde está la clase del señor Green, veo a Carter sentado en un pupitre delante y al profesor de pie a su lado.

—Ya faltaste el viernes. No puedes faltar hoy también.

Mierda, le está echando la bronca porque nos saltamos las clases. Pego la espalda a la pared antes de que el señor Green me vea y empiece a sermonearme a mí también.

—Son días para visitar universidades, señor Green. Eso se puede hacer.

—Pero si ya sabes que vas a ir a la UT. Auden irá a la Texas State y Quinn ha entrado en Columbia.

Carter no dice nada. Yo sudo a mares, apoyada en la pared.

—Mira, sé que no te gusta nada este instituto.

—No es eso —dice Carter.

—Te molesta que tu padre te pague las clases.

Hago una mueca, extrañada. ¿Su padre puede permitirse pagar este instituto?

—Bueno, tengo una beca completa para la UT, así que no será un problema el año que viene. —Parece enfadado.

—Cierto, pero aún no te has graduado. Y si sigues saltándote las clases, no te graduarás.

—No me estoy saltando las clases —insiste Carter—. Se nos permite tomarnos unos días para ir a ver universidades.

—No cuando ya sabes a qué universidad vas a ir.

—Señor Green…

—Es culpa mía, ¿vale? —Entro al aula con los puños metidos en los bolsillos.

Ambos se giran, sorprendidos.

—No he entrado en Columbia, así que vamos de visita a las universidades en las que sí me han aceptado.

—¿Qué quieres decir con que no has entrado en Columbia? Tus padres le están diciendo a todo el mundo que sí.

—Ya. —Asiento con la cabeza, fijándome en el contraste que hacen mis zapatillas blancas en la baldosa roja—. Porque les mentí descaradamente.

—¿No lo saben? —pregunta el señor Green, desconcertado.

—No, todavía no se lo he contado.

El profesor se lleva las manos a la cabeza, parece estresado. Esa reacción no me ayuda nada de nada.

—Quinn…

—Ehm…, tenemos que irnos, ¿vale? —Le hago un gesto a Carter para que se acerque—. La vista empieza a las once y tenemos un largo viaje por delante.

—¿Cuándo se lo vas a decir? —pregunta el señor Green, casi sin aliento.

—Pronto —contesto. Carter me sigue hasta la puerta—. Por favor, no se lo cuente usted antes, señor Green. Quiero ser yo quien se lo diga.

Cruzamos el pasillo a paso ligero antes de que pueda venir tras nosotros.

—No tenías por qué hacer eso. Lo tenía controlado —dice Carter.

—Bueno, ahora ya sabe la verdad. —Aprieto los labios y cruzo los dedos para que el señor Green no se vaya de la lengua. Siente más lealtad hacia mis padres que hacia mí.

Carter me para.

—Quizá no sea buena idea ir a esa visita hoy. El chantajista está desatado.

—Más razón todavía para ir y tacharlo de la lista —digo.

—Más razón todavía para quedarse y averiguar quién diablos te está haciendo esto.

—O no quedarme... y no enfrentarme a Olivia hoy. —Lo miro a los ojos—. Es que no puedo. No creo que pueda mirarla.

—No puedes seguir... —Se queda a media frase.

¿Seguir haciéndole daño? ¿Cree que soy yo quien empezó esos rumores?

—¿Seguir qué? —pregunto en voz baja.

—Huyendo de tus problemas. —Relaja los hombros y me mira con una expresión sombría—. Por cierto, Auden se apunta a la visita de hoy. También está evitando a Olivia.

Huntsville está mucho más al norte que Houston. El trayecto hasta allí me recuerda que vivimos en Texas. Austin me protege un poco de eso, del lado más rural y conservador de Texas.

Pasamos por delante de un cartel de apoyo a Donald Trump.

—Guau —dice Carter, mirando el remolque que hace las veces de casa y la valla de madera, en la que también hay esa infame bandera con el lema «Venid a quitármelo» con el dibujo de un rifle negro y una estrella negra en la parte superior.

—Me encantaría ser su vecino —dice Auden, sarcástico en los asientos de atrás.

—Menuda primera impresión... —comento, mirando a Carter.

—Aún no hemos llegado, Quinn. Dale una oportunidad.

Carter y yo cantamos R&B de los 90 durante la mayor parte del camino. En la parte de atrás, Auden está callado. Hemos tenido cuidado de no hablar de Olivia con él delante. A ver, Auden y yo estamos aquí para evitarla..., pero estoy segura de que él también ha visto esa lista. Tengo curiosidad por saber lo que piensa.

Cuando llegamos al campus, Carter intenta ver dónde aparcar. Tardamos veinte minutos en encontrar la única zona de aparcamiento del campus y luego corremos hacia al centro de visitantes.

—Menuda primera impresión... —repito, corriendo detrás de él y de Auden.

—No —me grita Carter, frenando para tomarme la mano.

La visita comienza con una presentación sobre la vida estudiantil y las ayudas económicas para el alumnado en Sam Houston. Una señora con un moño rubio muy apretado y zapatos de tacón de aguja se pasea por delante y pone una mano debajo de la otra como si tuviera algo entre las palmas; no se bien qué es, pero sí lo que no es: nuestra atención.

Estamos los tres sentados en la parte de atrás, con sillas vacías a cada lado, mirando el móvil. Aparecen muchos comentarios en el posteo pero ninguno de Olivia.

¿Primero Columbia y ahora esto? Toda tu existencia empeora por momentos...

Mira qué curioso, hoy no ha venido al insti.

—Hola.

Levanto la vista del teléfono. La gente está saliendo de la sala. Auden sigue a los demás. Carter está de pie a mi lado y me ofrece la mano. Me guardo el móvil y se la acepto.

Mientras nos unimos al grupo, agacha la cabeza y me dice al oído:

—Leer todos esos comentarios no ayuda. No harán más que distraerte. —Levanto la vista, un poco irritada. Él mueve los dedos—. Céntrate en el aquí, conmigo —me pide. Luego, sonríe y me besa en la sien. ¿Cómo puedo negarme a eso?

Además, tiene razón. No puedo desperdiciar esta visita al campus como ya hice con el de Houston. A fin de cuentas, podría acabar aquí los próximos cuatro años.

Este campus no tiene nada de especial. Los estudiantes caminan por las aceras con auriculares en los oídos y la mirada clavada en la pantalla del móvil. Y eso no es malo. Un campus grande como el de Columbia, con su arquitectura antigua y su pretencioso alumnado, me abrumaría. Sam Houston es consciente de lo que es: un trampolín. Una oportunidad.

Al final, nos dan una bolsa con folletos informativos y productos promocionales. Carter saca su gorra de béisbol naranja y blanca de la bolsa y se la pone con la visera hacia atrás. Auden lleva la suya bien puesta. Yo no me pongo la mía.

De vuelta al coche, intento recordar cómo llegar a la zona de aparcamiento mientras Carter y Auden hojean un folleto sobre cosas que hacer en Huntsville.

—Oooh, tienen un museo sobre Sam Houston. Y un estanque de patos —dice Carter como si eso pudiera ser un gancho o algo.

—Y deberíamos ir a ver la estatua —comenta Auden.

—Esperad, chicos. Creo que nos hemos perdido.

Carter levanta la vista del folleto. Estamos en mitad de un aparcamiento cualquiera.

—Quinn, ¿dónde estamos?

—¡No estabais prestando atención!

Se guarda el folleto y saca el móvil. Luego me toma de la mano y nos lleva a mí y a Auden en dirección contraria.

Cuando llegamos al sitio, Carter me lleva hacia la puerta del copiloto.

—Conduzco yo. Por aquí hay unos sitios que tienes que ver.

—No podemos quedarnos mucho tiempo o mis padres se preguntarán dónde estoy.

—Los míos también —dice Auden.

—Decidles que estáis estudiando en casa de un amigo. —Entonces me suelta la mano y empieza a caminar hacia el lado del conductor—. Siendo realistas, ¿cómo puedes venir a estudiar aquí sin ver la ciudad en la que vivirás?

Tiene razón. Así que, por segunda vez en mi vida, me siento en el asiento del copiloto de mi coche, Auden se sube atrás y Carter agarra el volante.

DIEZ COSAS QUE HACER EN HUNTSVILLE, TEXAS

1. Estudiar en la Universidad Estatal de Sam Houston, si tienes la suerte de encontrar aparcamiento.

2. Descubrir enseguida por qué los lugareños la llaman «Ciudad carcelaria». Hay una alarma en el campus que suena cuando se escapa un preso. Literal.

3. Ir al cine por muy poco dinero.

4. Entusiasmarse con la idea de que haya un centro comercial justo al final de la calle... y acabar recibiendo un cubo de agua fría. Nunca he visto un centro comercial tan vacío en la vida. ¿Cómo tienen la desfachatez de llamarlo «centro comercial»?

5. Pincharte con una aguja de pino y recibir el impacto de una piña, porque aquí no hay más que árboles.

6. Perderte en algún lugar entre la Avenida Norte y la Avenida Sur y preguntarte por qué no les han dado a las calles nombres más normales.

7. Observar cómo Carter finge saber a dónde va.

8. Detenerte en el arcén de la autopista y visitar la estatua más grande del mundo de un héroe estadounidense. Hacerle fotos.

9. Detenerte en el arcén y hacerle fotos a un campo de lupino; averiguar si es ilegal recoger algunas plantas (no lo es).

10. Fingir estar irritada con Carter cuando hace algo tan bonito como pasarse la salida de la carretera.

Volvemos a Hayworth justo cuando termina la última clase de la jornada y empiezan a salir todos del insti. Me hundo en el asiento, esperando que nadie repare en mi coche y empiecen a lanzarme huevos o algo. Cuando Auden sale, Carter lo llama:

—Livvy quiere hablar contigo. Deberías escucharla.

No veo la reacción de Auden, pero sí noto la tensión. Cierra la puerta sin decir nada.

Mientras Carter sale del aparcamiento, le pregunto:

—¿Crees que Auden me odia?

—¿Qué? —Se ríe, confundido—. ¿Por qué tendría que odiarte?

Miro hacia delante fijamente.

—Porque cuando le estropearon las fotos a Olivia, yo estaba ahí. Estuve en el lío. —Me vuelvo hacia él—. ¿Y tú no me odias?

Él también mira al frente.

—No.

—¿Por qué no? —Es como si le rogara que me odiara. Merezco que me odie.

—Pues porque no. —Suspira—. Las cosas han cambiado. Tú has cambiado. Y a Livvy le gusta tenerte como amiga. No le seguirá el rollo al chantajista ni va a pasar de ti. Sabe muy bien qué se siente cuando pasan de ti.

Pero ¿no merezco que me abandonen? Esta mañana estaba cabreada con el chantajista por haber publicado esa lista, pero si no lo hubiera hecho, ¿se lo habría contado a Olivia? Disculparme con ella no estaba en mi lista de cosas por hacer, precisamente. Y ahora me doy cuenta de que tendría que haberlo apuntado.

Llevo meses evitando esta conversación, pero no tengo derecho a aceptar su amistad si no puedo mirarla a los ojos y pedirle perdón por mi participación en esa campaña de difamación.

Mi padre solía agarrar la mano de mi madre en el reposabrazos del coche. Sentada atrás, yo nunca le di mucha importancia… hasta que él dejó de hacerlo.

Empecé a mentirme a mí misma cuando ocurrió.

Por eso, cuando Carter entrelaza los dedos con los míos en el reposabrazos, mientras conduce hacia su lado de la ciudad, me noto un nudo en el estómago, porque en este gesto hay algo que me parece finito.

Estamos sentados en el aparcamiento del bloque de Olivia, mirándonos el uno al otro. El sol se está poniendo ya, igual que nuestro tiempo juntos.

—¿Qué te ha parecido Sam en comparación con la UH?

—Es un universo completamente distinto. Estoy muy acostumbrada a la ciudad. Puede que me sea más fácil acostumbrarme a Houston. —Bajo la mirada a nuestras manos en el reposabrazos—. Me alegro mucho de que hayas conseguido esa beca completa para la UT. Así tu padre no tendrá que pagarte la matrícula.

Se pone tenso.

—¿Lo has oído?

Asiento con la cabeza.

Retira la mano. Ahora parece que está a un mundo de distancia. Sé muy poco de él. Siempre ha estado a un mundo de distancia.

—Carter...

—Mira, no me apetece hablar del tema.

—Vale. —Me alejo; literalmente me aparto de él. Pero no me parece bien: él sabe mucho de mí y yo no sé casi nada de él.

Entonces me mira a mí y se fija en la distancia que nos separa.

—Oye, ven. —Me hace un gesto para que me acerque—. Por favor. —Me inclino hacia la consola—. No te preocupes por mí, ¿vale? Todo va bien.

—No me preocupo. Solo quiero conocerte.

—Ya me conoces.

—Qué va —digo—. En absoluto.

Suspira, apoyando el codo en el reposabrazos.

—Vale, pues soy Virgo. Mi color favorito es el rojo. A veces, también el amarillo. Mi comida favorita son las alitas de pollo con queso azul. Mmm...

—Aunque no sabía nada de eso, con lo de querer conocerte no me refería a eso.

Me mira y sonríe.

—De acuerdo. —Empieza a profundizar un poco más cuando dice—: Nunca he tenido una novia antes de ti.

Echo la cabeza hacia atrás, sorprendida. Por su forma de besar, tiene que haber practicado, seguro.

—¿Y qué pasa con esas setecientas chicas de las que hablaba tu hermana?

Se ríe.

—En primer lugar, Imani se pasó tres pueblos con esa exageración. En segundo lugar, esas chicas eran solo chicas.

—¿Qué significa eso?

—Pues que no eran nada serio.

—¿Las usaste para acostarte con ellas y ya?

Él entrecierra los ojos.

—Siempre fue una relación mutua y consentida.

—¿Así que ellas también te usaron a ti?

—Haces que parezca superaséptico todo. —Se da la vuelta y mira hacia el frente—. Supongo que nunca me apeteció tener nada serio con ellas. Ni quise que ninguna creyera que tenía que competir por mi tiempo.

—¿Competir con qué?

—Con mi hermana —dice, girándose hacia mí otra vez con la expresión seria—. No tenemos padre, pero por lo que a mí respecta, ella nunca tendrá complejos paternos.

—¿Y tu madre?

—Se pasa el día currando para pagar las facturas, así que yo hago de canguro. Olivia me ayuda, pero intento no agobiarla mucho. No tengo tiempo para salir con una chica cada finde. Ni dinero. —Evita mi mirada—. Lo siento. Tendría que habértelo dicho antes…

Sonrío.

—Solo tengo una pregunta.

—¿Cuál? —Levanta la vista, como preparándose para lo que vaya a preguntarle.

—Si eso es verdad, ¿por qué probar suerte conmigo, entonces?

Mira por el parabrisas hacia las escaleras que llevan al piso de Olivia.

—A Imani le caes bien. Y aquella mañana me dijiste que ella también te caía bien a ti. Esperaba que tal vez no te importara que nos acompañara alguna vez.

Reparo en la expresión reticente de su rostro. Noto el corazón henchido y los ojos vidriosos.

—¿Ves? A eso me refería con querer conocerte.

Pone los ojos en blanco.

—Ahora no te me pongas a llorar.

—No lloro.

—Te lo veo en los ojos. Ven aquí.

Me inclino hacia él.

—Me encantaría pasar tiempo con vosotros dos.

Me besa lenta y profundamente, pasándome las manos por los lados de mi cuello hasta la nuca; enreda los dedos en mis bucles y ni siquiera me molesta. No es ajeno al pelo afro. Dejo que me eche la cabeza hacia atrás mientras Brandy susurra a través de los altavoces, cantando por debajo del murmullo de nuestros labios separándose y volviéndose a unir.

—Creo que deberías ir —dice Carter al cabo de un rato.

Asiento con la cabeza; presiono la boca contra la suya otra vez, cierro los ojos. Él me devuelve el beso durante un minuto más, porque la verdad es que no hay nada mejor que esto, y cuesta horrores parar. Pero al final paramos, porque Olivia está en casa y es hora de dar la cara, al fin.

Capítulo 21

CÓMO TENDERLE UNA TRAMPA A UN ABUSÓN

SU MADRE ABRE LA PUERTA.

—Lo siento, cariño. He vuelto a olvidar cómo te llamas.

Estoy demasiado aturullada todavía para ofenderme.

—Quinn.

—Eso. —Me sonríe—. Entra. Livvy está en su cuarto.

Los latidos del corazón me retumban como un bombo.

Paso por delante del sofá y la comedia que hay en la tele, y me dirijo a la cocina; mis pasos suenan en el suelo de linóleo. Cuando llego a la habitación de Olivia, veo la luz por debajo de la puerta. Por los altavoces suena Vontae.

Estoy plantada en el pasillo, tratando de armarme de valor, cuando aparece su madre detrás de mí.

—Tienes que llamar fuerte. —Golpea la puerta de Olivia—. Siempre tiene la música muy alta. ¡Livvy, baja esa música! Tienes visita.

La música baja.

—¿Quién es?

Su madre abre la puerta y ahí estoy yo, con la boca abierta.

Olivia aparta la mirada del portátil, hostil, hasta que me ve.

—Ah, es Quinn. —Se levanta de la mesa, me mete en la habitación y cierra la puerta.

—Me repatea que haga eso. Si pregunto quién es, responde a la pregunta. No cuesta tanto, joder. —Vuelve a la mesa—. Ven a ver esto.

Me acerco a su escritorio, vibrando de la aprensión. Está repasando las fotos de nuestro viajecito a Houston, las de la gasolinera desvencijada.

—Ahora me toca editarlas yo sola... —Se calla y omite el nombre de Auden.

—Son unas fotazas.

Me devuelve la mirada, sonriendo.

—Gracias, Quinn. —Sigue sonriendo y a mí me va el corazón a mil por hora. Esperaba que me odiara. Creo que yo lo encajaría mejor así.

—Olivia. —Respiro profundamente. Carter y yo lo hemos practicado en el coche. *Sácatelo de encima y ya*, me ha aconsejado. Y eso hago—. Sé que has visto la última lista que han subido.

Se le borra la sonrisa.

—Siento no haber hecho nada para detener la campaña de difamación. Fui una cobarde. Pero te juro que no fui yo quien difundió esas mentiras.

Ella pone los ojos en blanco.

—Eso ya lo sé.

—¿En serio?

—Siempre lo he sabido, Quinn. —Se abraza el muslo contra el pecho y apoya la barbilla en la rodilla—. Fue Destany.

Empiezo a negar con la cabeza, pero ella continúa:

—Holden acababa de romper con ella durante las vacaciones de Navidad y empezó a tirarme los trastos. Y entonces corrió el rumor de que nos acostamos cuando ellos aún estaban juntos. —Sonríe—. Está claro que fue Destany. Por eso creo que, si no es Kaide, es ella quien tiene tu diario. Estas cosas tienen sus huellas por todos lados.

—Pero no fue Destany —digo. Olivia me mira, confundida—. A ver, Destany estaba allí, sí, pero no fue ella quien planificó todo el tema. —Entonces me quedo con la boca abierta—. Ay, Dios…

—¿Qué?

—Tienes razón en algo. La misma persona que empezó tu campaña de difamación empezó la mía.

Sin embargo, Destany no es de las que haría este tipo de cosas. No es tan retorcida.

—Tengo que irme. —Me voy hacia la puerta.

—¡Quinn! —grita Olivia, levantándose de la silla—. ¿Quién es?

Me giro, vacilante, porque Olivia es impredecible y no sé qué hará si se lo cuento.

Camina hacia mí como si yo fuera un cervatillo.

—Quienquiera que haya hecho esto arruinó mi reputación. Merezco saberlo.

Tiene toda la razón. Vi cómo arruinaban su reputación y no hice nada para impedirlo. Lo menos que puedo hacer es decirle quién estaba detrás de esto.

—Yo conducía el coche con el que huyeron —reconozco—. Destany hizo guardia, pero fue Gia quien garabateó tus fotos y difundió todos esos rumores.

Olivia inclina la cabeza con curiosidad, vuelve al portátil y cierra la tapa. La suave respiración de Vontae se corta.

—Vamos.

—Espera. ¿Qué vamos a hacer?

—Vamos a hacerle un *A por todas*.

Arrugo las cejas.

—¿«A por todas»? ¿Qué todas? —pregunto, tratando de entender.

Olivia me mira como si fuera de otro planeta.

—Me refiero a *A por todas*, la peli.

—Ah. —Sonrío—. Me encanta esa película.

—Somos las Clover. Y ellas son las… —Chasquea los dedos—. ¿De qué equipo eran esas arpías blancas? ¿Los dragones rojos o algo así?

—Era algo rojo, sí, aunque dudo que fueran dragones.

—¿Sabes lo que más me gusta de esa peli? —Pasa corriendo por mi lado para salir de la habitación y yo la sigo—. Que hacen hincapié en el problema de la apropiación y el uso indebido de las cosas. Y, al final, los apropiadores pierden. Esa película siempre estuvo muy adelantada a su tiempo.

Se vuelve hacia su madre, que está sentada en el sofá enhebrando cuentas en un collar.

—Luego vuelvo, mamá. No me esperes despierta.

—Bien. Ve con cuidado. Te quiero.

—¡Yo también te quiero! —Sale por la puerta principal.

—Adiós, Quinn —dice su madre.

—Adiós. —La saludo con la mano, contenta de que por fin se haya acordado de mi nombre, y salgo detrás de Olivia.

Ya ha bajado diez peldaños.

—¡Tú eres Gabrielle Union! Y yo soy la pendenciera que quiere pelea… —Cuando llega al final de la escalera, se gira y me mira—. Y dice: «Debes de tener un ángel de la guarda, nena». —Sonríe cuando llego abajo—. ¿Te acuerdas de esa parte?

—Ya te digo.

—Pues esa soy yo —dice, agarrándome la mano—. Y vamos a liarla parda.

Cuando llegamos a la casa de Gia, no tenemos ningún plan. Intentamos idear uno por el camino, pero cuesta pensar cuando estás tan cabreada. Y a Olivia se le da fenomenal.

—¿Cómo ha podido ir a por ti esa cabrona? Creía que era tu amiga.

Pero Gia nunca ha sido amiga mía. Gia es manipuladora. Gia es condescendiente. Gia siempre ha hecho todo lo posible para separarnos a Destany y a mí. Y por fin lo ha conseguido.

—Pero ¿cómo ha conseguido mi diario? No está en la clase de la señora Yates —digo, mirando la casa de ladrillo de Gia.

Olivia se gira hacia mí, sacudiendo la cabeza.

—Quinn, fue Destany.

Se me cae el alma a los pies.

—No. ¿Cómo podía saberlo? Y no permitiría que Gia...

—Destany siempre ha sido el perrito faldero de Gia, pero ¿hasta este punto? ¿Hasta el punto de destrozarme a sabiendas? ¿A mí, a su mejor amiga desde hace diez años?—. Pero eso significaría que fue Destany quien me robó el diario.

Olivia asiente.

—¿Cómo lo habría conseguido Gia, si no?

—Puede que esté confabulada con Kaide —digo, esperanzada—. Él es racista. Ella es racista. Son perfectos el uno para el otro.

Olivia hace una mueca y se vuelve hacia el parabrisas; no parece muy convencida.

Es imposible que Destany se haya enterado de esto. Gia habría intentado llenarle la cabeza de mierdas sobre mí, pero dudo que ella le hubiera hecho caso.

Miro hacia la casa de ladrillo y alrededor del verde jardín. Entonces, por fin, reparo en que el camino de acceso a la casa está vacío.

—Espera. Si ni siquiera está aquí... —Miro a Olivia.

Cae en la cuenta de que mi coche es el único en el camino de entrada.

—Mierda. ¿Esperamos o qué?

Me encojo de hombros. Luego me pongo a pensar. La única razón por la que ha hecho algo así es para tener a Destany para ella sola. Echo marcha atrás.

—Ya sé dónde está.

Diez minutos después, llegamos a una casa blanca y grande que conozco bien. Todo está igual que siempre. El jardín en el lateral, los muebles rústicos de jardín en el porche envolvente, donde Destany y yo nos pintábamos las uñas, la bandera estadounidense que cuelga del toldo...

He aparcado detrás del Tahoe blanco de Gia.

Olivia se vuelve hacia mí.

—¿Estás lista?

Estoy a punto de plantarle cara a la mayor abusona de Hayworth. Miro a Olivia: el piercing del septo es como una corona encima de sus labios, lleva los ojos color marrón chocolate embadurnados de delineador negro, y las largas y finas trencitas recogidas en una coleta alta. Pero me acompaña la más cañera de Hayworth, la chica que ha llegado a darle palizas a chicos. Asiento con la cabeza. Estoy preparada.

—Nuestra prioridad es recuperar tu diario. —Tiene la mirada encendida.

Alucino con que esté aquí ayudándome, cuando yo no lo hice en su momento.

—Espera, Olivia —le digo cuando abre la puerta. Se detiene, con un pie en el coche y otro en la calle—. Siento mucho no haberte defendido entonces.

Se relaja en su asiento.

—Quinn, ya sé que lo sientes. Lo que importa es que estás aquí ahora. —Se vuelve hacia mí, con las cejas enarcadas—. Y llámame Livvy, ¿vale?

Asiento con la cabeza, agradecida, con una sonrisa de oreja a oreja.

—Vamos —dice.

Rodeamos la camioneta de Gia y el Mustang de Destany. No hay ningún otro vehículo en la entrada. Supongo que sus padres no están en casa.

El corazón me late con fuerza. Subimos los escalones del porche, el golpeteo de nuestros pies reverbera por toda la propiedad. Me tiembla la mano cuando la levanto hasta el borde de la puerta mosquitera. Llamo flojito, así que Livvy le da con fuerza.

Me giro para mirarla.

—Tengo miedo.

—No, Quinn. No tienes miedo, eres valiente y estás aquí para conseguir lo que es tuyo. Eres Gabrielle Union, ¿o no?

—Ninguna de las dos se acuerda de cómo se llama su personaje en la película.

Asiento con la cabeza y me vuelvo hacia la puerta.

—Soy Gabrielle Union. Estoy aquí para conseguir lo que es mío. —Sin embargo, me da miedo que Olivia tenga razón sobre Destany.

Entonces se abre la puerta principal. Destany aparece ante nosotras con una expresión sorprendida al verme, pero aún más al ver a Olivia.

—Quinn, ¿qué haces aquí?

La miro a los ojos grises y siento que las emociones me hacen un nudo en la boca del estómago; siento que las palabras se me forman en el esófago. Me las trago y la observo, porque le resulta imposible la mirada y me doy cuenta de que sabe exactamente lo que hago en su casa. La culpa se asoma a sus ojos. Lo sabe.

Mi mundo se desmorona cuando me doy cuenta. Seguramente, estoy sacando conclusiones precipitadas. No puede ser; no puede ser que ella permita que me hagan esto. Siempre ha sido fiel y leal. Recuerdo el viernes antes de la fiesta de Chase. Matt esperó hasta el último minuto de clases para invitarla a salir.

—Oye, ¿cómo vas a ir a casa de Chase mañana? —le preguntó.

—No lo sé. Puede que vaya con Gia y Quinn —contestó ella.

—Ah, bueno, ¿y si te llevo yo? Podemos ir juntos.

—¿Como una cita? —exclamó ella. La tomó desprevenida, sobre todo porque yo siempre le había contado nuestros encuentros en la cama elástica. Las dos pensábamos que a Matt le gustaba *yo*.

—Sí. Como una cita —respondió con una sonrisa.

Y Matt es muy sexi. No está acostumbrado a que lo rechacen. Pero ella se negó en redondo.

—Va a ser que no. —Y prácticamente salió corriendo.

Me paró en el aparcamiento y me lo contó todo. Me rompió el corazón saber que sentía algo por ella y no por mí.

—Nunca saldría con él, Quinn —remarcó ella—. No sabiendo lo que sientes por él.

—Bueno, si a ti te gusta…

—A mí me gustas tú —dijo ella.

Y casi me eché a llorar de lo mucho que valoré que me dijera eso. Me abalancé sobre ella y nos abrazamos durante unos cinco minutos, riéndonos de lo tonta que probablemente habría parecido al huir de él. La quería muchísimo. Pensé que, como amiga, protegería mis sentimientos a toda costa. Pensé que nunca, jamás, haría algo que me hiciera daño.

Así pues, es mucho que procesar… y mucho que no sé cómo procesar. Diez años de amistad y solo ha hecho falta una semana para que me deje en la estacada.

Finalmente abro la boca.

—¿Está Gia aquí?

Destany nos mira a Olivia y a mí.

—¿Por qué?

—Ve a por ella —le espeta Livvy.

Destany no duda. Se da la vuelta y deja la puerta principal abierta, pero la mosquitera cerrada. Alcanzo a ver los lienzos con los caballos salvajes y los cuadros de crucifijos en el pasillo. Livvy se vuelve hacia mí mientras esperamos.

—¿Qué te parece?

Asiento con la cabeza.

—Lo tienen ellas. —Me arde el cuerpo entero, hasta las cuencas de los ojos. Intento contener las lágrimas; no se las merecen.

No me cuesta aferrarme a la rabia que siento cuando le veo la expresión engreída a Gia. Destany se coloca detrás de ella, solo un pelo; ambas al otro lado de la puerta mosquitera.

—¿Puedo ayudaros? —pregunta Gia con voz cantarina.

—Quiero que me devuelvas el diario ahora mismo —digo, tratando de mantener la calma.

—¿Perdona? —Gia ladea la cabeza con un aire de confusión fingida—. ¿Qué diario?

—Puta. —Livvy escupe la palabra. El sonido es tan intenso que parece una bofetada, como si la palma de la mano chocara con la mejilla. Las dos se encogen un poco de la impresión.

—Sabes exactamente de qué diario estoy hablando —digo. Gia me mira, ahora ya sin amago de sonrisa—. Ve a buscarlo.

Ninguna de las dos se mueve.

—¡Ya! —Livvy abre la puerta mosquitera. Ahora ya no hay nada que las separe.

—Ve a por él —le pide Destany.

Gia suelta una carcajada furiosa y se marcha; Olivia y Destany se quedan cara a cara.

No me había parado a pensar en lo mucho que me iba a doler la confirmación de mis sospechas. Me pongo de cuclillas; siento que me falta el aire. Cuando miro a Destany, niego con la cabeza.

—Vaya. Solo has tardado dos segundos en darme la patada, revolcar mi nombre por el barro y tirar a la basura diez años de amistad.

Olivia da un paso atrás y me da espacio para llegar a Destany.

—Quinn, fuiste tú quien me dio la patada primero.

—¡No, yo me aparté, pasé! Tú me robaste algo personal y lo aireaste por todo el insti. Yo nunca te haría algo así, porque las amigas no hacen eso.

Ella se revuelve.

—Ya no éramos amigas. Te alejaste de mí por un chico. Diez años de amistad y dejas que un chico se interponga entre nosotras. ¡Y ni siquiera salí con él! No pasó nada entre Matt y yo, pero te pusiste celosa porque me prestara algo de atención.

—No pasé de ti por Matt. ¿Es que no me conoces, Destany? ¿Cómo puedes pensar que ese es el motivo por el que me alejé?

—Bueno, ¿y por qué fue, si no?

En ese momento aparece Gia con mi diario en las manos. Miro a Destany y bajo la voz.

—Porque «a efectos prácticos es casi blanca».

Ella frunce el ceño y luego se le iluminan los ojos.

—¿Lo dices en serio? ¿Es por *eso*? Solo era una broma, Quinn. Joder, está claro que no eres blanca.

—Más que claro —dice Gia, burlándose de mi piel oscura.

Doy un paso atrás.

—¿Una *broma*? ¿A ti te parece que el hecho de que Gia humillara a esa empleada de Gap refiriéndose varias veces a ella como «esa negrata» es una broma? Y cuando creí que le dirías que parara, me negaste el derecho a sentirme ofendida, descartaste mi identidad como persona negra y me robaste la voz en aquella conversación con apenas seis palabras. ¿Eso te parece una *broma*?

—Quinn, siempre exageras sobre estas cosas de la raza —me suelta Destany.

—Dessie, ya te he dicho alguna vez que lo hace para llamar la atención. No está dolida. Solo quiere que alguien se compadezca de ella…

—¡Como sigas hablando, te juro que…! —Livvy se acerca a Gia y se queda a escasos centímetros de su cara—. Mira, no me hace falta una excusa para darte una paliza. Ya me tienes cabreada de antes. Pero se me agota la paciencia cuando los imbéciles como tú, encima, sois unos racistas de mierda. Pregúntale a tu amiga Hailey. Pregúntale a tu amigo Paul. Pregúntale a tu amigo Sean.

—Livvy, Livvy. —La agarro del brazo y tiro de ella hacia atrás—. No vale la pena. —Miro a Destany—. Ninguna de las dos la vale. Son unas cobardes.

Livvy se aleja para pasear por el porche, con las manos en las caderas, pero yo continúo.

—Los cobardes hacen lo que sea para sentirse seguros, para sentir que tienen el control. Yo también lo era, pero lo primero valiente que hice fue dejar de ser tu amiga. —Extiendo la mano—. Mi diario.

Gia saca el diario, pero cuando lo agarro no lo suelta.

—Como alguien se entere de esto, llamaré a tu padre y le contaré lo de Columbia… —me amenaza.

Livvy se apresura a volver.

—Mira, como le digas algo a su padre, llamaré yo misma al infierno para decirles que vas de camino.

Gia suelta el diario y yo le corto el paso a Livvy para que no se le acerque.

—No contaremos nada —le digo—, pero quiero que borréis todas las fotos de mi diario.

—Hecho. —Gia sonríe.

Livvy resopla. Cuando doy un paso atrás y la aparto de la puerta con un ligero empujón, señala a Gia con un dedo por encima de mi hombro.

—Debes de tener un ángel de la guarda, nena. —Luego se da la vuelta y nos vamos, dejando que la puerta mosquitera se cierre tras nosotras.

—¡Lo he dicho! Como en la película —susurra Livvy mientras bajamos los escalones.

Sonrío.

—Te ha quedado perfecto.

Entonces ella me da un golpecito en el brazo.

—¿Y ahora qué? ¿Vamos a dejar que se salgan con la suya?

Sonrío y me saco el móvil del bolsillo trasero.

—*Nop* —contesto, y entiendo inmediatamente por qué Carter lo dice tanto. Es sonoro y fluye con una facilidad pasmosa—. No voy a seguir ciñéndome a las normas. Acabo de grabar toda la conversación.

Livvy agarra el teléfono mientras nos dirigimos al coche.

—Qué lista eres, cabrona. Me encantas.

—¡Ah, Quinn…! —me llama Gia. Está en el porche; Destany detrás de ella.

»Me alegro de que hayas podido perdonar a Carter después de que te perdiera el diario.

Pongo los ojos en blanco.

—Lo perdió sin querer.

—Ya, bueno, seguro que dejó de llevar cuidado después de leer esa lista que escribiste sobre él. Ya sabes, la que decía que era un imbécil pretencioso y arrogante. ¿Recuerdas esa lista? —Gia esboza una sonrisa burlona.

Livvy se detiene y se gira.

—Quinn, vámonos. Quiere empezar una pelea.

—No pasó de la primera página.

—Eso no es lo que... —Gia se gira hacia Destany—. No es lo que vio Destany.

Destany asiente.

—Lo estaba hojeando antes de tomarlo yo.

Se me corta la respiración. No, eso no es posible. Me dijo muy concretamente que solo había leído la primera página. Si me mintió... entonces lo sabe todo. Todo este tiempo ha sabido hasta el último detalle sobre mí.

—¿Y por qué debería creerse nada de lo que dices? —le pregunta Livvy.

—Cree lo que quieras —dice Gia, dándose la vuelta.

Destany la sigue, y añade:

—Es verdad, Quinn.

La puerta mosquitera se cierra detrás de ellas y luego la puerta principal. Me quedo petrificada ahí fuera, tratando de convencerme de que están mintiendo. Livvy me agarra del brazo.

—Solo quieren confundirte. No les creas.

La miro a los ojos y dejo que sus palabras calen.

—Sí, tienes razón. —La sigo hasta mi coche y me subo, agarrando el diario en el regazo. Huele a la casa de Destany. Qué rabia. Lo lanzo a los asientos de atrás y doy marcha atrás.

—Oye, has sido de armas tomar —me dice Livvy.

—No tanto como tú.

Ella niega con la cabeza.

—Más que yo.

Sin embargo, yo no me siento así. Me siento agotada, como si pudiera dormir durante días. Tengo la ropa empapada de sudor. Y sigo muy preocupada.

Aquel día, en la taquilla de Carter, cuando le pregunté si había leído mi diario, me miró como si intentara encontrar la mejor respuesta para las circunstancias..., no la verdadera.

Después de conducir en silencio durante diez minutos, le pregunto al fin:

—Pero ¿y si lo leyó? —La miro a los ojos, me tiemblan los labios.

—Pues preguntémosle.

Hago un mohín ante la idea de preguntarle y escuchar lo que no quiero oír. Pienso en cómo me ha besado hoy, en cómo me ha confesado por qué no tiene novias y por qué ha decidido probar suerte conmigo. En ese momento, me lancé. Caí. Me entregué plenamente a la idea de estar con él. Y ahora esto... ¿Y si me ha estado mintiendo todo este tiempo?

—No creo que tenga la energía para otro enfrentamiento.

—Bien —dice Livvy—. Le preguntaremos mañana. ¿Vale?

—Vale. —Respiro profundamente. De momento, creeré lo que quiero creer: que no lo leyó. Que todo va bien. Todo es perfecto—. ¿Quieres venir? No tengo ganas de estar sola esta noche.

Porque no todo es perfecto. Antes se me daba bien mentirme a mí misma, pero ya no.

—Ah —dice Livvy, sorprendida.

—Si no quieres, nada —me apresuro a añadir—. Si no te apetece, no pasa nada. —Puede que aún no me haya perdonado por haber participado en la campaña de difamación. No la culpo y tampoco quiero forzar las cosas.

—¡Qué va! —dice ella, emocionada—. Claro que me apetece, Quinn.

Se me ilumina la mirada.

—¿En serio?

—¡Pues claro! Pero antes voy a llamar a mi madre, ¿vale? —Se saca el móvil y llama—. Mamá, me quedo a dormir en casa de Quinn.

Pongo rumbo a mi casa con una sonrisa en la cara, llena de algo indescriptible. Completa, sin más. Me siento *completa* por primera vez en meses.

Capítulo 22
SI CARTER LEYÓ MI DIARIO

LOS COCHES DE MIS PADRES ESTÁN APARCADOS EN LA
entrada. Cuando salgo, miro hacia la media luna. Hay luz, pero
el sol se ha puesto en la mayor parte del cielo. Está anocheciendo.

—Tengo hambre —dice Livvy mientras cierra la puerta.

—Sí, yo también.

Las luces están apagadas cuando entramos. Vamos a la cocina y oímos el murmullo de la televisión del salón.

—¿Quinn? —me llama papá antes de que pueda llegar a lo
alto de las escaleras.

La luz de la televisión se refleja en las paredes y me salpica
de colores. Está recostado contra el brazo del sofá y mamá tiene
la cabeza apoyada en su pecho y el cuerpo entre sus piernas.
Verlos así abrazados es muy íntimo y me resulta algo extraño.

—Hola, cariño —dice mamá. Ha bebido. Lo sé por la facilidad con la que sonríe. Entonces, Livvy se coloca a mi lado y ella
se incorpora un poco—. Me alegro de volver a verte, Olivia.

—Lo mismo digo, señora.

—Hija —dice papá, y estira una mano hacia mí sin mucho
entusiasmo. Sí, él también ha bebido—. Tu madre y yo…

—Hemos encontrado un terapeuta de pareja —suelta mamá
sin más preámbulos.

—Ah. —Abro los ojos de par en par—. No sabía que anda-
bais buscando uno.

Asienten con la cabeza. Eso es bueno, ¿verdad? Significa que
lo están intentando. Que todavía lo intentan.

—Empezamos mañana —añade papá.

Los dos sonríen, nerviosos.

—Es genial. Felicidades. —Esbozo una sonrisa para recon-
fortarlos. Agarro las correas de la mochila y miro la película de
la pantalla; es una que no han visto antes porque se niegan a ver
las películas dos veces—. ¿Se puede quedar Livvy esta noche?

La miran otra vez, como si hubiesen olvidado qué aspecto
tiene. Entonces se miran entre ellos y se comunican con las
cejas.

—Está bien —dice papá, y se vuelve a recostar sobre el brazo
del sofá mientras mamá se recoloca entre sus piernas.

—¿Podemos pedir una pizza?

—¡Ah! —dice mamá, y se vuelve a sentar—. Me apetecen
unas alitas, Quinn. —Entonces mira a papá—. ¿De qué quieres
la pizza, Dez?

—Ya sabes lo que quiero.

Mamá sonríe, coqueta. Suelto un suspiro y Livvy sonríe.

—Mamá, ya que al parecer sabes lo que quiere papá, ¿pides
tú por nosotras? —Me giro hacia Livvy—. ¿De qué quieres la
pizza?

—Me da igual.

—Claro, cariño —dice mamá, y nos despide con un gesto de
la mano.

Cruzamos el oscuro pasillo hasta mi habitación.

—Qué lindos son tus padres —dice Livvy mientras deja la
mochila apoyada en la pared.

—No siempre. —Me siento en la silla del escritorio y pienso
en los gritos y el silencio y, después, en ellos acurrucados en el
sofá ahora mismo—. Pero sí, son lindos.

Me suena el móvil. Cuando lo miro, su nombre me invade
por completo. Mi cuerpo lo recuerda y lo echa de menos, pero mi

cabeza no puede dejar de dar vueltas a lo que Destany y Gia han interpuesto entre los dos. Miro fijamente la pantalla hasta que deja de sonar.

Livvy se sienta en el borde de la cama. Por su expresión sé que tiene sentimientos encontrados.

—¿Carter?

Asiento con la cabeza. Entonces me manda un mensaje: **¿Qué tal con Livvy?**

Pongo el móvil en silencio y lo guardo en la cómoda: lejos de la vista, lejos de la mente. Porque quiero responderle que ha ido genial. Ese momento en el que Livvy y yo nos hemos ido con el diario en la mano ha sido perfecto. Tenía pruebas de que Destany y Gia eran las que me estaban chantajeando. Tenía el diario. Tenía a Livvy y a Carter, y todo iba a pedir de boca.

Pero entonces me di la vuelta.

—Tengo deberes. ¿Te parece bien si los hago ahora? —pregunta Livvy.

—Claro.

Saca los libros de su mochila y se tumba en la cama. Me siento en el escritorio y abro el diario que tantos días llevaba sin ver. Casi me cuesta mirarlo al saber que ha estado en manos de Destany y Gia todo este tiempo.

Lo abro por la primera página: la siniestra lista de tareas. Ojalá no la hubiese escrito. Tacho las cosas que he hecho, cambio el nombre de Matt por el de Carter en el número dos y termino con lo de contarle a Destany la verdadera razón por la que pasaba de ella. Una pequeña sonrisa se me dibuja en los labios cuando miro todo lo que he conseguido.

Sin embargo, ver que Columbia y Hattie siguen sin tachar en la lista hace que se me borre al instante.

Entonces, hojeo rápidamente las páginas de las listas de tareas y las enumeraciones prácticas hasta llegar a mis listas de cosas favoritas. Me pongo en la piel de Carter e imagino que estoy descubriendo todos estos datos básicos sobre Quinn.

1. Su color favorito es el azul pastel.
2. Su árbol favorito es el que se inclina sobre la poza de Hattie.
3. Su lugar favorito del mundo es la poza de Hattie.
4. Su canción favorita es *How You Gonna Act Like That*, de Tyrese.

Un momento. Dijo que también era su canción favorita. ¿Es cierto siquiera?

Si Carter leyó mi diario, sabía cosas que nadie más conoce sobre mí. Y eso es gran parte del motivo por el que conectamos para empezar. Me hizo sentir que veía partes de mí que eran invisibles para los demás, que me entendía a un nivel al que nadie más podía llegar. Sin embargo, ¿era solo porque había leído mi diario? Me estremezco de la repulsión que siento ahora mismo.

En ese momento suena el móvil de Livvy. Cuando me giro, me está mirando, indecisa.

—No lo atiendas —digo.

—Si no respondo, sabrá que pasa algo. —Suspira y responde—. Eh.

Tiene el móvil con el volumen tan alto que lo oigo desde el otro lado de la habitación.

—Oye, ¿has visto a Quinn?

Oír su voz hace que quiera agarrar el móvil y llamarlo yo misma. Quiero sentirlo en mi oído.

—Ehh… —Livvy me mira con los ojos muy abiertos—. Sí, ha estado por aquí hace un rato.

Me siento con ella en la cama.

—¿Dónde ha ido después? —pregunta él.

—No lo sé. A su casa, imagino.

—Ah. —Entonces se queda callado un momento—: ¿Dónde estás?

Livvy me mira, alarmada. Niego con la cabeza.

—Fuera.

—¿Fuera dónde?

—¿Por qué quieres saberlo? Joder. Ni que fueras mi padre.

Sonrío y me aguanto la risa.

—Mira, Livvy, sé que estás en casa de Quinn. Acabo de hablar con mamá Sandy. —Las dos nos quedamos boquiabiertas—. No sé por qué me estás mintiendo y no sé por qué me evita Quinn, pero me encantaría que alguien me dijese algo.

Livvy me mira, pero no responde y pestañea rápidamente.

—Olivia. —Carter usa su nombre completo.

—Dale esta noche de margen. Hablará contigo mañana.

Él permanece en silencio un segundo.

—Vale, pero ¿sabes qué he hecho?

—Tú dale esta noche. ¿Vale?

Las dos esperamos su respuesta.

—Está bien.

Después cuelgan. Vuelvo a mi escritorio. Livvy se pone con los deberes otra vez. No hablamos del tema. Y me alegro de que no lo hagamos, porque cuanto más releo mi diario, más desagradable me resulta todo. No me lo imagino llegando tan lejos. Si lo leyó, como dijo Destany, seguro que no leyó tanto. Seguro que no llegó hasta las listas de «Miscelánea».

Cuando llega la pizza, Livvy aparta el libro de texto. Ella se zampa tres porciones de la de pepperoni y yo la caja entera de pizza vegana. Comemos y vemos *A por todas*. Me doy una ducha y después se ducha ella. Se pone una de mis camisetas para dormir. Le queda como si fuese un vestidito corto. Escoge el lado de la cama que queda contra la pared. Yo me acuesto en mi lado, mirando hacia la puerta.

Mi móvil se ilumina sobre el escritorio. Unos segundos después, se apaga. Me giro hacia el otro lado y me quedo mirando a Livvy.

—Duerme un poco, Quinn. No sirve de nada que te preocupes por mañana.

Cierro los ojos.

—Lo sé.

—Celebra tus victorias. Y tal vez mañana descubramos que esas zorras te han mentido. Después, Carter y tú podréis vivir felices para siempre.

He estado esperando este cuento durante mucho tiempo, pero una gran parte de mí cree que Destany dice la verdad

SI CARTER HA LEÍDO MI DIARIO

1. Me dan ganas de darle una bofetada.
2. Puede que no vuelva a hablarle.
3. Quizá lo olvide y pase página.
4. Quizá no lo olvide nunca y no pueda pasar página.
5. Puede que llore y lo bese.
6. Puede que llore, lo bese y deje que me abrace hasta que ya no me duela.
7. Tal vez lo perdone.

Livvy duerme como un tronco. Ya estoy vestida y lista para salir cuando por fin logro despertarla. Se pone algo de ropa de mi madre y, aun así, le queda grande. Se enrolla los vaqueros holgados hasta las pantorrillas y se mete una esquinita de la camiseta por la cinturilla. A esta chica le queda todo bien.

Estamos sentadas con el coche todavía en marcha en el aparcamiento. El corazón me late con fuerza.

Livvy mira por encima de su asiento.

—Ha llegado su autobús. —Después me mira. Tengo la vista fija en el parabrisas delantero—. ¿Estás bien?

Asiento con la cabeza sin hacer contacto visual.

Me pone una mano en el brazo.

—Escríbeme si me necesitas. —No aparta la mano—. Lo digo en serio.

—Gracias.

Sale del coche y ahí es cuando arranca todo.

Carter abre la puerta del copiloto y entra. El coche se llena de su olor… y mi cabeza de confusión. Porque quiero besarlo, pero necesito saber la verdad.

—¿Quinn? —pregunta al ver que no hablo ni lo miro—. ¿Qué pasa, nena?

«¿Nena?». No me hagas esto, por favor.

—Ayer descubrí que Destany y Gia tenían mi diario. Livvy y yo lo recuperamos.

—Vaya —dice, pero después permanece en silencio porque está confundido—. Pero eso es bueno, ¿no? Ahora ya estás segura de que no fui yo.

—Sí —digo con una risa triste.

—Entonces, ¿por qué no puedes mirarme ahora mismo? —Levanta una mano para tocarme la mejilla.

Me aparto para que no me toque.

—Carter, ¿leíste mi diario? —pregunto mientras miro a través del parabrisas.

La mano se le queda congelada en el aire. Lo veo por el rabillo del ojo. Todo está en silencio salvo por el zumbido del motor y el leve soplido del aire acondicionado.

—¿Qué?

Finalmente, lo miro.

—Me dijiste que solo habías leído la primera página.

Deja caer la mano y busca mi mirada.

—Quinn, pero eso pasó hace mil.

Doy un grito ahogado. Supongo que una parte de mí todavía tenía la esperanza de que no fuese cierto. Esa parte de mí se está partiendo en dos.

—¿Cuánto leíste?

Parpadea y mira el reposabrazos que hay entre los dos.

—Todo.

Trago saliva y hasta la última brizna de esperanza que me quedaba. Me recuesto contra la puerta.

Carter se inclina hacia delante.

—Pero nada de lo que leí cambia lo que siento por ti.

—Ya, pero el tema no es ese.

—En cualquier caso, leer tu diario hizo que me gustases todavía más.

—¡Eso da igual! El tema es que invadiste mi privacidad descaradamente.

—¡Y lo siento! Ojalá pudiese volver atrás. De verdad. Te mentí al principio para evitarte la vergüenza. Pero entonces empezó todo lo del chantaje y sabía que si te lo contaba, pensarías que era yo quien te estaba extorsionando.

—Eso no es excusa.

—¡Ya lo sé! —Presiona los dedos en el reposabrazos—. No intento excusarme. Solo quiero explicarme. —Me mira con la respiración agitada. Mi pecho se mueve con la misma intensidad que el suyo—. Por favor, ven aquí.

No me muevo. Sin embargo, quiero hacerlo. No quiero enfadarme con él. Quiero sentirlo en mis labios, pero sé que no debería quererlo.

—¿Puedes salir?

Parece consternado.

—Sé que me he equivocado, pero me tratas como si te hubiera puesto los cuernos o algo así.

Se me hinchan las fosas nasales.

—Imagino que esto es lo que se siente cuando te ponen los cuernos. Me enamoré de la idea que tenía de ti. Ahora descubro que esta idea era equivocada. Todo lo que me has dicho, todo lo que hemos hecho juntos, se ha echado a perder, ¡porque lo sabías! ¡Todo este tiempo lo has sabido todo de mí!

Niego con la cabeza. La verdad de mis propias palabras me nubla la voz, el pecho y los ojos.

—Puede que no te hayas liado con otra chica, pero has perdido mi confianza. Por favor, sal del coche. —Carter extiende una mano hacia mí, pero presiono el hombro contra la puerta—. ¡Por favor, márchate!

—Lo siento mucho.

Se aparta, abre la puerta del coche con ímpetu y la cierra de golpe. Después, cruza el aparcamiento con las manos sobre la cabeza.

Me desmorono. Se me rompen las costillas. Agarro el móvil y le mando un mensaje a Livvy: **Te necesito**.

Capítulo 23

RAZONES POR LAS QUE NO PUEDO MIRARTE

OLIVIA ME SACA DEL COCHE. NOS ESTAMOS PERDIENDO la primera clase. Me lleva hasta la puerta de la señora Henderson y se coloca frente a mí. Me pasa los pulgares por debajo de los ojos y las mejillas. Por suerte, hoy no he perdido el tiempo maquillándome.

—Estás preciosa —dice con una gran sonrisa, y me pone las manos en los hombros—. Luego matamos a Carter, ¿vale?

No quiero matarlo. Quiero extirpármelo quirúrgicamente del corazón.

Olivia abre la puerta del aula y me empuja dentro. La señora Henderson aparta la mirada de la pizarra.

—¿Quinn?

Debe de preguntarse por qué he llegado tarde. Se pregunta dónde he estado los dos últimos días de clase. Se pregunta por qué parece que he estado llorando.

Mantengo la mirada en el suelo y voy a mi pupitre, en la parte de atrás de la clase. Por suerte, no insiste.

—Ha vuelto —dice la chica que está delante de mí—. Y yo que esperaba que dejara el instituto.

—Deberían expulsarla por lo que le hizo a Olivia.

—Ya, pobre Olivia.

Miro a las dos chicas que están cuchicheando y cotilleando delante de mí. Casi me había olvidado de la lista de «Cómo empezar una campaña de difamación». Me quedo mirándolas fijamente a la cara sin pestañear. Cuando ven que las estoy observando, no pueden aguantarme la mirada. Se dan la vuelta y se callan, porque la mayoría de esta gente solo puede soltar mierda por la boca si no se las amenaza con las consecuencias. Yo las amenazo con los ojos. Hoy no es un buen día para ponerme a prueba.

Durante toda la clase, pienso en todo lo que ha pasado después de que Carter leyese mi diario.

Aquel día, cuando me dijo que creía que lo había perdido en el bus, resulta que era una mentira tan grande como una catedral. Seguro que le estuvo echando un vistazo durante la primera clase. Tal vez si me hubiese dicho la verdad, yo nunca habría incitado al chantajista a hacer público que Columbia me había rechazado.

Y había logrado convencerme de que, de algún modo, *sabía* que mi música favorita es el R&B de los 90; que, de algún modo, *sabía* lo mucho que odio a Vontae y que, de algún modo, *sabía* el uso que le doy al término «Oreo», pero todo este tiempo era porque había leído mi diario. Que estuviéramos tan extrañamente conectados… no era tan extraño a fin de cuentas.

Pienso en la vez que estuvo en mi habitación, cuando supuso que me gustaría pintar las paredes de azul pastel y afirmó que sabía que ese era mi color favorito porque era observador. ¡Y una mierda!

¿Qué había sido real? ¿Algo en él lo era?

Cuando acaba la clase, la señora Henderson me pide que me acerque a su mesa. Me pregunta por las faltas de asistencia. Le enseño los justificantes de las visitas a las universidades y me da los deberes y tareas que me he perdido.

Cálculo es peor. La clase no ha superado todavía lo de Columbia.

—¿Dónde vas a estudiar, Quinn? ¿En la Universidad Pública de Austin?

—No puede entrar en la UPA. No seas ridículo.

Solo han pasado dos clases y ya tengo ganas de saltarme el resto, pero voy demasiado atrasada ya. Hoy me estoy esforzando en dar la cara, en no ser una cobarde y en no salir corriendo como he hecho siempre.

Logro pasar la tercera y cuarta clase sin ver a Carter. Lo agradezco porque parece que por fin me estoy adaptando a esta nueva normalidad. Como fuera, sola, porque Livvy tiene el descanso para comer más tarde.

Miro fijamente los árboles y me sumerjo en lo único que todavía me consuela: los recuerdos que tengo con Hattie, los de la única vez que hice algo valiente y despreocupado. La vez que fuimos a la poza a pesar de los nubarrones del cielo. No era una simple amenaza de lluvia, no. Estábamos en alerta por tornado. Pero yo quería nadar y a Hattie no le pareció motivo suficiente como para no hacerlo.

—Ya estamos aquí —me dijo—. Hagamos lo que hemos venido a hacer.

Hattie salió del Gator y fue caminando hasta la orilla del arroyo.

—Espera, Hattie, ¿qué estás haciendo?

Se giró, sonriendo.

—Niña, no voy a meterme. Si saltase sería lo último que hiciera.

Salí del Gator y me uní a ella en la orilla. La corriente era suave y tranquila.

—Métete, cobarde —dijo mientras se reía y me daba un empujoncillo en el hombro.

—¡Hattie! —grité, y pegué un brinco hacia atrás. Era de lo más infantil. Crucé los brazos sobre el pecho—. Date la vuelta.

—Niña, tengas lo que tengas, créeme, yo tuve diez veces más en mi época.

Miré su corta estatura, dudosa.

—¿De dónde te crees que has sacado las curvas?

—Eh... ¿De mamá?

Se rio.

—Tu madre es guapa, pero más recta que una plancha. Ese culo lo has heredado de mí, cariño.

Entonces pasó por mi lado y me dio una palmada en el trasero de camino al coche.

Me quité los zapatos, los calcetines, la camiseta y los pantalones cortos y los amontoné en el suelo. Un relámpago atravesó el cielo y un trueno lo siguió. Miré de nuevo a Hattie, que estaba sentada a cubierto dentro del Gator.

—Vale.

Así que corrí hasta el «árbol doblado». Era un árbol que se doblaba sobre sí mismo por encima del agua, como un trampolín natural. En el centro del tronco, Hattie había colocado un columpio hecho con un neumático de forma que colgara sobre el agua. Cuando esta subía el nivel, la mitad del columpio quedaba sumergido, y eso era lo mejor: poder sentarme y dejar las piernas colgando en el agua.

Empezó a chispear mientras gateaba por el tronco. Bajé la mirada hacia el agua. Se había levantado viento, así que la corriente había aumentado.

—¡Hattie, quizá deberíamos volver!

—Si te da miedo, nos vamos. Si te haces daño... no podré ir a salvarte.

Era cierto. Dependía completamente de mí misma. Y no le habíamos dicho a nadie a dónde íbamos antes de salir. De las dos, yo siempre había sido la más responsable. Hattie había crecido en otra época, en la que lo que no te mataba te hacía más fuerte. Así que saltar me mataría o me haría más fuerte.

Miré el cielo oscuro y después a Hattie, sentada en el asiento del pasajero. Hattie lo haría si pudiese. No se lo pensaría dos veces. Bajé por la cuerda hasta llegar al neumático. Me senté y recuperé el aliento mientras la lluvia empezaba a caer con más fuerza. Después me puse de pie en la rueda, me agarré a la cuerda y me columpié tan fuerte como pude.

—¡*Yuju!* —grité al viento, y atrapé gotas de lluvia con la boca y con los ojos.

Me dio la sensación de tener la vida en la palma de la mano, como si fuera inmortal, porque no podría morir con todas esas ganas de vivir que tenía en aquel momento. No cuando amaba tanto la vida.

Así que salté.

Cuando llego al aula del señor Green, el pupitre de Carter está vacío. Mis ojos encuentran a Destany sin querer. Me aguanta la mirada durante un segundo antes de apartarla. No me dirige una sonrisa engreída. Nada.

Al principio, cuando pasé de ella, pensé que algún día podríamos tener una charla sincera sobre la raza. Incluso pensé que podría perdonarla. Ser ignorante se puede perdonar, pero esto no. Nuestra amistad se ha acabado para siempre.

Auden me saluda cuando me siento. Levanto la vista y fuerzo una sonrisa. Después, Carter se sienta a mi lado en silencio. Su aroma nos ataca a mí y al agujero que tengo en el corazón.

El señor Green se acerca a nuestros pupitres.

—Los tres os habéis perdido muchas cosas. —Parece decepcionado—. El viernes vimos guiones de cursos anteriores, ganadores y perdedores. Ayer escogimos los roles y las teorías de la conspiración e hicimos otro examen. Podéis hacerlo hoy después de clase, mañana por la mañana o mañana después de clase. Si no, tendréis un cero.

—Sí, señor —dice Auden.

Carter y yo permanecemos en silencio.

El señor Green se pasa casi toda la clase hablando. Intento concentrarme en él y no en la indignación que siento hacia Carter. Sabía que mi diario era algo privado, pero tuvo el descaro de leerlo entero. Y no solo unas cuantas páginas sin querer, no. Enterito.

En los últimos diez minutos de clase, el señor Green nos deja tiempo para escribir el guion. Sin embargo, no soy capaz de abrir la boca. Carter tampoco.

—¿Alguna sugerencia sobre quién debería interpretar a Kennedy? —Auden nos mira a los dos, inquieto.

No decimos nada.

—Creo que quiero ser el gobierno.

Quiero preguntarle: «¿El gobierno al completo, Auden?», pero me callo.

—¿Sabéis? —dice Auden con un suspiro—. He hablado hoy con Olivia.

Levanto la cabeza. Carter también.

—He dejado que me explicase por qué me rechazó. Y ahora me siento milagrosamente mejor. Todavía tengo heridos los sentimientos, claro, pero ahora sé que su rechazo estaba más relacionado con su pasado que conmigo.

Parece que está intentando convencerme de que hable con Carter, y no me hace ninguna gracia.

Suena el timbre. No hemos decidido quién va a interpretar a Kennedy ni al «gobierno» y seguimos yendo muy atrasados. Auden suspira, recoge sus cosas y se marcha.

Agarro mis libros a toda prisa, porque no quiero terminar saliendo del aula con Carter. Sin embargo, y aunque llego antes que él a la puerta, me persigue por el pasillo.

—Quinn —dice, y me agarra del brazo. Casi le suelto un insulto por tocarme. Levanta las manos—. Lo siento. —Pero sigue caminando a mi lado—. Quiero disculparme. Siento haber invadido tu privacidad y haber traicionado tu confianza.

El agujero de mi corazón palpita y duele.

Llegamos a la salida y corre para sujetarme la puerta. Después nos dirigimos juntos hacia el aparcamiento y esquivamos grupos de gente en la acera. Sin embargo, se mantiene a mi lado.

—También siento mucho no haber entendido tus sentimientos y haber intentado restar importancia a lo que te hice. Lo que hice fue horrible. No fue solo una falta de respeto, fue cruel y... repugnante.

Eso explica por qué siento este asco.

—Pero quiero hacer todo lo que pueda para compensarte. Quiero que confíes en mí y creo que la única forma de hacerlo es con total transparencia.

Para entonces ya hemos llegado a mi coche. Abro la puerta de atrás y dejo los libros y la mochila en el asiento trasero.

—Tengo que ser franco y desnudarme contigo. —Se da prisa en explicarse—. No físicamente, vaya, sino desnudarme emocionalmente, como te obligué a hacer a ti conmigo.

Tengo los ojos fijos en la acera entre nosotros. Su cuerpo me bloquea la puerta. Quiero rodearlo, meterme en el coche y salir pitando.

Debe de leerme la mente, porque se aparta y me abre la puerta.

—Porque hoy me he dado cuenta de que eso fue lo que te hice. Te obligué a desnudarte antes de que estuvieses preparada. Y me doy asco a mí mismo por hacerte eso.

Se me empañan los ojos. ¿Cómo lo hace? ¿Cómo puede poner en palabras lo que llevo sintiendo exactamente todo el día? No he sido capaz de encontrar la razón de por qué estoy tan enfadada e indignada, pero es eso. Es exactamente eso.

—Así que quiero darte esto. —Mete la mano en el bolsillo del pantalón de chándal y saca una hoja de papel doblada. Ese papel parece peligroso, como si fuese lo que no quiero ahora mismo, pero sí necesito.

Me zafo de la mano que tiene extendida, me subo al coche y cierro la puerta.

—Por favor, Quinn. —Da unos golpecitos en la ventanilla—. No espero que me hables después de esto. Ni siquiera tienes que leerlo. Solo tómalo, por favor.

Estoy de cara al parabrisas y me niego a mirarlo. Me pregunto qué será. Dice que quiere ser sincero conmigo. ¿Qué puede haber en esa hoja de papel?

No necesito mucho para convencerme. Por mucho que me resista, sé que luego me arrepentiré si no lo agarro. Bajo la ventanilla, le arranco la hoja de papel de la mano y vuelvo a subir el cristal antes de que pueda decir nada que haga que quiera perdonarlo. Mi determinación ya se está ablandando; lo noto.

Se aleja lentamente del coche, con las manos en los bolsillos, y luego se da la vuelta y se dirige a la parada del autobús. Lo observo por el espejo retrovisor hasta que se abre la puerta del copiloto y Livvy entra de un salto.

—¡Deprisa, Quinn! ¡Atropella a esas cabronas! —Señala a Gia y a Destany, que están cruzando por delante de mi coche.

Sonrío. Creo que es la primera vez que sonrío en todo el día.

—Vale, ahora en serio —dice, y se gira hacia mí—. ¿Cuándo vamos a bajarles los humos?

Me giro hacia el parabrisas y las veo reírse juntas.

—Pronto. Primero tengo que decirles a mis padres la verdad sobre Columbia.

Capítulo 24
SEÑALES DE LA ESENCIA DE HATTIE

ESTO VA A SALIR MAL.

Mis padres llevan meses planeando mi vida en Nueva York. Joder, llevan planeándola toda mi vida.

Esto va a salir mal, muy mal.

Livvy me toma de la mano. Se la aprieto mientras recorremos el vestíbulo. Veo la carta de aceptación de Columbia enmarcada en cuanto entro en el salón. Mamá tiene sus notas desperdigadas por toda la mesa. Habla con papá sobre el caso en el que está trabajando ahora y él la escucha con una copa de vino en la mano, sentado en el suelo. Es muy bonito, muy de película, y yo estoy a punto de estropearlo todo.

—Quinn, cariño, ¿nos traes la botella de vino que está en la barra? —dice mamá mientras señala la cocina con el dedo—. Ah, hola, Olivia.

Y cuando llego a la cocina, veo la pancarta de felicitación todavía envuelta en la parte superior de las paredes. Se me acelera el corazón.

—¿Tú también estás en el último curso? —le pregunta mi padre cuando vuelvo al salón.

—Sí, señor.

—¿Dónde vas a estudiar el año que viene?

—En la Universidad Estatal de Texas —dice.

—Vaya, es impresionante.

Les doy la botella de vino a mis padres.

—¿Qué estáis tramando? —pregunta mamá al ver que no nos alejamos del respaldo del sofá.

—Nada —digo, nerviosa.

Livvy me mira. Estira las manos, como si estuviese despejando algo malo en el aire.

—Dilo y ya está.

—¿Decir qué? —pregunta papá.

—Mamá, papá, tengo que contaros algo.

Mamá entrecierra los ojos, preocupada. Papá se inclina hacia delante.

—¿Qué pasa?

—Es sobre Columbia… No creo que pueda ir.

Papá mira instintivamente a Olivia, como si fuese el diablo y me hubiese convencido de tirar mi futuro por la borda.

—Pues claro que puedes ir —dice papá, y se gira hacia mí—. Nos acercaremos la semana que viene, alquilaremos un piso y…

—Papá, no voy a ir.

—Sí. Vas. A. Ir.

Livvy me pellizca la parte de atrás del brazo. *Dilo y ya está.*

—Papá, no puedo ir porque no he entrado.

El silencio se instala en toda la casa.

—¿Qué quieres decir con que no has entrado?

—Pero si tenemos la carta de aceptación —dice mamá, y señala el marco de la pared.

—Es falsa. La hice yo.

—¿Que hiciste qué? —Papá se pone de pie—. ¿A qué universidad vas a ir, Quinn? Pero ¿qué demonios…? —Deja la copa de vino en la mesa y empieza a dar vueltas por el salón.

—¿Has entrado en alguna universidad? —pregunta mamá.

—En ninguna que os vaya a hacer gracia. Hasta la UT me ha dejado en lista de espera.

Papá da un grito ahogado.

—¿Me estás tomando el pelo? Creía que te iba bien en clase. Y la prueba de acceso a la universidad, pensaba que habías sacado un 34.

—Saqué un 24.

—¡Ay, dios! —grita papá. Se inclina hacia delante y se apoya en las rodillas—. ¡Le hemos dicho a todo el mundo que vas a ir a Nueva York! ¡Lo hemos imprimido en las invitaciones de la graduación! ¡Y hemos vendido el terreno de Hattie para poder pagar Columbia! ¿Cómo has podido hacer esto?

Se me hiela la sangre.

—Espera. ¿Habéis vendido el terreno de Hattie?

—¿Sabes lo cara que es Columbia? La matrícula, los libros… y vivir en Nueva York es carísimo. ¿Sabes quién iba a tener que pagarlo?

—¿Así que habéis *vendido* el terreno de Hattie? ¿También habéis vendido sus muebles? ¿Habéis vendido su sofá y su sillón rosa? —Se me inclina la cabeza como si pesase demasiado para mantenerla erguida—. ¿Los habéis vendido en un rastrillo?

Papá parece confuso.

—Por supuesto que no, Quinn. Están en un almacén.

Pestañeo varias veces, agradecida. Sus muebles no están desperdigados en casas de desconocidos. Su sillón rosa no está en el salón de Auden.

—Tenéis que recuperar su casa y su terreno.

—Ya hemos cobrado el cheque, Quinn. El comprador se muda el próximo fin de semana.

—¿¡Cuándo pensabais contármelo!?

—¿¡Cuándo pensabas contárnoslo tú a nosotros!? —me responde papá con el mismo tono vehemente.

Mamá se levanta y le pone la mano a papá en el hombro.

—Quizá debamos parar un momento.

El terreno de Hattie. Su casa. Toda mi infancia ha desaparecido.

—Quinn, lleva a Olivia a su casa. Tu padre y yo tenemos mucho de lo que hablar.

Me quedo ahí plantada con las manos temblorosas.

—¡Vete! —grita papá.

Tomo a Livvy de la mano y tiro de ella hasta la puerta y por el camino de entrada.

—Quinn, ve más despacio.

Le suelto la mano cuando llegamos al coche.

No he estado en la propiedad de Hattie desde el día que la separaron de mí, hace más de un año. Y ahora la han vendido y ha desaparecido para siempre.

—¿Sabes qué? No. No te voy a llevar a casa. —La miro por encima del capó del coche—. Vamos a casa de Hattie.

CINCO MANERAS EN LAS QUE LIVVY ME PREGUNTA SI ESTOY BIEN SIN USAR ESAS PALABRAS

1. «Carter lleva todo el día destrozado. ¿Quieres hablar del tema?».
2. «¿Por qué no levantas el pie del acelerador, Quinn? Si quieres, conduzco yo».
3. «¿Cómo ha podido tu padre hacerte eso? Puedes insultarlo, escupir, llorar... Lo que necesites».
4. «Voy a hacer fotos de todo, así no te olvidarás nunca de cómo es».
5. «Me alegro de que me hayas traído, Quinn. Siempre estaré a tu lado».

Cuando llegamos a la verja de Hattie al este de Leander, todo me vuelve a la mente de repente. Observamos cómo se abre la puerta y siento como si otra se abriese dentro de mí. Recorro lentamente el largo y rocoso camino de entrada y recuerdo cada uno de los árboles que pasamos. Algunas curvas son tan pronunciadas que parece que la carretera va a desaparecer y vayamos a meternos de lleno en el bosque.

Cuando la casa aparece ante nuestros ojos, no parpadeo.

Olivia saca fotos de todo lo que ve por la ventanilla abierta.

—Es preciosa.

Lo es. Sigue siendo preciosa. Los tablones de madera típicos de las cabañas, el porche envolvente, la barbacoa de obra en un lateral...

Salimos del coche. Olivia va directo hacia la casa, pero niego con la cabeza.

—Vamos a los senderos. Quiero enseñarte la poza.

El jardín que Hattie tenía en la parte izquierda del patio trasero es ahora solo un trozo de desierto. La puerta del invernadero está abierta. Todas las plantas han desaparecido y los pájaros también. Verlo todo vacío duele más de lo que esperaba.

El Gator sigue aparcado en la cochera, con la llave en el contacto. Se pone en marcha enseguida. Olivia se coloca a mi lado y se sujeta al agarradero lateral.

—¿Seguro que estás preparada para esto?

Salgo de la cochera marcha atrás y me dirijo a la gran línea de árboles sobre la colina.

—No, pero necesito hacerlo.

Cruzamos los pastos a toda velocidad y el viento elimina el sudor, los nervios y los nudos que tengo en el estómago. Olivia permanece callada mientras nos adentramos en el bosque por un camino que recuerdo como el dorso de la mano de Hattie. Cuanto más avanzamos, más siento que el alma se me despega de la piel. El olor a roble y a cedro me recuerda a cuando tenía diez, doce y quince años. Estoy rebosante de nostalgia y el pecho se me hincha con alivio, alegría y tristeza, todo al mismo tiempo.

Por fin veo la señal: un árbol con un lazo naranja atado alrededor.

—Nos acercamos al gran bache.

—¿Al qué?

Reduzco la velocidad. Mientras nos hundimos en una zanja gigante en el camino, digo:

—Una vez atravesé este bache conduciendo a toda velocidad. —Miro a Livvy con una sonrisa—. Volcamos. Todo lo que llevábamos en la parte de atrás salió volando y a mí me dolió el coxis durante semanas.

Olivia se ríe con ganas.

—Hattie marcó ese árbol para que supiésemos dónde empezar a frenar.

El sol apenas nos alcanza a través de las copas de los árboles, pero el aire es sofocante. Conduzco más deprisa para que haga más viento, pero entonces llegamos a la bifurcación del camino. Giro a la derecha y Olivia no lo pone en duda. Mientras conduzco más despacio, ella hace fotos del bosque.

—Esto es increíble. ¿Todo este terreno es de tu abuela?

—Lo era. —Trago saliva con fuerza—. Ojo que vienen baches. Agárrate bien.

Suelta la cámara y se sujeta a la barra del lateral de la puerta. El camino se estrecha y se vuelve mucho más irregular de lo que recordaba. Pasamos un gran bache y me muerdo la lengua.

—Mierda —suelto, y trago sangre.

—Quizá no deberíamos… —Olivia aspira con los dientes apretados y le tiembla la voz como si fuese un martillo neumático—. Quizá deberías ir más despacio.

Subimos una colina y, al fondo, veo una familia de ciervos.

—¡Mira!

Olivia da un grito ahogado.

—¡Ay, qué bonitos! ¿Podemos parar a hacer fotos?

—Eh, tal vez. —Pero voy demasiado deprisa y la colina es más empinada de lo que recordaba. Intento frenar, pero ya vamos por la mitad del descenso… y volamos. Los ciervos salen corriendo.

—¡Quinn! —grita Olivia.

Agarro el volante tan fuerte como puedo, con los ojos como platos.

Gritamos a todo pulmón mientras nos dirigimos a la gran curva, la última. La pasamos volando a tal velocidad que no me puedo creer que no hayamos volcado. Freno de golpe justo a tiempo, a centímetros de la orilla del agua.

Livvy se gira hacia mí, con la boca y los ojos abiertos de par en par, igual que yo. Entonces se echa a reír como una loca, con la mano sobre el corazón. Una sonrisa se dibuja en mis labios y me río también.

—¡Quinn, has agarrado esa curva como si estuviésemos en el puto Mario Kart!

Me río más fuerte y me ahogo con mi propia saliva.

—Por un segundo he pensado que era Luigi en la Senda Arcoíris. —Doy un grito ahogado—. ¡Ah, no, no, no! Decididamente estábamos en la Pradera Mu Mu.

Se gira hacia mí, sorprendida.

—¡Tienes toda la razón!

Me llevo las manos a la frente y recupero el aliento.

—Pero mira —digo, y clavo la mirada en la poza de Hattie, del mismo azul pastel que recordaba. Los árboles verdes son más verdes y el árbol doblado y el columpio del neumático siguen allí, totalmente intactos.

—Ah —suspira Olivia—. Es mejor de lo que esperaba.

Sonrío cuando sale del coche y enciende la cámara. Le hace fotos al agua, a los árboles y a mí, sentada en el Gator. Miro al cielo: no hay signos de lluvia. Me decepciona un poco. Nadar ese día bajo la lluvia con Hattie fue la mejor experiencia que he vivido aquí.

Después de saltar al agua, la corriente intentó arrastrarme. Intentó hundirme. Intentó vencerme. Me asusté, pero no luché. Dejé que me llevase y, después de un rato, el agua me abrazó, me meció y me sacó a la superficie. Cuando fui capaz de respirar, tenía el corazón acelerado y me sentía más viva de lo que me había sentido nunca.

Hattie estaba de pie en la orilla y me buscaba por todas partes.

—¿Quién es la cobarde ahora? —grité.

—¡Niña! —gritó, y se pasó una mano por la cara—. Pensaba que te había perdido.

—¡No te librarás de mí tan fácilmente! —Me aparté la lluvia de la cara.

—Sal de ahí. Vámonos a casa. Tu padre me matará como se entere —dijo Hattie con los brazos en jarra.

Tenía miedo. Lo notaba en su voz. Y nunca la había oído hablar así. No tenía miedo de mi padre. Tenía miedo de perderme.

Nadé con todas mis fuerzas de vuelta a la orilla y, cuando salí, estaba agotada. Me tumbé en la tierra con la ropa interior empapada y sentí cómo las gruesas gotas chocaban contra mi piel. Hattie se quedó bajo la lluvia conmigo.

—Te toca —bromeé.

—Ratoncita, no me puedo creer que me hayas hecho eso.

Me encogí de hombros y me enjuagué los ojos.

—Supongo que me parezco más a ti de lo que pensabas. Nunca me echo atrás ante un desafío.

Hattie negó con la cabeza.

—Joder, nunca he dudado que te parezcas a mí. Sé que eres igualita a mí.

Hattie lo sabía. Siempre supo que soy igual que ella. Supongo que, todo este tiempo, había olvidado esa parte de mí que era valiente.

Mientras Livvy le saca fotos al árbol doblado, salgo del Gator.

—¿Solías nadar aquí? —pregunta, sin apartar la mirada del árbol.

—¿Solía?

Me quito la camiseta, las zapatillas y el pantalón de chándal. Paso por su lado de camino al árbol doblado con solo unas braguitas rosas, un sujetador azul marino, descalza y sin miedo.

—¡Toma ya! —dice Olivia, y me fotografía mientras gateo hasta el centro del tronco. Después me deslizo por la cuerda y me balanceo sobre el neumático como hice aquel día—. Eres una diosa. Una guerrera.

Tiene razón. Soy una guerrera. Me he enfrentado a mi lista de tareas. He luchado por mi libertad. He dejado de permitir que Destany y Gia me acosaran. Por fin les he contado a mis padres lo de Columbia. Y ahora estoy aquí. He vuelto al lugar donde me encontré a mí misma por primera vez y estoy descubriendo más piezas de lo que soy.

Me sumerjo y dejo que el frío me envuelva.

SOY

1. ~~Una mentirosa (terrible)~~. Lo bastante valiente como para responsabilizarme de las mentiras que he contado.
2. De las que llora a moco tendido.
3. Siempre prefiero estar en el exterior, aunque esté lloviendo, aunque haga frío.
4. Vegetariana.
5. Socialmente torpe.
6. ~~Una gallina, no una luchadora.~~
7. ~~El león cobarde antes de que encontrase el valor.~~ Una guerrera.
8. ~~Menos bonita que ella.~~ Una diosa.
9. La nieta de Hattie.

Dejo que a la vuelta conduzca Livvy y que el viento y el sol me sequen la piel.

—¿Sabes? Cuando vivía en Houston, hacía rutas campo a través con mi madre. ¿Has ido alguna vez campo a través?

Desplazo la mirada, confundida, y señalo el camino que tenemos delante.

—¡No, chica! —Se ríe—. Las rutas campo a través son un gran evento, una gran parte de la cultura negra del sur. Un día te llevaré a Houston. De hecho, ahora mismo es temporada de rutas.

Enarco las cejas.

—Vale. —Me río.

—Hace tiempo, mi madre tenía un novio, Henry. Cabalgábamos por caminos rurales con su familia y amigos y hacíamos fiestas cada dos fines de semana.

La miro y me aparto un mechón de pelo mojado de la mejilla. Le brilla la piel y la luz del sol choca contra las gotas de sudor de su piel oscura.

—Venir aquí —dice mientras señala los árboles con la mano— me ha hecho darme cuenta de cuánto lo echo de menos. Joder, echo de menos a mi caballo, Castaña. —Hace un puchero y después se gira hacia mí con una sonrisa—. De todos los novios de mi madre, Henry era sin duda mi favorito.

—¿Qué pasó con él? —pregunto.

Livvy sacude la cabeza.

—Le puso los cuernos a mi madre, pero, a ver... —Se encoge de hombros—. Seguramente esa sea la razón más sosa por la que ha roto con un hombre. Por lo menos no era un drogadicto ni estuvo a punto de matarla a golpes. —Se gira hacia mí—. ¿Sabes a qué me refiero?

No, pero asiento con la cabeza de todas formas.

Livvy se gira hacia el camino y continúa.

—Los cuernos se pueden perdonar. Ojalá lo hubiera perdonado.

—¿Lo dices en serio?

—A veces —dice.

Si su madre hubiese perdonado a Henry, puede que Livvy no se hubiese ido nunca de Houston. Y puede que nunca hubiésemos venido aquí. Y tal vez yo no hubiera hecho nada de esto.

—¿Cómo acabasteis en Austin? —pregunto.

—Contrataron a mi madre en una tienda de South Congress para hacer collares y esas cosas.

—Anda, qué guay —digo, y recuerdo las joyas que montaba su madre cuando llegué.

—Sí, está bastante bien. Y paga las facturas —dice—. Fue mi madre la que me animó a vender mis fotos por Internet.

Veo el cariño en sus ojos. Han vivido muchas cosas juntas. No me puedo ni imaginar tener que ver la retahíla de hombres saliendo con mi madre y que algunos de ellos (parece que la mayoría) resultasen ser unos verdaderos imbéciles.

Livvy reduce la velocidad y dice:

—Siento que tu padre haya vendido todo esto. Es un tesoro.

—Sí —digo, y entrecierro los ojos por los rayos intermitentes de sol, que se abren paso a través de los árboles.

—Entonces…, ¿por qué no vas a verla?

Es una pregunta difícil. La respuesta es difícil. Pero, no sé, aquí me siento a salvo, con ella. Y, además, sigo con el subidón de adrenalina. Siento que puedo hacer cualquier cosa, incluso hablar de Hattie.

—Antes de que mis padres decidiesen ingresarla en la residencia, empaquetaba todas sus cosas, su ropa y sus fotografías, siempre quitaba las fotos de las paredes, lo cargaba todo en la camioneta y se iba a cualquier lado. Tardábamos horas en encontrarla.

»Se dejaba el gas y el grifo abiertos. Inundaba el baño. Metía la ropa en la lavadora y no la ponía en marcha. Y si se acordaba de hacerlo, se olvidaba de sacarla para que se secase. Cuando llegábamos nosotros, ya estaba toda cubierta de moho. No podía seguir cuidando de sí misma.

—Imagino que fue algo difícil de ver.

Señalo con la cabeza los árboles que pasan a toda velocidad por nuestro lado.

—Recuerdo la última conversación que tuve con ella. Me pidió que fuese a su cuarto y le llevase una manta porque tenía frío. Me dijo que agarrara la manta azul del armario y no la de su cama porque había un bebé durmiendo en ella. —Miro a Olivia y sacudo la cabeza—. Así que miré en su cama y, obviamente, no había ningún bebé. Fui y le pregunté de qué estaba hablando y dijo: «La pequeña Quinn».

A Olivia le da un escalofrío.

—«Pero si Quinn soy yo», le dije. Y ella contestó: «Ya, ya sé que eres Quinn». Estaba muy confundida. Fui a por la manta y, cuando volví, me preguntó si había despertado al bebé. —Me muerdo el labio—. Fue demasiado. No me puedo ni imaginar cómo estará ahora.

—Nunca he vivido algo parecido —dice Livvy con rotundidad— y no sé lo duro que debe de ser para ti, pero hay algo de lo que estoy segura: no puedes posponerlo más.

—Ya lo sé —digo—. Pero es que cuanto más espero, más difícil es, porque sé que está enfadada conmigo por no ir a verla.

—Mejor ir a verla enfadada que no volver a verla nunca. —Livvy me mira y después vuelve a girarse hacia el sendero—. Además, si le cuentas que tu padre quiere vender su terreno, quizá pueda impedírselo.

Me giro hacia ella con los ojos muy abiertos.

Se encoge de hombros con una sonrisa.

—Mira, yo le daría una paliza a mi hijo si tuviera algo tan bonito y él lo vendiera.

—¡Madre mía, Livvy! —Me rio con lágrimas en los ojos—. Tienes toda la razón. Lo mataría si lo supiese.

—Ya te digo. ¡Pues vamos a contarle a su madre lo que ha hecho!

Salimos del bosque y volvemos al amplio pasto. Respiro hondo cuando veo la casa de Hattie. Cuando hemos aparcado bajo la cochera, recojo mi ropa de la parte de atrás y me visto.

—Antes de irnos, ¿podemos entrar?

Livvy me mira con ternura en sus ojos marrones.

—Pues claro.

Cuando subimos al porche, me detengo y miro las llaves que tengo en la mano. La llave de Hattie. La introduzco en la cerradura y empujo la puerta de madera. Cuando se abre, la casa huele igual que siempre: a menta y tabaco. La vitrina con todas nuestras fotos ha desaparecido. Los revisteros, la nevera, la cocina de gas y el salero con forma de árbol de Navidad, también. Lo único que queda son los somieres y los colchones de las habitaciones.

Recuerdo cómo era todo. El sillón de Hattie estaba junto a la ventana y al otro lado estaba el sofá. Junto a la televisión, Hattie había colocado la vitrina para poder ver todas nuestras caras: la mía, la de mamá, la de papá y la del abuelo. Papá dice que no ha sido la misma desde que murió el abuelo, pero esa es la única Hattie que he conocido.

Volvemos a cerrar la puerta y nos dirigimos hacia el coche. El sol se está poniendo en el horizonte mientras le echo un vistazo a la propiedad. Supongo que sería más difícil dejar este lugar si siguiese lleno de vida, pero todo ha desaparecido, hasta Hattie. Incluso partes de ella están desapareciendo. No me queda mucho tiempo. No puedo perder ni un segundo más.

COSAS QUE NO PUEDO OLVIDAR DE LA CASA DE HATTIE

1. Las curvas del camino de entrada, que dan la sensación de estar entrando en Narnia.
2. El crujido del segundo escalón del porche.
3. El sonido de la lluvia cayendo sobre el techo de hojalata de la cochera.
4. El bache del camino y los percances que ha causado.
5. Las zonas de hiedra venenosa del bosque y la vez que Hattie me enseñó a identificar sus hojas.
6. La diferencia entre los brotes de mostaza castaña y la berza, y que Hattie prefería la mostaza.
7. Ella y yo cantando en el jardín.
8. Que los colibríes del invernadero no se alejaban cuando les echábamos el néctar. Y aquella vez que uno se posó sobre mi mano.
9. Cómo atar un nudo tan fuerte como el que sostiene el neumático.
10. Los mejillones cebra del fondo del arroyo y lo afilados que son sus caparazones cuando los pisas y se abren.
11. La chimenea en Navidad.
12. Tostar malvaviscos en una llama de gas en verano.
13. El arroz blanco por la mañana.
14. Acomodar a la gente en la iglesia los domingos.
15. Su receta de té dulce.
16. Su receta de limonada.
17. Su receta de judías con patatas.
18. La forma de pronunciar algunos insultos. Y que nadie le chistaba al decirlos, como si no fuesen palabrotas de verdad.

19. Jugar a las cartas y leer algún libro cuando hacía demasiado calor para salir a la calle.
20. Ver el mundo girar desde el columpio del porche.

Según Livvy, la residencia de ancianos huele, pero no tan mal como se podría esperar. Nos acercamos al mostrador de recepción y pido ver a Harriet Jackson. La recepcionista me pregunta el nombre y me pide el documento de identidad. Sin embargo, Livvy tiene que quedarse fuera.

—Puedes hacerlo. Eres una guerrera.

Pero no me siento una guerrera ahora mismo. Tengo la sensación de que voy a vomitar.

Una enfermera me acompaña por un pasillo cuyas puertas desbloquea con una identificación. Cuanto más avanzamos, más irregulares son los pasos que doy. La pierna izquierda da pasos más grandes que la derecha. Llegamos al final del pasillo y la enfermera me lleva por otro. Este pasillo me permite respirar. Parece más un hotel que un hospital, con suelos enmoquetados e iluminación ambiental.

La mujer se detiene frente a la puerta 1243, llama con un par de toquecitos y después usa la identificación para abrirla. Asoma la cabeza.

—Doña Hattie, tiene una visita.

Entonces oigo su voz y el estómago me da un vuelco. Su voz suena diferente. Parece más débil.

—Mi hijo ya ha estado aquí.

—Sí, señora. Es su nieta la que ha venido.

La enfermera me abre la puerta.

—¿Mi nieta? ¿Quinn? —dice Hattie—. ¿Mi Quinn?

Al oírla decir mi nombre, los pulmones se me hinchan más rápido.

—Sí, señora —responde la enfermera, y me hace un gesto con la cabeza para que entre.

Entro rápidamente. Tiene una cama grande, puertas con arcos redondeados, una mesa de granito despejada y una sala de estar con una televisión colgada de la pared.

Está sentada en un sillón y me busca con la mirada. No parece la misma. La veo pequeña, frágil, su piel morena parece más arrugada y oscura de lo que recordaba y su pelo canoso también es más ralo. Se agarra con las manos a los brazos del sillón, como si estuviese lista para levantarse, pero parece que no puede hacerlo sola. Parece pequeña. Muy pequeña.

—¿Hattie? —susurro.

—Quinn. —Sonríe, y corro hacia ella. Cuando me inclino hacia delante y le envuelvo el cuello con los brazos, me da unas palmaditas suaves en la espalda.

Me alejo, espantada por lo débil que está. No sobreviviría a una vuelta por el bosque ni podría agacharse para recoger verduras del huerto.

—Te he echado de menos, Hattie.

—¿Echarme de menos? Pero si nos vimos ayer, cuando fuimos por el sendero. —Sonríe, pero no soy capaz de devolverle la sonrisa. Antes de que se le empezase a marchitar el cerebro, era la persona más sana que conocía. Pero, bueno, al menos aparezco en sus fantasías inventadas.

No fija los ojos en mí ni en nada. Mira la televisión de la pared cuando me siento en el sofá que está junto al suyo. No sé qué decirle ni cómo hablar con ella. Se limita a ver el mundo pasar, perdida en alguna parte de sus recuerdos.

—Hattie —digo—. Necesito contarte algo. —Me levanto y me arrodillo en el suelo delante de ella—. Papá va a vender tu terreno. Tu casa. Todo.

Asiente con la cabeza.

—Sí, ya lo sé. Yo le dije que lo hiciera.

—¿Qué? ¿Por qué?

Se encoge de hombros.

—No puedo llevármelos conmigo.

Busco frenéticamente su mirada.

—¿No estás triste? Tu casa ha desaparecido. —*Mi* casa ha desaparecido.

—Esta es mi casa.

—No, no lo es —insisto—. Este no es tu hogar. —¿Cómo han podido dejarla creer que este es su hogar? ¿Y cómo está tan convencida de que no va a volver a casa? Nunca—. ¿Qué pasa con el porche? ¿Qué pasa con el sendero? ¿Qué pasa con la poza, Hattie? Ese es tu hogar. Ese es mi hogar. ¿Cómo has podido dejar que lo venda?

—Escúchame, ratoncita. —Me toma de la barbilla para que la mire a los ojos—. El hogar no es un lugar. El hogar está aquí. —Se pone la mano sobre el corazón y añade—: No tengas miedo, yo te cuido y te quiero.

Me quedo petrificada y busco en sus ojos oscuros. ¿Recuerda nuestra canción? Cuando lloraba en el jardín o sobre la mesa de la cocina, cuando me preocupaba tanto que mis padres se separasen, me recordaba que estaba conmigo. No sabía entonces lo mucho que contaba con que eso siempre fuese así.

La acompaño en el canto.

—No tengas miedo, yo te cuido y te quiero.

Me embarga la gratitud por estar aquí y por el hecho de que me recuerde. Y me arrepiento muchísimo de haber tardado tanto en ir a verla. Me daba miedo que estuviese irreconocible, pero aunque sus recuerdos están desapareciendo, todo lo que permanece sigue siendo la Hattie que me crio.

SEÑALES DE LA ESENCIA DE HATTIE DURANTE MI VISITA

1. Daban un partido de baloncesto por la tele, pero Hattie no dejaba de mirar por la ventana.
2. Llamé a la enfermera y le pedí permiso para sacar a Hattie a la calle, pero dijo que no era buena idea porque había mucho polen. Entonces Hattie dijo, muy a su estilo: «Niña, calla y tráeme la silla de ruedas, anda».
3. La empujé por la puerta y a través de los pasillos hasta donde estaba Livvy esperando. Se la presenté como mi amiga y ella la observó con atención. «Esta no es Destany», dijo. Me sorprendió que se acordase de ella. Sin embargo, parecía contenta. Sujetó a Olivia de la mano y se la sostuvo con una sonrisa.

4. Nos sentamos en el jardín y observamos cómo se mecían las flores con la brisa. Me senté entre Livvy y Hattie y bebimos agua helada. Hattie se quejó de la comida del comedor. Dijo que ojalá pudiese enseñar al personal de cocina cómo cocinar verduras de verdad y no esa mierda enlatada. Le conté a Livvy lo buenas que estaban las verduras que cocinaba Hattie. Hattie preguntó «¿estaban?» y Livvy y yo no pudimos dejar de reírnos.

5. Al rato, Hattie empezó a toser y me asusté tanto que me levanté de un salto e intenté empujar la silla al interior, pero dijo que estaba bien y que no quería volver dentro. Tenía los ojos empañados y no estaba segura de si era por la alergia o porque de verdad no quería volver a entrar. Sin embargo, la tos empeoró y no tuve más remedio.

6. La enfermera le dio a Hattie agua natural y nos llevó de vuelta a su habitación. Hattie parecía muy decepcionada cuando se tuvo que volver a sentar delante de la televisión. Echó un vistazo a través de la ventana y después me miró a mí y me partió el corazón. Dijo: «Tienes que venir a verme más a menudo, Quinn. Tu padre nunca me saca al patio».

7. No quería dejarla allí. Sabía lo enjaulada que se sentía. Nunca le gustó permanecer en el interior. Siempre ha sido demasiado grande para ello. Pero Olivia me estaba esperando fuera y mis padres me estaban explotando el móvil, así que le di un beso en la frente y le prometí volver ese fin de semana. Entonces me dijo que me quería. Hacía más de un año que no la oía decirme que me quiere. Le dije que yo también la quería y me fui, sintiéndome rota y curada al mismo tiempo.

Tendría que haber ido a ver a Hattie mucho antes. Debería haber ido todos los sábados. Podríamos haber forjado nuevos recuerdos y rememorado los antiguos, y debería haber estado allí para ver cómo se esfumaba hasta el último grano de arena y saborear lo que queda de ella.

He perdido tanto tiempo viviendo con miedo que pensé que estaba cómoda, pero me retorcía en una jaula que no sabía que existía mientras hacía listas de todas mis preocupaciones sin tener la intención de hacer nada al respecto.

Hacer listas de todos mis miedos me impedía enfrentarme a ellos.

Cuando llegamos a casa, mamá y papá están bajando las escaleras.

—Quinn, ¿dónde habéis estado? —pregunta papá.

Mamá me repasa con la mirada, como si buscara signos de malestar o abuso de sustancias.

—Hemos ido a ver a Hattie.

Papá abre los ojos de par en par y nos mira a Olivia y a mí.

—¿De verdad?

Asiento con la cabeza y me miro los pies sobre las baldosas.

—Ya sabía lo de la propiedad. Parece que soy la única que no tenía ni idea.

—Ha sido todo muy rápido —dice mamá, y rodea a papá—. Todavía no estábamos seguros de si queríamos venderla cuando el comprador se puso en contacto con nosotros.

Si Hattie es capaz de dejarla marchar, ¿quién soy yo para detener esto?

—Siento haberos mentido sobre lo de Columbia.

La expresión de papá se endurece. Después niega con la cabeza.

—No me puedo creer que hayas…

Mamá le pone una mano en el brazo.

—Vamos a tomárnoslo con calma. De momento, ve a lavarte las manos para cenar. Olivia, cariño, ¿te quedas?

—Ah, no, señora. —Lo siguiente lo dice en un susurro—: Carter va a venir a buscarme.

Me giro y la miro, pero ella evita mi mirada.

—Mamá, tenemos que contaros una cosa.

Ella se acerca a la nevera y papá enciende el horno. Livvy y yo nos sentamos en la barra frente a ellos.

—¿Cuánto sabéis sobre ciberacoso?

Mamá se da la vuelta. Papá también se gira para mirarnos. Saco el móvil y busco la grabación de Destany y Gia.

—Necesitamos vuestra ayuda.

Afuera está oscuro, pero veo a Carter apoyado en el coche de Olivia bajo la luz de las farolas. Estoy asomada por la ventana de mi habitación, desde detrás de las cortinas opacas. Livvy sale a la calle con la mochila y la cámara colgada del cuello. Va hacia el asiento del copiloto y le hace un gesto a Carter para que conduzca.

Él se pasa la mano por el pelo y levanta la vista. Me ve y me quedo petrificada. Me late el corazón con fuerza. Casi se me ha olvidado por qué estoy enfadada con él. Pero entonces me doy la vuelta rápidamente y me acerco al borde de la cama para recuperar el aliento.

La noto en el bolsillo desde el momento en que me la dio, pero ahora me está haciendo un agujero en el muslo. Tengo que saberlo. Saco la hoja de papel doblada y la leo por fin.

RAZONES POR LAS QUE LEÍ TU DIARIO

1. Todo empezó por una confusión. Al principio pensaba que tu diario era mi cuaderno, pero supe no era mío después de ver la lista de «Si pudiera besar a alguien» y que era algo muy personal.

2. Seguí leyendo porque vi mi nombre al final de la lista y la verdad es que no sabía que pensaras en mí de esa forma. Tenía muchísimas ganas de volver a encontrar mi nombre.

3. No te respetaba. Pensaba que sabía exactamente quién eras.

4. Estaba enfadado por lo que había pasado con tu padre. Creía que te merecías que invadieran tu intimidad. Metí la pata hasta el fondo. Nadie se merece eso.

5. Te veía escribir en ese diario todo el rato. Siempre había sentido curiosidad por ver qué escribías.

6. Estaba enganchado. Cuanto más leía sobre ti, más quería saber. Tus imperfecciones, tus errores, tus deseos... todo me llamaba la atención. Leí las páginas como si no fuesen piezas de ti.

7. Conocer tus secretos era como tener códigos y trucos sobre ti.

8. No me di cuenta de que habría consecuencias. Pensé que me llevaría tus secretos a la tumba. Y no pensé que acabaría enamorándome de ti.

9. No caí en la gravedad de la ofensa hasta que vi el daño que te hizo.

Capítulo 25

PROS Y CONTRAS DE TENER UNA MADRE ABOGADA

PROS Y CONTRAS DE TENER UNA MADRE ABOGADA

CONTRAS

1. Investiga. Nunca he podido fingir que estaba enferma para librarme de ir a clase.
2. Se gana la vida discutiendo. Es imposible ganar una discusión contra ella.
3. Me tiene muy calada. Siempre sabe cuál es mi próximo movimiento.
4. Es observadora. Mentirle es un trabajo a tiempo completo.
5. Se dedica a solucionar problemas. Cuando se le presenta uno, se concentra más en resolverlo que en empatizar.

PROS

1. Se dedica a solucionar problemas. Cuando se le presenta uno, lo soluciona.
2. Gana mucho dinero.
3. Es una cabrona. (¿Está bien decir que tu madre es una cabrona? Porque la mía lo es y de armas tomar).

4. Si cometo un crimen, me representaría gratis (seguramente... quizás).

5. Si alguien se mete con su niña, se les lanza a la yugular de
inmediato.

El director Falcon tiene una estatua de bronce de un halcón
en un extremo de su escritorio. La miro fijamente y me pregunto
si esa es la única razón por la que se hizo director. Esa escultura
no habría quedado bien en ningún otro despacho. Quizá en uno
gubernamental, en plan «gobernador Falcon».

Estoy sentada entre mamá y Olivia. Mi madre se ha vestido
con ropa formal y ha insistido en que yo también lo hiciese. No
lo he hecho *per se*, pero tampoco me he puesto un chándal. Está
sentada a mi izquierda y lleva uno de sus conjuntos de abogada:
pantalones negros de pata ancha que se atan a la cintura, una
blusa de seda metida por dentro y unos tacones de aguja negros.
Tiene las piernas cruzadas y hace rebotar el pie que tiene apoyado en el suelo.

—Me resulta interesante que a dos estudiantes negras las
acosaran en las instalaciones del instituto y que a usted le parezca que no puede hacer nada.

—Señora Jackson, voy a tomarme este asunto muy en serio.
Esto... —señala mi móvil— es motivo de expulsión. Solo digo
que podría haber cierta resistencia.

—Y yo digo que no tendría por qué. —Mamá se inclina hacia
delante—. No me importa quién es el padre de Gia o cuánto dinero haya donado. No le da ningún derecho a atormentar a otra
estudiante. Esas chicas tenían a mi hija como rehén.

—Entiendo que...

Mamá se inclina y señala a Olivia.

—Arruinaron la reputación de esta chica hace meses, difun-
dieron mentiras repugnantes y le estropearon el trabajo. Ya lo
han hecho dos veces y lo volverán a hacer. —Se gira hacia el director Falcon——. Yo lo veo así: dos estudiantes negras han sido
acosadas bajo su vigilancia por parte de dos estudiantes blancas,

a una de las cuales la protege un benefactor del instituto. Esto tiene toda la pinta de demanda por discriminación.

Al director le tiembla ligeramente la boca; la abre y la cierra como si fuera un pez. Siento semejante orgullo por mi madre que me escuecen hasta los ojos.

—¿Y si llamamos a las chicas? —Toma el teléfono y pide que Destany Maddox y Gia Teller se presenten en su despacho. Después, mira a mi madre—. Debo pedirle que me deje a mí hacer las preguntas. Sus padres no están presentes…

—Lo entiendo —dice mi madre, y descruza las piernas para volver a cruzarlas del revés.

Después, esperamos. Miro a Livvy y ella me mira a mí, sonriendo. Se emocionó muchísimo cuando le conté que iba a venir mi madre. Y me rompió el corazón, porque imagino que lleva meses esperando que se haga justicia. Es muy fuerte; siempre ha hecho que parezca que nunca le afectó. Ahora sé que sí le afectó… y mucho.

Las chicas llegan juntas. Destany parece asustada, pero en cuanto ve a mi madre, se aterroriza. Gia ni se inmuta.

—¿Sí, señor Falcon?

—Por favor, sentaos.

Retiran las sillas y se sientan junto a su mesa.

—Hace poco, alguien robó el diario de Quinn y un usuario anónimo de Instagram la estuvo chantajeando. Por otro lado, la obra de Olivia fue objeto de vandalismo en enero. Estas chicas tienen motivos para creer que vosotras dos fuisteis las responsables de ambos incidentes.

El director Falcon enarca las cejas como señal para que hablen.

—Yo no sé nada de eso —dice Gia.

Livvy resopla.

—¿Lo dices en serio?

Mi madre se inclina sobre mí y toma a Livvy de la mano. Ella la mira a los ojos, respira hondo y se vuelve a sentar en la silla.

—¿Os etiquetaron en dos listas que, según parece, procedían del diario de Quinn? —pregunta Falcon.

—Bueno, sí. Etiquetaron a todo el mundo.

—Pero ¿no erais vosotras las que estabais detrás de la cuenta de Instagram?

—No.

—¿Así que el diario no estaba en vuestras manos? —El director Falcon levanta mi libreta roja de espiral. Hago una mueca al ver que con las manos mancha la cubierta con otro par de huellas dactilares.

—No he visto ese cuaderno en mi vida.

—Interesante —dice él. Coloca el diario sobre el escritorio y después toma mi móvil y reproduce la grabación, que empieza cuando pido que me devuelvan mi diario y termina después de que Gia amenace con mandarle un mensaje a mi padre.

Destany se queda boquiabierta. Gia parece molesta.

—Esas no somos nosotras.

—Se escuchan vuestros nombres —señala Falcon.

—Eso no demuestra nada. ¿Puedo llamar a mi padre? —pregunta haciendo una mueca—. No me siento cómoda cuando me interrogan y me acusan de algo que no he hecho.

—Sí. Llamaremos a vuestros padres y hablaremos de cómo proceder.

—¿Cómo proceder con qué? —pregunta Gia.

—Este delito se castiga con la expulsión, señorita Teller. Aquí no toleramos ningún tipo de acoso.

—Pero ¿sabe usted quién es mi padre? —Sonríe—. Estoy segura de que le encantará saber que nos está interrogando en presencia de un abogado.

—La señora Jackson está aquí en calidad de madre, no de abogada.

Bueno…

—Señorita Maddox —dice el director Falcon antes de que Gia pueda seguir discutiendo—. No ha dicho nada. ¿Tiene algo que añadir en su defensa?

Destany mira a Falcon y después a mí. Tiene la nariz roja y le brillan los ojos, señales inequívocas de que está a punto de echarse a llorar. Justo en ese momento, se dobla hacia delante y se cubre la boca y la nariz con la mano.

—Lo siento mucho —gimotea.

Gia pone los ojos en blanco y apoya la espalda en la silla con actitud exasperada.

—Quinn. —Destany me mira—. Tenías razón. Soy una cobarde.

A mí también me empiezan a brillar los ojos.

—No sabía que… —Baja la mirada—. Todo eso de la raza, no sabía que te molestaba tanto. A ver, estábamos todos bromeando. Y tú siempre has sido distinta. Nunca hemos hablado sobre ti.

—Me mira y le corren las lágrimas por las mejillas.

No entiende que no puede hablar de las personas negras sin hablar de mí también. No entiende que usar la palabra «negrata», sea en el contexto que sea, no es ninguna broma. Para mí no lo es. Sin embargo, se arrepiente. Le importa. No sabía que le importaba. Por mucho daño que me haya hecho, siempre habrá hueco en mi corazón para ella.

—Señorita Maddox, ¿participó usted en esto? —le pregunta el director Falcon, y señala mi teléfono y mi diario, que siguen sobre su escritorio.

Destany lo mira. Después pestañea y asiente con la cabeza.

—Yo robé el diario.

—¿Y la cuenta de Instagram? —pregunta.

—Sabía que existía, pero no publiqué nada. —Mira a Gia.

—¿Señorita Teller? —pregunta Falcon.

Gia cruza los brazos sobre el pecho.

—No fui yo.

El director asiente con la cabeza. Entonces mira a mi madre.

—Llamaré a sus padres ahora mismo. Puede quedarse si quiere.

—No. —Mi madre se levanta y le ofrece la mano al director Falcon. Él se la estrecha—. Comuníquenos su decisión final. —Después nos mira a nosotras dos—. Vámonos, chicas.

Falcon me entrega mi móvil y mi diario.

—Mándame esa grabación —me pide.

Asiento con la cabeza y sigo a Olivia al pasillo. Miro a Destany. Se está mordiendo el labio mientras observa cómo me marcho.

—Gracias —le digo.

Cierra los ojos lentamente y asiente con la cabeza. Después se gira hacia Falcon y se cubre la boca con las manos. Gia no nos mira mientras nos vamos.

Cuando hemos cerrado ya la puerta del despacho, Livvy se gira, chilla y me abraza con tanta fuerza que apenas puedo levantar los brazos para devolverle el abrazo. Entonces corre a los brazos de mi madre.

—Muchas gracias.

Mamá sonríe y la abraza también.

—No tienes que darme las gracias.

—Sí, claro que sí —digo—. Eres increíble, mamá.

Livvy se aparta de ella y asiente con la cabeza.

Cuando mamá me mira, le desaparece la sonrisa.

—Me hubiese gustado saberlo antes. —Niega con la cabeza hacia mí—. Me hubiese gustado saberlo todo mucho antes: lo de Columbia, el racismo, el chantaje. No me puedo creer que me lo hayas ocultado.

Evito su mirada.

—Lo sé. Lo siento.

Mamá suspira.

—Olivia, ya puedes volver a clase. Llámame si necesitas cualquier cosa —dice mientras la mira con seriedad.

—Sí, señora. —Livvy asiente con la cabeza—. Gracias otra vez. —Entonces se da la vuelta y se despide de mí con la mano por encima del hombro.

—¿Y yo? ¿No puedo volver a clase?

—Vamos a ir a comer. —Me guía por el pasillo que lleva a la oficina principal.

—¿Ahora? —pregunto mientras me firma el permiso para poder salir.

Me mira con ojos fríos.

—Tenemos una cita con una de mis amigas de la UT. Vas a salir de esa lista de espera sea como sea.

Estamos sentadas en una mesa cerca de las ventanas, con vistas al porche y a las palmeras decorativas a lo lejos. Parece que estemos en verano, como si debiese ir vestida con un vestidito fino y sandalias en lugar de los vaqueros ajustados y el jersey.

Estoy repantigada, con la cabeza apoyada sobre el respaldo de la silla. Llevamos cuarenta y cinco minutos ocupando esta mesa, esperando y sin pedir nada más que agua.

—Siéntate bien —dice mi madre, y me da un golpe en el brazo—. Ya está aquí.

Es una mujer de piel oscura que camina con elegancia subida a unos tacones. Cuando ve a mi madre, canturrea:

—¡Wendy!

—¡Alorah! —Mi madre se levanta y le da un fuerte abrazo. Se mecen mientras tararean. Luego se sostienen la una a la otra con los brazos extendidos.

—Estás arrebatadora —dice Alorah, mientras observa a mi madre, vestida con ropa de oficina.

—Y tú, nenaaa. —Mamá repasa con la mirada el vestido de estampado tribal de Alorah, su generoso escote, la abundancia de brazaletes, los pendientes de aro gigantes y su colorido pañuelo atado por detrás, encima del cual le brotan los rizos. Alorah se da una vuelta y mamá la elogia. Es una preciosidad. Parece una reina.

Entonces, mi madre y ella se detienen de repente. Alorah me mira por encima de las enormes gafas redondas que lleva.

—¿Esta es la pequeña delincuente?

Frunzo el ceño y miro a mi madre.

—Sí, es ella. —Hace un gesto hacia mí—. Saluda, Quinn.

—Hola. —Extiendo la mano.

Alorah me la estrecha mientras se sienta. Entonces viene el camarero y nos toma nota rápidamente. Cuando se va, Alorah cruza los brazos encima de la mesa y va directo al grano.

—Wendy me ha contado tu situación. Has metido la pata hasta el fondo.

Aparto la mirada, sorprendida por el tono severo con el que me habla.

—Le he echado un vistazo a tu solicitud —dice—. Tu nota media y tu prueba de acceso son…

—Malas.

Asiente con la cabeza haciendo una mueca.

—Bastante malas.

Miro a mamá y después bajo la mirada hacia mi vaso de agua y las gotitas que le caen por un lado debido a la condensación. Me pregunto cuándo nos van a traer la comida. Me gustaría irme ya.

—Pero entonces le eché un vistazo a tu redacción.

La miro a los ojos.

—Te garantizo que esa redacción te ha salvado. Era interesante.

Un amago de sonrisa tira de mis labios, pero la contengo.

—El tema era escribir sobre lo que te hace diferente del resto de candidatos —le explica a mi madre, y después se gira hacia mí—. Escribiste sobre lo bien que se te da mentirte a ti misma. Paradójicamente, tu redacción es una de las más sinceras que he leído durante este proceso de selección. —Inclina la cabeza y el pelo rizado se le mueve hacia ese lado—. ¿Quieres contarme en qué te inspiraste?

—Eh… —No recuerdo en qué estado mental estaba cuando la escribí. Fue en el último momento, a principios de noviembre—. Últimamente me he tenido que enfrentar a muchas de las mentiras que he contado. —Miro a mi madre—. Al igual que os mentí sobre lo de Columbia, también me mentí a mí misma. Durante toda la vida he pensado que iría a Columbia. —Me vuelvo a girar hacia Alorah—. Sin embargo, no me he esforzado para conseguirlo y no creo que quisiese de verdad ir a Columbia.

Alorah me mira con una pequeña sonrisa, de esas de las que no eres consciente.

—Guardé toda la verdad en un diario para que nunca pudiese salir a la luz, pero cuando se divulgó al final, todo me explotó en la cara. Me mentí a mí misma sobre mis amigos, me decía que no me ofendía su racismo. Me mentí a mí misma sobre mi abuela, como si el tiempo fuera a detenerse para mí y se pusiese en marcha otra vez cuando estuviese lista para verla. Me mentí a mí misma sobre mis padres.

A mi madre se le abre la boca.

Alorah mira a mi madre y después otra vez a mí.

—¿En qué sentido te mentiste sobre tus padres?

—Me decía que cualquier cosa que hiciese podría afectar a lo que sentían el uno por el otro.

—¿Y cuándo dejaste de mentirte?

Sonrío y me encojo de hombros.

—¿Hoy? ¿Ayer? Literalmente, en algún momento de los últimos tres días.

Ella se ríe y se gira hacia mi madre. Se miran la una a la otra durante un rato y después mi madre niega con la cabeza.

—No empieces.

—¿Dez y tú?

Mamá baja la mirada a la mesa.

—Vamos a empezar a ir a terapia.

Alorah chasquea la lengua. Entonces me mira.

—¿Sabes que salí con tu padre en el instituto?

Se me pone una expresión horrorizada y Alorah se ríe al verla.

—Conocí a Wendy en Columbia. Seguí a tu padre hasta allí. —Niega con la cabeza—. Rompimos a las pocas semanas de empezar el primer semestre.

—Vaya. —Me paso la lengua por los labios—. Esta historia tiene muchas capas…

Alorah se ríe.

—Conocí a Wendy en…

—Estudios de la mujer —dice mi madre.

—¿Sabes cómo se conocieron tus padres? —me pregunta Alorah.

—Solo sé que fue en Columbia.

Alorah sonríe.

—Wendy estaba estudiando en mi cuarto. Yo salí a hacer algo.

—A darte una ducha —termina mi madre por ella.

—Y tu padre vino a traerme una cosa.

—Un jersey.

Alorah sonríe.

—¿Y qué te dijo, Wendy?

Mamá pone los ojos en blanco.

—«Dile a Lorah que le he traído esto». Pero no dejaba de mirarme. Me preguntó cómo me llamaba y si iba a estar por ahí más veces. —Mamá sonríe—. Le dije que sí. Así que dijo que entonces tendría que volver y traer otro jersey.

Resoplo.

—¿Qué? No sabía que papá tuviera tanta labia.

—No te creas… —dice Alorah—. A tu madre le pareció presuntuoso. Claro que pensaba lo mismo de todo el mundo en Columbia.

—Es que lo eran —rebate, y bebe un poco de agua.

—Wendy me dijo que Dez había estado allí y que le había coqueteado. —Alorah se encoge de hombros—. Así que le dije que si quería que le dé una chance, sí, pero que no se hiciera muchas ilusiones porque *no* era de los que se casaban.

—¿No te importaba que tu amiga saliese con tu ex?

—Chica —dice Alorah con los labios fruncidos—. El día que tu padre y yo rompimos, se pasaron unos diez tipos por mi habitación. Pasé página rápido. Llevaba cuatro años siendo el único chico para mí. Ya era hora de cambiar de tercio.

Asiento con la cabeza y me río.

—Ya veo.

—En cualquier caso, esta idiota va y se casa con él…

—Oye. —Mamá se ríe—. Y tuvimos una niña preciosa.

—Sí —dice Alorah, y me sonríe—. Es preciosa.

Se me sonrojan las mejillas.

—E inteligente. A pesar de los números, sé que usas la cabeza para algo más que para peinarte. —Saca la pajita de su vaso de agua y después la vuelve a meter—. Deberías recibir una respuesta definitiva del departamento de administración al final de la jornada de mañana.

Enarco las cejas.

—¿Qué significa eso? ¿Significa que he entrado? —pregunto.

—No. —Me mira severamente—. Significa justo lo que he dicho. Recibirás una respuesta definitiva al final de la jornada de mañana.

Mamá me mira con una sonrisa, como si supiese algo que yo no sé. O quizá siga enfrascada en sus recuerdos. En cualquier caso, le devuelvo la sonrisa.

Capítulo 26

TODAS LAS VECES QUE HE TRAICIONADO TU CONFIANZA

MAMÁ ESTÁ HABLANDO POR TELÉFONO CON EL DIRECTOR Falcon mientras aparca delante del instituto.

—Lo entiendo, sí. Gracias.

Después se gira hacia mí con los ojos muy abiertos.

—¿Qué ha pasado?

—Han expulsado a Gia. No va a poder graduarse.

Abro los ojos de par en par.

—¿En serio?

—A Destany solo la han suspendido. Le van a entregar el diploma, pero no podrá recogerlo en la ceremonia.

Asiento con la cabeza y aparto la mirada.

—Me alegro por ella.

—Ah, ¿sí?

—Sí. Debían recompensarla por su sinceridad y por disculparse.

Miro a mi madre, que me observa con ojos curiosos. Sonríe y me toma de la barbilla para acercar mi cara a sus labios.

—¿Cuándo te has vuelto tan madura?

Me río un poco y el interior de mi pecho se llena de luz y amor.

—¿Ayer?

Me limpia los restos de pintalabios de la mejilla.

—Gracias, mamá, por ayudarme con todo.

Asiente lentamente con la cabeza, todavía algo decepcionada por haberle ocultado tantas cosas. Salgo del Land Rover preguntándome cómo hubiese ido todo si le hubiese contado la verdad desde el principio, si no me hubiese dado tanto miedo decepcionarlos a papá y a ella.

Cuando entro, la sexta clase está a punto de comenzar. Los pasillos están llenos de personas que ya se han enterado de lo de Destany y Gia. Lo sé por cómo me miran, como pidiendo perdón.

Voy hacia mi taquilla con sus miradas encima. Y allí es donde lo encuentro, apoyado contra la puerta, con unos vaqueros azules y una simple camiseta blanca, la cadena de oro y los pendientes de las orejas. Ralentizo el paso. No lo veía desde la noche anterior, en la entrada de mi casa, justo antes de que leyese la lista de razones por las que leyó mi diario.

Se aparta de mi taquilla cuando me acerco.

—Ni siquiera sé qué decirte ahora mismo —dice cuando la abro. Se apoya contra la taquilla contigua a la mía e invade mi espacio con su altura, su calidez y su olor.

Paso la mano por los libros. No recuerdo qué libro busco ni la clase que me toca.

—Les has contado a tus padres lo de Columbia, has ido a ver a Hattie, has vencido a tus chantajistas… Estoy muy orgulloso de ti.

Una sonrisa pugna por salir. Es difícil luchar contra ella porque aún me embarga el amor y el cariño del rato que he pasado con mamá y Alorah. Sin embargo, acabo conteniéndola porque no se merece verme sonreír.

Se le apaga el entusiasmo al verme la expresión sombría. Por fin recuerdo qué clase me toca, así que tomo el libro de Biología.

—Yo te lo llevo. —Intenta quitármelo de la mano con una mirada suave.

—Puedo llevar mis propios libros —le suelto, y aparto el libro de texto. Paso por su lado y me voy directo al aula de la señora Yates.

Carter me sigue.

—No sé si has leído mi nota o no, pero…

—La he leído —digo, y me detengo en medio del pasillo.

Él también se detiene, sorprendido.

—Era genial —digo, seria—. Ahora sé por qué leíste mi diario. Aun así, que lo leyeras sigue estando mal.

—Lo sé.

Parece que va a decir algo más, pero lo interrumpo.

—Sigo sin saber quién eres. —Me rio—. Sigo sin saber si algo de lo que hubo entre nosotros, si algo de lo que me dijiste, fue real.

Extiende las manos hacia mí.

—Entre los dos todo ha sido real.

—Imposible. No cuando todo este tiempo has estado jugando con trampas. —Asiento con la cabeza—. Eso dicho por ti, vaya.

Baja la mirada al suelo y asiente con el ceño fruncido.

—Tienes razón. Por eso quiero darte esto. —Mete la mano en el bolsillo y saca una hoja de papel doblada.

Me rio.

—¿Otra nota? ¿Esta de qué va, de todas las veces que me has mentido?

Busca mi mirada con una expresión solemne.

—Pues, de hecho, sí. —Entonces deja la nota encima de mi libro de Biología y se va.

Miro por encima del hombro con el corazón desgarrado, pero él no se gira para mirarme. Cómo odio todo esto. Me repatea pelearme con él, pero no dejo de sentir un nudo en el estómago por lo que ha hecho.

Tras sentarme en mi mesa en la clase de la señora Yates, abro la nota.

TODAS LAS VECES QUE HE TRAICIONADO TU CONFIANZA

1. Cuando leí tu diario.

2. Cuando te dije que solo había leído la primera página.

3. Cuando te dije que creía que me lo había dejado en el bus. Entré en pánico. Estaba seguro de que lo tenía durante la primera clase, pero luego desapareció. Tenía la esperanza de encontrarlo después y devolvértelo.

4. Cuando te dije que me dabais igual tú y tu futuro. Era mentira.

5. Cuando íbamos de camino a casa de Auden y dije que no me interesabas de esa manera. Y sí, me interesabas de esa manera.

6. Cuando invité a Livvy a ir a Houston con nosotros, lo hice sobre todo porque sabía que te sentías culpable por la campaña de difamación. Pensé que sería una buena oportunidad para que lo superases... y creí que podríais haceros amigas. Sobre todo porque, durante toda su vida, la gente ha dicho que no es lo bastante negra como para comportarse así. Pensé que quizá podrías verte reflejada.

7. «How You Gonna Act Like That» también es mi canción favorita. Eso no era mentira.

8. Cuando sugerí que Matt era sospechoso, lo hice solo porque estaba celoso de lo mucho que te gustaba. Por desgracia, no podía dejar de pensar en todas esas fantasías sexuales que escribiste sobre él.

9. Sin embargo, no te mentí cuando te dije que roncabas al dormir. Roncas. Y fuerte.

10. Nunca te mentí sobre mi experiencia en aquella escuela pública ni sobre lo que pasó con Derrick en la fiesta de la piscina.

11. No mentía cuando dije que eras mi primera novia y sobre la razón por la que nunca he tenido ninguna.

12. En cierto modo, Imani y yo tenemos padre, técnicamente. Pero me niego a volver a hablar con ese hombre. Me encantaría contarte por qué.

Cuando salgo de clase, está apoyado en la pared, esperándome. Me sorprende, teniendo en cuenta la bronca que le he echado hace cincuenta minutos. Pensaba que iba a dejar de intentarlo.

—¿Y qué pasa con la vez que adivinaste mi color favorito? —pregunto—. ¿No fue porque lo habías leído en mi diario?

Estoy al otro lado de la puerta, contra la pared. La gente pasa entre nosotros al entrar y salir del aula. Y estoy segura de que quiere acercarse a mí, pero no lo hace.

—Podría haber adivinado tu color favorito aquel primer día en el jardín de tu casa. —Inclina la cabeza cuando un grupo especialmente numeroso de personas entra en el aula de la señora Yates—. Tu diario me lo confirmó, pero ya sabía que te encantaba el azul pastel.

—Mmm. —Bajo la mirada y meto las manos en los bolsillos—. ¿Y solo llevaste a Olivia a Houston porque creíste que necesitaba soltar toda esa culpa?

Se frota la nuca y evita el contacto visual.

—Pensé que podrías disculparte y así dejarías de sentirte culpable.

—Eso es entrometerte en cosas que no tienen nada que ver contigo. —Frunzo el ceño y cruzo los brazos sobre el pecho.

Carter levanta la mirada.

—Lo siento. No era asunto mío.

Paso por su lado.

—Claro que no, joder.

Me sigue, pero no habla. Sé que quiere que le pregunte por su padre, pero no estoy preparada para tranquilizarlo ni seguir sus planes ocultos, como si darme listas fuese a arreglarlo todo entre los dos.

Caminamos en silencio hasta la clase del señor Green y nos sentamos delante de Auden, que nos observa a conciencia. Sabe que la tensión se ha rebajado, pero también que no ha desaparecido del todo.

Entonces, un cuerpo se agacha al otro lado de mi pupitre. Me giro y veo a Matt de rodillas junto a mi silla. Me tenso, porque siento que Carter también se pone tenso.

—Hola —dice Matt—. Me he enterado de lo de Gia y Destany. ¿Por qué no me lo habías contado?

Hago una mueca.

—No quería meterte en esto. Ni estropearte lo de Destany.

—Quinnly, no me puede gustar una persona racista. Ojalá me hubieses contado antes lo que te estaba pasando. Te habría ayudado.

Sonrío.

—Lo sé. Gracias.

Matt mira a Carter, que está detrás de mí, durante un largo instante y después se levanta.

—Me alegro de que hayan expulsado a Gia. Destany también debería…

—Ha recibido lo que se merecía —digo—. Estoy satisfecha con los resultados.

Me mira, contemplativo, y le vuelve a echar un vistazo a Carter. Después me pone una mano sobre el hombro justo antes de marcharse.

Durante la sesión, Carter y yo participamos en la planificación del proyecto. Auden acepta nuestra ayuda de buena gana. Después de clase, Carter y yo nos quedamos para hacer el examen. Auden lo ha hecho a primera hora, obviamente.

Cuando entregamos los exámenes, Carter me acompaña al coche en silencio. El silencio entre nosotros está empezando a ser cómodo. Me abre la puerta de atrás. Tiro las cosas sobre el asiento. Después me abre la puerta del conductor, pero no entro.

Lo miro y ladeo la cabeza.

—¿Por qué? —pregunto.

Él enarca las cejas porque lo he pescado con la guardia baja.

—¿Por qué no volverás a hablarle a tu padre?

Baja la mirada y la vuelve a levantar con una pequeña sonrisa. Entonces vuelve a meter la mano en el bolsillo y saca otra hoja de cuaderno doblada. Frunzo los labios en una sonrisa divertida y sacudo la cabeza. Se ríe entre dientes cuando tomo la nota y me meto en el coche. Lo miro mientras camina hacia la parada del autobús y después la abro.

RAZONES POR LAS QUE NO VOLVERÉ A HABLARLE A MI PADRE (DE MAYOR A MENOR)

1. Dejó que me perdiese el funeral de mi abuela.
2. Me enteré de que había muerto por una publicación en Facebook.
3. No me contó que había muerto porque me guardaba rencor.
4. Un hombre adulto me guardaba rencor a mí, su hijo de dieciséis años, porque supuestamente era un desagradecido por todas las cosas bonitas que me había comprado.
5. Aceptó el trato que le ofreció mi madre de pagarme la matrícula en vez de la manutención sabiendo que, si pagaba la manutención, iríamos mucho mejor económicamente.
6. Se cree que puede comprar mi amor.
7. Cree que comprarme ropa de marca significa estar presente, estar a mi lado.
8. Cree que pagarme la matrícula cuenta como estar involucrado en mi educación.
9. Cree que por el hecho de llevar su nombre me interesa hacerme cargo del negocio familiar.
10. Dejó que mi madre me pusiese su nombre sabiendo que no estaría para hacer de padre. Por lo que a mí respecta, mi nombre no tiene nada que ver con él.

¿Carter Bennet es Carter Bennet II?

Nunca he sentido que le entendía tanto como ahora mismo. Su amor por Imani y el hecho de negarse a dejarla crecer sin una figura paterna, como le pasó a él. Juro que, si mi padre dejase que me perdiese el funeral de Hattie, lo asesinaría con las manos desnudas. No me puedo ni imaginar el dolor que sentiría al perderme su funeral y no poder despedirme de ella. Me duele el corazón por él.

Auden está sentado en el escritorio de Olivia y les está echando
un vistazo a las fotos que hizo ayer en casa de Hattie. Ella y yo
estamos sentadas en la cama y le estamos pintando las uñas de
los pies a Imani. Al parecer, Carter ha salido a jugar un partido
de baloncesto con sus amigos e Imani no quería esperarlo en un
lateral de la pista, así que está aquí y le estamos pintando las
uñas de los pies de rosa y morado.

—Quiero unas uñas azules como las tuyas —dice Imani
mientras pasa el dedito por la uña de mi pulgar.

—La peque tendrá lo que desee —dice Livvy—. ¿Has visto
su boletín de notas? Sobresaliente en todo. —Le hace cosquillitas
a Imani en la tripa—. ¡Qué lista es!

—Anda, eso es increíble —digo, sonriendo—. Ojalá yo saca-
se unas notas tan buenas.

—¿Sacas malas notas? —pregunta Imani, sorprendida.

—No tan buenas como las tuyas.

—Carter siempre saca buenas notas —dice, y me mira con
pena—. Que te dé clases.

Sonrío y termino de pintarle las uñas de morado.

—Me lo pensaré, sí.

—Livvy, ven a ver esto —dice Auden mientras le hace señas
para que se acerque.

Ella deja a un lado el frasquito de pintaúñas rosa y corre a
unirse a él en la pantalla del ordenador. Mientras abro el pintaúñas azul para pintarle las uñas de las manos a Imani, veo que
Livvy apoya el brazo sobre el hombro de Auden.

—Audee, queda fenomenal. —Lo mira—. Tienes mucho talento como editor de fotos.

Auden se encoge de hombros.

—Si soy bueno es porque tú lo eres.

Aparto la vista mientras sonrío, pero entonces me llama
Livvy.

—Quinn, ven a ver esto.

Me quita el pintaúñas azul de la mano y nos cambiamos los puestos. Me coloco al lado de la silla de Auden y observo la espectacular foto en la que salgo yo en la poza, balanceándome sobre el neumático. Estoy en ropa interior y mi cuerpo (con todos sus defectos, en todo su esplendor) está totalmente expuesto. Tengo el pelo alborotado y ondeando al viento, la boca abierta en una sonrisa, una mano en la cuerda y el otro brazo extendido del todo. Parezco más libre que nunca y tan feliz como cuando estaba con Hattie.

Y Auden la ha editado de tal forma que mi piel oscura contrasta entre los árboles verdes y el agua azul. No me integro con el fondo. Destaco.

Me miro a mí misma y me quedo sin aliento.

—Te pondré en esta pared —dice Olivia mientras señala la pared vacía al lado de su cama. Miro el tapiz de su madre y me imagino a mí misma en otro.

—Hacéis un gran equipo —digo, y aparto la vista de la foto.

—¿A que sí? —Livvy sonríe a Auden.

Le quito el pintaúñas, dejo que recupere el sitio al lado de Auden y termino de hacerle la pedicura a Imani. Entonces se oye un golpe en la puerta y, antes de que nadie pueda responder, entra Carter.

—¡Carter, Carter, Carter! —Imani se levanta de un salto y corre hacia él—. ¡Mira mis uñas! ¡Me las ha pintado Queen!

«Queen». Sonrío y me rio por la nariz.

Carter da un grito ahogado y le toma las manos.

—Han quedado preciosas, Mani.

—Son azules, como las suyas.

Él me mira y sonríe.

—Sí. Son preciosas. —Echa un vistazo a Livvy y Auden, que siguen apiñados, y después vuelve a mirarme a mí—. ¿Estás lista, Mani?

—Espera, tengo que agarrar mis cosas —dice medio quejumbrosa y corre por la habitación para recoger sus cosas con la palma de las manos, con cuidado de no estropearse las uñas.

—Vale, peque. Te espero fuera. —Me mira y hace un gesto con la cabeza—. ¿Puedo hablar contigo?

Me lo pienso solo un segundo antes de seguirlo al oscuro pasillo. Cuando llegamos al salón, le da un beso a la madre de Olivia en la frente.

—Gracias, mamá.

Ella asiente con la cabeza.

—Te quiero.

—Y yo a ti.

Entonces me guía hasta la puerta principal y nos quedamos solos, más o menos. Estamos en medio de la ciudad, por lo que la vida es puro ajetreo a nuestro alrededor, pero estar en lo alto de las escaleras nos da la sensación de estar aislados y en privado, sobre todo cuando él se gira para ponerse frente a mí.

—Gracias por pintarle las uñas. Le ha encantado.

Afuera está oscuro, pero todavía lo veo. Me acerco a la barandilla, me apoyo en el pasamanos e inspiro por la nariz. El aire es cálido, como cuando te metes en la bañera, aunque el sol ha desaparecido ya. Suelto el aire y digo:

—Siento lo de tu abuela.

Carter está de pie detrás de mí y se esfuerza por mantener la distancia. Se lo agradezco.

—Y siento también lo de tu padre. Si el mío me hiciese algo parecido, tampoco volvería a hablarle. —Me giro para quedar frente a él y me apoyo con los codos en la barandilla.

—Gracias. —Sonríe y se pasa la mano por la nuca.

Nos miramos el uno al otro en silencio. Trato de determinar lo que siento por él. Noto una punzada de amargura en la boca cuando pienso en todas las mentiras que me ha contado y lo mucho que sabe sobre mí. Sin embargo, cuando lo miro a los ojos, veo lo emperrado que está con ganarse mi perdón. Y cuando le miro los labios, siento lo mucho que quiero perdonarlo. Después lo miro a él en conjunto y vuelvo a notar esa amargura en la boca.

Bajo la mirada. Y entonces se lo cuento todo, porque no puedo evitarlo. Le hablo del almuerzo de hoy y de la posibilidad de ir a la UT, y parece sinceramente emocionado ante la idea. Le hablo de Alorah y mis padres y su historia.

Se ríe.

—¿Tu madre es la mejor amiga de la ex de tu padre?

—Algo así.

—Qué fuerte —dice Carter—. Espero que te den plaza.

Lo miro a los ojos.

—Y yo.

Entonces, Imani sale por la puerta con una gran mochila de plástico a la espalda. Se detiene cuando nos ve, pero después corre y se abraza a mi pierna.

—Adiós, Queen.

—Adiós, Imani. —Le paso una mano por las trencitas.

Después toma a Carter de la mano. Él sigue a su hermana por las escaleras. Mira por encima del hombro y dice:

—Adiós, Queen.

Pongo los ojos en blanco y sonrío. Cuando llega al final de las escaleras, la sujeta en brazos y le arranca una risa adorable. Levanta la mirada y se despide con un gesto de cabeza antes de desaparecer por la esquina.

Capítulo 27

RAZONES POR LAS QUE NO PUEDO OBLIGARME A ESCRIBIR OTRA LISTA

MAMÁ Y PAPÁ ESTÁN CENANDO EN EL PATIO. SUBO AL piso de arriba, pensando frenéticamente en mil cosas. Mañana tengo un examen de Biología y, entre sesión y sesión de estudio, releo el diario.

Busco la lista de «Si pudiera besar a alguien» y veo el nombre de Carter al final de todo, el de Matt al principio y todos los famosos que hay entre ellos. La lista está totalmente desactualizada ahora mismo.

Releo todos los momentos con Matt y todas mis fantasías sexuales. Repaso todos los recuerdos horrorosos. Ahora nada me parece tan malo y muchas de las cosas que aseguraba que no reconocería nunca, ya las he reconocido.

Después releo los momentos con Hattie. Si está perdiendo todos sus recuerdos, ¿no es mi responsabilidad guardárselos? Aunque quizá nada de esto importe. Quizá lo único que tengo que recordar es mi nombre, las personas a las que quiero y lo que me encanta de la vida. Eso es lo único que Hattie recuerda. Tal vez es lo único que importa.

De camino a casa me he dado cuenta de que no he escrito una nueva lista desde que recuperé el diario. Y pensar en intentar escribir una me revuelve el estómago. Ya no me siento segura.

Y ya no me parece una buena idea. Guardar mis sentimientos en el diario me estalló en la cara de la peor manera posible. No es que me haya dejado marca, es solo que soy distinta; he cambiado. No necesito hacerlo, no desde que he empezado a abrirme. Siempre pensé que cuando estuviese lo bastante loca como para deshacerme del diario, tendría otros métodos para afrontar las cosas, pero después de perderlo, creo que ya los he desarrollado.

Busco la lista de tareas que lo empezó todo

COSAS QUE HACER ANTES DE GRADUARME

1. ~~Visitar las dos universidades en las que me han aceptado.~~
2. ~~Declararle mi amor a Matthew Radd. Decirle lo que siento a Carter Bennet.~~
3. ~~Vivir la supuestamente increíble vida nocturna de Austin.~~
4. ~~Decirles a mis padres que no me aceptaron en Columbia.~~
5. ~~Visitar a la abuela Hattie.~~
6. ~~Contarle a Destany la verdadera razón por la que he estando pasando de ella.~~
7. Esto déjalo para el final. Ya sabes lo que tienes que hacer.

Creo que estoy lista para tachar el último punto.

A la mañana siguiente, me despierto antes de que salga el sol. Me maquillo porque estoy segura de que hoy no voy a llorar. Me pongo un vestido verde tipo camiseta que se ata en la parte inferior y que me llega a la parte superior del muslo. Me pinto las uñas de los pies de naranja, me pongo unas cuñas y unos pendientes de aro grandes como los de Alorah.

Cuando bajo las escaleras, mamá sonríe al verme. Papá frunce el ceño.

—Cámbiate —dice.

Mamá le da un golpecito en el brazo.

—Está preciosa y ya es mayorcita. —Me mira con una gran sonrisa—. Y una futura estudiante de la UT.

—Espera, ¿qué? —Me quedo boquiabierta.

—Ha llamado Alorah. Se moría de ganas de decírmelo.

—¿Lo dices en serio? —Se me empañan los ojos. ¡Joder! Pestañeo y miro hacia el techo. He jurado que no iba a llorar hoy. Mamá tira de mí para darme un abrazo y papá nos abraza a las dos.

Me da un beso en la frente.

—Felicidades.

—¿No estás enfadado? —le pregunto.

—Estoy furioso. —Me mira como si estuviese loca, pero con una expresión amable—. Sin embargo, sigo estando orgulloso de ti. Sé que Hattie se alegrará cuando lo sepa. Ya no tendrás que mudarte tan lejos de ella.

¿Lo ves? Ya está, ya lo han conseguido. Una lágrima de alegría me emborrona la máscara de pestañas.

—Vale, me tengo que ir. —Me alejo de mis padres. Ya se me ha estropeado el maquillaje y ni siquiera he llegado al instituto.

—Quinn, ven a casa directamente después de clase —dice papá detrás de mí—. Hoy tenemos que recoger el resto de las cosas de Hattie.

Me tambaleo y el estómago me da un vuelco. Me da la sensación de que es demasiado pronto. Acabo de recuperar a Hattie y ahora tengo que despedirme de una gran parte de lo que nos hizo ser como somos. Papá se disculpa con la mirada al no poder hacerlo con palabras. Me doy la vuelta, contenta de saber que es mucho más de lo que hubiese recibido hace un par de semanas.

Llego al instituto y veo a Carter esperándome en el aparcamiento. Una sonrisa rebelde se dibuja en mi cara. Estoy deseando contarle la noticia.

Cuando salgo del coche, me mira de arriba abajo, con la boca abierta.

—Joder. —Al momento se da cuenta de lo que ha dicho. Carraspea—. Lo siento. Eh… Deja que te lleve la mochila.

Noto un calorcito en el cuello que me llega hasta la sien. Cuando abre la puerta de atrás del coche, tomo aire y me aliso el vestido.

—Adivina —digo, nerviosa, cuando se inclina dentro del coche.

—¿Qué? —Me mira por encima del hombro.

Una sonrisa emocionada se me dibuja en la cara.

—He entrado.

Carter se detiene, con mi mochila en la mano, y me mira con los ojos bien abiertos. Después cierra la puerta de golpe.

—¡Enhorabuena, Quinn! —Tira de mí para darme un abrazo y me levanta del suelo. Doy un grito, porque no me esperaba que atravesase el muro que ha separado nuestros cuerpos durante los últimos tres días.

Y entonces él también se acuerda del muro. Me deja en el suelo y da un paso atrás. Es adorable, porque parece que no puede contenerse hoy. Me recoloco el vestido con una sonrisa avergonzada.

—Felicidades —dice educadamente—. Me alegro mucho por ti.

—Gracias.

Después caminamos el uno al lado del otro hacia el edificio en un silencio un poquitín menos cómodo. Se han abierto las compuertas y ahora siento unas ganas tremendas de que vuelva a tocarme.

Entre la tercera y la cuarta clase, apoyo la espalda contra las taquillas, con Carter plantado delante de mí. Me entrega una hoja de papel doblada.

Me siento valiente y la abro y la leo delante de él.

RAZONES POR LAS QUE NO PUEDO DEJAR DE PENSAR EN TI

1. Te has construido una casa en mi cabeza y por mucho que intente desahuciarte, no te vas.
2. No quiero que te vayas. Nunca.
3. Imani no deja de preguntar por ti.
4. Olivia no deja de hablar de ti.
5. Y yo no puedo apartar los ojos de ti.
6. Siempre noto si estás cerca. Mi energía se transforma para dar cabida a la tuya.
7. Ni siquiera tu diario podría despejar todas las incógnitas que tengo sobre ti.

Es el último punto el que no puedo dejar de leer una y otra vez. Porque quizá ese es un miedo que no sabía que tenía: como ha leído mi diario, prácticamente lo sabe todo de mí, así que no necesita conocerme.

Quizá por eso me sentó tan mal su «intromisión». Porque hizo suposiciones con base en lo que había leído en mi diario, como si supiese lo que yo necesitaba sin hablar conmigo primero.

Cuando levanto la vista, trago saliva con fuerza.

—Qué bonito. Gracias.

Carter sonríe.

—De nada.

Después de clase, me acompaña al coche. Me pregunta qué tal me ha ido el examen de Biología. Le digo que «ni tan mal». Entonces recuerdo que Imani dijo que su hermano podría darme clases. Carter me lee la mente, porque dice:

—La próxima vez deberíamos estudiar juntos.

Sonrío para mis adentros.

—Sí, tal vez.

Después de dejar mi mochila, me abre la puerta del conductor.

—Felicidades otra vez. Tenemos que celebrarlo. —Entonces se saca otra hoja de papel doblada del bolsillo.

No sé si puedo con otra lista de las suyas. La acepto, tímida, y decido no leerla delante de él. Soy valiente, pero no tanto como para dejar que me vea desatada.

—¿Puedo llamarte esta noche? —pregunta.

Me da saltitos el corazón. Pestañeo y asiento con la cabeza antes de meterme en el coche. Me cierra la puerta y se despide con la mano antes de echar a andar hacia la parada del bus. Le doy vueltas a la nota entre los dedos mientras lo observo por el espejo retrovisor. Después la abro.

PORQUE ES OBVIO Y SOY OBSERVADOR...

1. No has vuelto a escribir en tu diario desde que lo recuperaste. Seguro que el hecho de que tantas personas leyeran tus deseos más oscuros y ocultos te ha fastidiado la experiencia. Lo siento.

2. Eres feliz. Se ve. Estás radiante.

3. Sabes exactamente lo sexi que eres. No luches contra eso.

4. Y sabes lo mucho que me tiemblan las rodillas cuando me sonríes. Deberías aprovecharte más.

5. Te muerdes el labio inferior cuando intentas contenerte. Me pregunto qué pasaría si dejases de hacerlo.

Podría estallar de la felicidad, me olvidaría de todo y podría saltar del coche y llamarlo, como estoy haciendo ahora mismo.

—¡Oye!

Carter se gira a medio camino de la parada del autobús.

Me quedo junto a la puerta del coche, incapaz de quedarme con un solo pensamiento, una sola emoción, una sola directriz.

Él repara en mi reticencia y cruza entre los coches que circulan por el aparcamiento para volver hasta mí. Cuando se planta frente a mí y lo miro, sé que estoy preparada para hablar. Estoy más que preparada para hablar. Necesito abrirme, explotar, y decirle hasta la última palabra que me ha estado rondando la cabeza.

—Llámame esta noche, ¿vale?

Carter asiente con la cabeza y observa mi expresión.

—Lo haré.

—Y procura tener tiempo, porque tengo mucho que decir.

Sonríe y se pasa la lengua por los labios.

—Cuenta con ello. Para ti tengo todo el tiempo del mundo.

—Bien. —Asiento con la cabeza y bajo la mirada hasta el suelo que queda entre nosotros—. Genial.

Después levanto la mirada, nerviosa. No sé qué quiero de él, pero no quiero que se vaya todavía. Me observa con atención.

Después se me acerca un paso. Se me acelera el corazón. No sé si quiero que se acerque más. Da otro paso, despacio, sin dejar de mirarme a los ojos, y se detiene cuando sus zapatillas están a nada de mis sandalias. Extiende la mano hacia mí. Con el índice y corazón, juguetea con las yemas de mis dedos.

Suelto el aire, me miro los pies y espero a que los suyos cierren el hueco. Contengo la respiración para que su cuerpo cálido se presione contra el mío, pero Carter da un paso atrás, me extiende el brazo desde las puntas de los dedos y entonces puedo volver a respirar. Lo miro a los ojos y esboza una sonrisa. Después me suelta la mano, se da la vuelta y se aleja.

Me llevo los dedos a los labios, sorprendida porque no haya intentado abrazarme o besarme. Le doy la espalda y miro por encima del hombro. Él también mira hacia atrás.

Cuando me subo al coche, intento recobrar el aliento. Se ha dado cuenta de lo indecisa que estaba y no me ha presionado. Me alegro mucho de que no lo haya hecho.

Voy conduciendo despacio por el camino empedrado y las piedrecitas tintinean contra los bajos del Mercedes. Hay un camión de mudanzas aparcado en el camino de entrada de la casa de Hattie. La puerta principal está abierta. Mi padre sale sujetando un extremo del antiguo colchón de mi cama de matrimonio, seguido de mi madre, que sujeta el otro extremo.

Salgo del coche cuando ya lo están colocando en el camión. Hace calor y no llevo el conjunto apropiado para esto. Mi madre me da una palmadita en el hombro y me acompaña por la acera hasta el porche. No dice nada, pero no se despega de mi lado. Papá me frota la parte de abajo de la espalda cuando sube junto a nosotras los escalones del porche.

—Ahora que Quinn ha llegado, podemos sacar los somieres —dice.

Mamá entra detrás de él. Sin embargo, yo me detengo, me sujeto a una de las columnas de madera y me quito los tacones. Siento la sensación familiar de la madera áspera bajo la planta de los pies. Sigo a mis padres hasta la habitación de Hattie y, aunque está vacía, me cuesta mucho no verla como era antes.

Las estanterías del pasillo, antes de llegar a la habitación, siempre estaban repletas de juegos de sábanas y toallas limpias. La televisión anticuada, en la que siempre veíamos el programa de *Judge Judy* antes de dormir, estaba sobre el mueble esquinero de la habitación, encima de un tapete de encaje blanco.

Debajo del tapete, había estanterías llenas de trastos, como una taza roja llena de clavos y destornilladores, dos sujetapapeles y un peine rosa.

El tocador estaba a un lado, lleno de pintaúñas y pintalabios, casi todos de diferentes tonos de rojo porque Hattie siempre fue muy atrevida, incluso antes de las campañas a favor de la combinación de piel oscura y labial rojo. La ventana estaba en la pared de enfrente, con cortinas de encaje blanco que, en realidad, no eran más que rollos de tela clavados a la pared.

En el armario siempre había vestidos de domingo colgados en la barra y en la puerta, guardados en las bolsas de plástico que te dan en las lavanderías. Hattie siempre colgaba su traje rojo del pomo de la puerta. No se lo ponía muy a menudo, pero yo sabía que era su favorito.

Del edredón de Hattie ni siquiera me acuerdo. Creo que era blanco, quizá beis. Sin embargo, recuerdo exactamente lo que sentía al taparme con él. Su cama era la cama más cómoda en la que me he tumbado nunca. No sé si era por el colchón, por el edredón suave y blandito o por estar tumbada a su lado, pero siempre dormía mejor en su cama.

Ahora ya no queda nada de eso. Lo único que queda es el somier. Papá está al lado de la pared, en un extremo del somier. Mamá está cerca de mí, al otro extremo.

—Quinn —dice papá—, ¿te he contado alguna vez cómo conoció Hattie a tu madre?

Niego con la cabeza, intrigada.

Papá apoya la espalda contra la pared y se acaricia la barba, mientras mamá se sienta en el borde del somier.

—Tu madre volvió a Chicago el verano después de nuestro primer año, pero cuando llegó allí… —De pronto, parece incómodo.

Sin embargo, mamá levanta la cabeza y continúa la historia:

—No tenía casa a la que volver. Mi madre estaba en la calle. Nadie sabía dónde estaba o si estaba viva. Y mi familia no era muy hospitalaria que digamos, así que un ángel, la mismísima Hattie Jackson, me invitó a vivir aquí durante el verano.

Mamá mira a papá.

—La subimos a un avión y se alojó en tu antiguo cuarto —dice él.

—¿En serio? —¿Cómo puede ser que no haya oído esta historia antes?

Papá asiente con la cabeza.

—Tu madre se pasó dos semanas enteras llorando. Le daba miedo ser una molestia…

—Y estaba asustada, porque ¿y si las cosas no salían bien entre Dez y yo? ¿Adónde iba a ir?

—Intenté convencerla de que pasara lo que pasara, siempre tendría un lugar al que ir. Pero… —Papá niega con la cabeza—. Tu madre iba a terminar poniéndose enferma de tanto llorar. Hattie le pidió que fuese a la cocina y, así de repente, enseñó a Wendy a cocinar judías pintas.

—Nunca había comido judías pintas. —Mamá se ríe—. Pero Hattie era un hacha en la cocina.

Sonrío. Joder, ya te digo.

—Ayudarla a preparar esas judías me despejó la cabeza y me hizo sentir que estaba contribuyendo en algo, así que dejé de llorar. Después me ofreció un puesto en el colmado.

—¿Sabías que el abuelo tenía un colmado? —me pregunta papá.

—Claro. —El abuelo era el propietario de una tienda de comestibles en la ciudad. Sin embargo, cuando yo nací, el abuelo ya había muerto y Hattie no podía llevar la tienda ella sola, así que la vendió.

—Así pues, durante todo el verano me gané el pan en el colmado. Y les pagaba un alquiler. —Mamá sonríe—. Y todos los martes, Hattie me recompensaba cocinando mis platos favoritos: judías pintas, pollo frito o chuletas de cerdo en salsa.

»Después ella y yo nos sentábamos, solo nosotras dos, y veíamos algún culebrón juntas. A ella le encantaban y a mí empezaron a gustarme también. Sinceramente, cariño —dice mamá, y se inclina hacia delante con los ojos vidriosos—, nunca supe lo que era tener una madre hasta que viví aquí con Hattie.

Después, mira a papá con la cabeza inclinada. Cuando se vuelve a girar hacia mí, está llorando. Me tiemblan los labios. No puedo verla llorar. Es superior a mí. Me acerco a ella y la abrazo.

Papá nos contempla con los brazos cruzados y una sonrisa. Le limpio las lágrimas a mamá con los pulgares.

—Te quiero mucho, mucho, mucho, y espero que nunca lo dudes —me dice.

—Nunca lo he dudado.

Respiramos hondo y después nos recolocamos en los extremos del somier.

—Tenemos que ponerlo de lado para que quepa por la puerta —dice papá. Después me mira—. Quinn, tenía la esperanza de que trajeses a tu novio. Nos habría venido bien un par de manos más.

Aparto la mirada y me quedo ligeramente boquiabierta.

—¡Desmond! —exclama mamá.

—¿Qué? —pregunta él, confundido—. Ni que fuese un secreto. Fui yo el que los encontró besándose. Tú no tuviste que verlo.

Se me abre más la boca. Qué vergüenza.

—Dez, Quinn tiene ya dieciocho años. Que haya besado a un chico no significa que sea su novio. —Después me mira con la barbilla bien alta—. ¿Tengo razón?

Pongo los ojos en blanco y suspiro.

—Sí.

—Las cosas han cambiado —tararea papá.

Mamá me mira con un mohín.

—Tampoco han cambiado tanto.

Cuando hemos metido todos los somieres en la parte de atrás del camión, mamá y papá suben el Gator por la rampa. Me dirijo hacia el patio con las cuñas puestas y el diario en la mano. En el extremo más alejado del patio, hay una zona cubierta de ceniza, como un agujero en el césped verde, donde Hattie quemaba hojas y matorrales y cosas que ya no necesitaba.

Esa es la actitud a la que intento aferrarme ahora. Tengo un mechero y un montoncito de ramas y de papeles que ya no me sirven. Arranco la primera lista de tareas, con la que comenzó todo, y le prendo fuego. Hecho. Y ahora que está hecho, tengo mucho espacio en las estanterías para todas las cosas nuevas que va a hacer la nueva Quinn.

Como todos los nuevos recuerdos que pienso forjar con Hattie cada fin de semana. Y todas las cosas nuevas que voy a probar con mis nuevos amigos. Porque sin este diario, no tendré un millón de listas que dicten quién soy. Tal vez mi nuevo color favorito sea el verde o el rojo, o quizá siempre sea el azul. Lo decidiré sobre la marcha. Y todas las nuevas fantasías que tengo con Carter. Sin embargo, esta vez me esforzaré por hacerlas realidad.

Lanzo la lista de tareas envuelta en llamas al montón de ramitas y observo cómo se prenden fuego. Después miro el cuaderno rojo de espiral que tengo en la mano. Lo aprieto con fuerza, sabiendo que sin él tendré mucho más margen para abrirme, para explotar. Plasmé mis sentimientos en él porque no sabía expresarlos en voz alta, pero ahora no puedo seguir haciendo lo mismo. No quiero contenerme más. Este diario se me ha quedado pequeño.

Así pues, lo lanzo al fuego sin darle demasiadas vueltas. Observo cómo arde mientras me tapo la boca con la mano. Casi quiero lanzarme y sofocar las llamas con los pies, porque tengo la sensación de que mis recuerdos se desvanecen ante mis ojos. ¿Cuándo empecé a escribir los momentos en que lloré a moco tendido? ¿Cuáles fueron los mejores días de mi vida?

Sin embargo, doy un paso atrás y me sacudo todas esas preguntas de encima. Sé quién soy. Soy la chica que rechazaron en Columbia. Soy la chica a la que se le da fatal Lengua y Literatura pero que sabe escribir pies de foto divertidos. Soy la chica que aprendió a defenderse. Soy la chica que se enfrentó a todos sus miedos.

La cubierta roja se vuelve negra. Me doy la vuelta y me despido de lo que queda de la propiedad de Hattie mientras las cenizas de los miedos del pasado se elevan en el cielo.

Capítulo 28

SI CARTER NO HUBIESE
PERDIDO MI DIARIO

—SIENTO HABER TARDADO TANTO EN LLAMARTE. IMANI estaba un pelín insoportable.

—No pasa nada.

—¿Estás en la cama? ¿Te he despertado? —pregunta.

—Estoy en la cama, pero no estaba dormida.

Nos quedamos callados. Carter está esperando a que empiece yo a hablar, pero no estoy segura de cómo hacerlo. He estado practicando mentalmente, pero ahora que está al otro lado de la línea, me he quedado en blanco.

—Carter —digo. Es un comienzo importante: su nombre. Creo que llevo días sin pronunciarlo.

—¿Sí, Quinn?

Respiro hondo.

—Bueno, cuéntame cómo pasó. Estabas a punto de ponerte a estudiar Historia. Abriste la última parte del diario y viste la lista de «Si pudiera besar a alguien». Después, ¿qué?

—Después, supe que era tu diario y no mi cuaderno. Pero no pude evitar leer la lista completa. Entonces, cuando vi mi nombre al final —inspira hondo y habla mientras lo expulsa—, empecé a pasar las páginas y a buscar mi nombre. En el momento no me di cuenta de lo que estaba haciendo.

—Entonces no sentías nada por mí.

—No te conocía. Lo único que sabía era que eras guapa.

—Vale —digo, y dejo reposar lo último que ha dicho—. ¿Decidiste mentirme y decirme que no lo habías leído porque...?

—Porque me daba vergüenza. Y sabía que a ti también te la daría. En ese momento, pensaba que te devolvería el diario y que todo habría acabado. Creía que nunca te enterarías de que lo había leído.

—¿Porque tu plan no era irme detrás?

—A ver... Mi plan nunca fue que fueses mi novia, no.

Doy un grito ahogado.

—¿Querías acostarte conmigo y ya?

Se ríe.

—¡Quinn!

—¡Qué cara tienes! Soy una dama. —Sonrío.

—Si tú hubieses estado de acuerdo, yo encantado. Y no voy a decir nada más.

Me pregunto si hubiese querido. No puedo imaginarme querer solo sexo y nada más con él.

—Vale, volvamos al asunto que nos ocupa.

—Sí, señora.

Me pongo de lado y dejo el móvil entre la cabeza y la almohada.

—¿Por qué fuiste tan cruel conmigo el primer día en mi casa?

Suspira.

—Te juzgué mal. Pensé que eras una niña rica y mimada. Y una Oreo. No era tu mayor fan en esa época.

—Pero eso no cambia el hecho de que quisieras...

—¿Darte lo tuyo? —Se ríe—. Pues claro que no. A ver, no estaba ciego.

Me muerdo el labio inferior.

—Mmm..., vale. Entonces empezaste a ayudarme con la lista. Fuimos a Houston y te tomaste la libertad de invitar a Livvy porque te pareció una buena oportunidad para que me disculpara…

Permanece callado.

—¿Recuerdas la intromisión de la que siempre hablo?

—Ajá.

—¿Sabes por qué me cabreó tanto?

Hace una pausa.

—¿Por qué?

—Diste por hecho que sabías lo que era mejor para mí. Que leyeses mi diario no significa que lo sepas todo sobre mí.

—Nunca he creído que lo supiese todo sobre ti —balbucea.

—Bien. Porque no lo sabes. Hay cosas sobre mí que no averiguarás leyendo mi diario.

—Lo sé, Quinn. Como ya he dicho, quiero saberlo todo sobre ti, no solo lo que creíste interesante para escribirlo en tus listas.

Me mordisqueo el interior del labio inferior.

—Bueno, supongo que ahora será más fácil porque lo he quemado.

—¿Qué quieres decir con que lo has quemado?

—Ese era el último punto de la lista: deshacerme del diario para siempre.

Inspira aire y presto atención por si se le traba la respiración.

—Vaya, nunca lo habría dicho.

—¿Nunca habrías dicho que pudiera ser tan valiente?

—No, sé que eres valiente. Nunca habría dicho que el último punto sería tan… maduro. Y antes de que te lo tomes mal…

—No iba a hacerlo —digo con una sonrisa.

—Mmm —murmura, no muy convencido—. Bueno, a lo que me refería era que quemar el diario es una conclusión a la que llegaste tú misma. Sabías que era un mal hábito y tenías la intención de dejarlo.

Oigo el soplido del aire acondicionado a través del conducto de ventilación del techo; oigo que Carter se da la vuelta en la cama.

—¿Carter?

—¿Sí?

—Leíste mis recuerdos más terribles, ¿verdad?

—Sí.

—¿Incluso el de cuando iba a preescolar?

—Sí. —Su voz es más suave.

—¿Qué pensaste cuando lo leíste?

—Me sorprendió un poco, pero nada comparado con leer tus fantasías sexuales. Dabas muchos detalles... Tendrías que escribir literatura erótica.

Me rio.

—Vale, olvídalo. Siguiente tema.

—¡Lo digo en serio! Podrías ganarte la vida con eso.

—Siguiente pregunta —digo sin perder la sonrisa.

Se tranquiliza y me susurra al oído:

—¿Cuál es la siguiente pregunta, nena?

Siento un hormigueo que se extiende desde el pecho hasta las piernas.

—¿Pasó algo entre Emily Hayes y tú?

—¿En serio? —Carter se ríe—. ¿Te creíste ese rumor de mierda?

—Bueno, no estaba segura. Es una chica guapa.

—No es mi tipo, pero para nada.

—¿Y cuál es tu tipo?

—Tú. —Deja que esa palabra me remueva por dentro y después añade—: Obviamente.

Sonrío, montada sobre una ola de miles de mariposas. Intento que desaparezcan, pero es exactamente lo contrario a cuando lloro a moco tendido. He perdido por completo el control de los músculos faciales.

—Vale. Siguiente pregunta.

Papá ha vuelto al trabajo. Mamá todavía se está vistiendo cuando bajo las escaleras. Tomo una manzana del cuenco, cansada por haberme pasado toda la noche al teléfono con Carter, pero entusiasmada por verlo hoy.

Cuando salgo a la calle, me siento animada y con ganas de comerme el mundo… hasta que veo a la chica que está de pie en el camino de entrada, con las manos en los bolsillos del chándal y el pelo recogido en una coleta alta.

—Hola, Quinn —dice con un hilo de voz.

—¿Destany?

Nos sentamos en el bordillo. He pensado en invitarla a entrar, pero el ambiente está cargado y no quería encerrar la presión que hay entre ambas. Es demasiada.

Se inclina hacia delante para abrazarse las rodillas contra el pecho.

—Quinn. —Suspira y levanta la mirada hacia el sol de la mañana—. Estaba enfadada.

Me quedo boquiabierta. Casi me lanzo a la yugular, porque «estaba enfadada» no es excusa, pero me muerdo la lengua.

—No me hablabas y pensaba que estabas tirando por la borda nuestra amistad por un chico. Así que tomé tu diario. No pensaba leerlo. Solo quería… tenerlo oculto hasta que me hablases. Gia fue la que empezó a leerlo. Lo del chantaje fue idea suya. Y no sé… Me convenció de que Matt te importaba más que yo. Fui una imbécil. Lo siento.

Me miro las manos, que tengo colocadas sobre el regazo. Eso me hace sentir un poquito mejor.

—Me ha dolido que pienses que soy racista. Sabes que nunca te he considerado inferior por tu tono de piel, ¿verdad?

Miro al otro lado de la calle, a la casa de los Johnson, su camino de entrada vacío y los aspersores repartidos por el césped verde.

—Creo que intentabas no tener prejuicios raciales.

—Sí, exacto. Olvidé que eras negra, ¿sabes? No era algo en lo que pensase, la verdad.

La miro y me fijo en que va totalmente desmaquillada.

—Ya, pero eso no es bueno.

Destany frunce el ceño.

—Cuando pienses en mí, quiero que recuerdes que soy negra. Es una parte importante de mi identidad.

—¿Quieres que piense constantemente en lo distintas que somos?

—Quiero que puedas celebrar nuestras diferencias. Necesito que seas consciente de que esas diferencias nos llevarán por vías distintas en la vida. Y necesito que sepas que, solo porque no encaje dentro de tus estereotipos, eso no significa que sea menos negra. —Le suelto esa última frase con los dientes apretados; me cuesta decirla. Sin embargo, si se va sin que le cale nada de lo que le he dicho, por lo menos que lo escuche.

—Quinn, cuando decía lo de que «a efectos prácticos eras casi blanca», solo bromeaba.

—Pero ¿entiendes que no tiene gracia? ¿Y que el chiste era muy inapropiado en ese momento? Gia usaba sin parar un insulto racista y eso me hacía daño. Esa palabra me hace daño.

—No lo sabía. A ver, habíamos usado esa palabra antes y nunca habías dicho nada. Me gustaría haberlo sabido. Ojalá me lo hubieses dicho.

Bajo la mirada y suelto un suspiro.

—Y a mí me gustaría no tener que decírtelo. Me gustaría no haber tenido que mantener esta conversación contigo. Es agotadora.

Parece ofendida.

—Lo siento. Solo quería hablar. Quería entenderlo.

—Lo sé. —Ladeo la cabeza—. Y te lo agradezco. Es solo que me disgusta tener que explicarlo. Pero, Destany… —me giro hacia ella—, no dejes de preguntar, por favor. Me alegro de que te importe lo suficiente como para preguntar. Y estoy dispuesta a hablar, si tú estás dispuesta a escuchar.

—Pues claro que lo estoy. Nos quedan unos meses antes de que me mude a Dallas. Por cierto, ¿a qué universidad vas a ir?

—A la UT.

—Ah. —Se le ilumina la mirada—. Eso es genial.

—Gracias.

Se pone de pie y me ofrece la mano.

—¿Te llamo luego?

Parpadeo un par de veces mientras lo pienso. No sé si estoy preparada para tener otra conversación como esta tan pronto.

—¿Y si quedamos el próximo finde? —Le acepto la mano y dejo que me ayude a levantarme.

Asiente con una sonrisa y camina marcha atrás hacia su coche.

—Apuntado. Espero que Carter no se ponga celoso.

Sonrío también y espero estar lista para hablar entonces. Creía que después de encontrar mi diario en su casa no volvería a hablar con ella. ¿Cómo podría? Nuestra relación siempre ha estado contaminada por la toxicidad, pero si no me doy esta oportunidad para explicar mi dolor, entonces no cambiará nada. Y ya me he cansado de dejarme llevar por el dolor. Es hora de que el amor tome las riendas.

—Quinn, estate quieta.

—Es que me ha escrito Carter. —Me muerdo el labio con una sonrisa y miro el móvil. Dice: **¿Qué vamos a hacer después del centro comercial? Quiero pasar más tiempo contigo.**

—Levanta la cabeza. —Livvy suspira y procura recogerme todo el pelo con las manos.

Le contesto: **Lo que quieras. Yo también quiero pasar más tiempo contigo.**

—Vale, ya he terminado. —Echo la mano hacia atrás y dejo el móvil encima del escritorio.

Me peina el flequillo con la mano y suelta el cepillo en mi regazo. Cierro los ojos y me relajo con su cercanía. Han pasado dos días desde que quemé el diario. De vez en cuando, el deseo de escribir listas viene de visita, pero no lo dejo entrar. Mira a través de las ventanas y me observa mientras me abro y me río y vivo mi vida. He estado tan ocupada viviendo que apenas he echado de menos mi diario.

Sin embargo, sí suelo pensar en forma de lista. Por ejemplo, cuando Livvy se quedó ayer a dormir, pensé en todas las cosas que podríamos hacer juntas. Después me di cuenta de que todas eran cosas que hacía con Destany, así que me olvidé de esa lista y dejé que ella decidiese lo que íbamos a hacer.

Livvy quería nadar, así que después de hacerlo, nos duchamos y nos arreglamos el pelo, vimos unas pelis y comimos pastelitos.

Empieza a atarme una cinta alrededor del pelo de forma que este me caiga sobre la frente, pero me vibra el móvil y me muevo para atenderlo sin pensarlo dos veces.

—¡Quinn!

Tardamos dos horas en prepararnos. Livvy me maquilla y me escoge un vestido corto de tirante fino que no me he puesto desde que pesaba mínimo cinco kilos menos y que me marca todas las curvas del cuerpo. Por lo menos esta vez no me obliga a llevar tacones.

Yo le peino a ella el pelo natural y rizado, que le llega hasta los hombros, con la raya al medio y se lo recojo en dos moños en lo alto de la cabeza. Se pone un top transparente de encaje blanco con un sujetador negro debajo y unos pantalones cortos de cintura alta negros. Estamos muy sexis.

Así que, cuando llegamos a la planta de abajo oliendo a vainilla y manteca de karité, mi padre sacude la cabeza desde la cocina.

—Cambiaos. Las dos.

Livvy me mira con los ojos abiertos de par en par.

Mamá salta a nuestro rescate desde el salón.

—Dez, déjalas en paz, anda. Son adultas.

—Cariño, tú no has visto lo que yo estoy viendo.

Entonces, mamá aparece por la esquina con las gafas de leer sobre la nariz. Cuando nos ve, hace una mueca.

—Vale, no. Cambiaos.

—Mamá —me quejo con la cabeza ladeada.

Ella también inclina la suya y me lanza una mirada escéptica.

—Poneos una chaqueta, al menos.

Miro a Olivia. Después nos giramos las dos hacia mi madre.

—Vale —decimos al unísono.

Tiramos las chaquetas al asiento de atrás del coche y nos vamos.

Los chicos nos esperan en la zona de restaurantes.

—Vale, Quinn. La barbilla arriba y los hombros atrás. Pavonéate —dice Livvy cuando Auden y Carter aparecen ante nuestros ojos. Ya están sentados en una mesa y todavía no nos han visto.

Livvy va para allá pavoneándose con su piel oscura desnuda y resplandeciente; se le da genial. No suelo verla con el pelo al natural. No le gusta estar mucho tiempo sin las trencitas porque le fastidia tener que atusarse continuamente, pero es precioso. Ella es preciosa.

Auden se queda pasmado al verla. Nervioso, se pasa los dedos por el pelo rizado sin apartar la mirada ni un segundo.

Carter se da cuenta y se gira para seguir su mirada.

Intento andar en plan pasarela durante unos tres pasos, pero me siento como un pez fuera del agua. Camino con tanta normalidad como puedo, pero no sé qué hacer con las manos.

Sea como sea, Carter está fascinado. Se pasa la mano por la boca y luego por la barbilla. Después se levanta de repente y se acerca rápidamente a nosotras. Lleva una gorra negra de béisbol del revés, una camiseta estampada y unos vaqueros azules. Sencillo, pero muy sexi.

Se abre paso entre la multitud sin tener muy en cuenta los modales. Cuando llega hasta nosotras, Livvy se detiene delante de él.

—Hola, Carter.

Él apenas hace una pausa.

—¡Aparta!

La esquiva para llegar a mi lado.

—Qué borde —se queja Livvy, que va directo a Auden.

Carter se para delante de mí y se muerde el labio inferior. Me recorre los muslos con la mirada y se recoloca la gorra con ambas manos. Después me mira a los ojos.

—Queen Jackson, no soy merecedor de ti.

Me cubro la sonrisa con la mano. Carter estira un brazo, me aparta la mano de los labios y después le planta un beso.

—¿Preparada para escoger un vestido para la graduación? —pregunta mientras se acerca un paso.

—Supongo. —Hace que le rodee el cuello con el brazo y coloca las manos sobre mis caderas. Lo rodeo con el otro brazo y lo miro a los ojos—. En realidad me da igual. Llevaré la túnica encima, así que ¿qué más da?

—Cierto. —Baja la mirada hasta mis labios, pero después la aparta y suspira. No nos hemos vuelto a besar, no desde que empezamos a «reconstruir la confianza». Los dos hemos querido hacerlo, pero no nos parecía lo correcto. Todavía siento el sabor amargo en la boca, incluso después de que todas esas palabras desagradables hayan desaparecido. Han tardado un minuto en convertirse en deseo, un dulce deseo.

En lugar de besarme, me acerca a su pecho.

—Pero es un momento importante. Vamos a graduarnos.

—Sí —digo, y me sumerjo en la calidez de su cuello.

—Carter Bennet, suéltala ahora mismo. Como destroces mi gran obra, te mato.

Livvy y Auden están detrás de nosotros, esperándonos.

—¡Muy bien! —Livvy da una palmada cuando nos separamos—. Vámonos.

Me pongo a su lado al frente mientras los chicos nos siguen por detrás. Livvy me toma del brazo y me susurra al oído:

—Auden estaba literalmente sin palabras cuando he intentado hablar con él.

—Ya te digo. Estás increíble.

Se muerde el labio.

—Creo que le pediré salir hoy.

—¿Estás preparada para una relación?

Se encoge de hombros con una sonrisa alegre.

—Sí, creo que sí.

Me choco a posta con ella, entusiasmada. Auden y ella formarán una pareja perfecta.

Cuando llegamos a la primera tienda, echa a correr hacia la zona de ofertas y saldos mientras yo me quedo atrás y echo un vistazo a unos tops cortos que hay expuestos junto a la puerta. Carter se acerca y me observa durante un segundo. Lo miro a los ojos.

—¿Quieres probarte alguno?

—Ah, no, no hace falta. No me gusta mucho este sitio. No es mi estilo.

Me da un repaso y suelta un gemido.

—Ven conmigo —dice, y me agarra la mano. Miro por encima del hombro: Livvy está metiendo la cabeza de Auden por una percha y le pone un vestido ajustado encima. Ella se ríe y él también.

Sonrío mientras Carter me saca de la tienda. Me empuja contra la pared, lejos del tumulto y se pone de frente a mí. Veo la decisión en sus ojos, como si tuviese algo que decir.

—¿Qué pasa? —pregunto.

Me toma las manos y crea una especie de puente entre nosotros.

—Siento haberte hecho daño, Quinn.

Aparto la mirada.

—Lo sé.

—Si no hubiese sido por mí, no habrías perdido tu diario y nada de esto habría pasado.

—Sí, así que quizá sea algo bueno que se perdiese. —Bajo la mirada hasta el puente que crean nuestros brazos—. Si no hubieses perdido mi diario, seguro que nunca me habría enfrentado a esa lista de tareas.

—No me lo creo. —Levanto la vista y lo veo negar con la cabeza—. Eres fuerte. Lo habrías hecho tú sola al final.

—¿Tú crees?

Carter asiente con la cabeza.

Intento imaginarme cómo habría sido mi vida si él no hubiese perdido mi diario. Dudo que me hubiera lanzado a hablar con Olivia, con Auden o con él mismo. Tal vez hubiese tenido el valor de ocuparme de la lista yo sola, pero no me habría divertido tanto como me divertí al superar mis miedos con mis amigos al lado.

—Ojalá hubiésemos empezado a hablar antes —digo—. Después del proyecto de Lengua de segundo, por ejemplo.

—Sí, ojalá —dice, sonriendo.

—Podría haberos conocido antes a Olivia y a ti.

—Y a Auden —dice.

—Y a Imani —añado con las cejas levantadas.

Sonríe enseñando los dientes.

—Quería venir con nosotros, pero… —Niega con la cabeza—. Hoy te quería para mí solo. Me hace ilusión la cita de después. Te llevaré de visita exclusiva por la zona este.

Me fijo en cómo le brillan los ojos mientras enumera todos los sitios que quiere enseñarme y me siento muy afortunada de tener la oportunidad de conocerlo. Conocerlo mejor.

—El arte es incomparable y la comida también. Te prometo que te va a encantar.

—Carter. —Me acerco un paso—. ¿Dónde trabaja tu madre?

Por la cara que pone, le ha sorprendido la pregunta.

—Tiene dos trabajos. Trabaja en una peluquería por MLK y por las noches está de reponedora en Target.

Doy un paso más.

—¿Por eso siempre vas tan bien peinado?

Sonríe.

—Supongo. —Hace una pausa—. Espera, ¿por qué lo preguntas?

Bajo la mirada hasta el espacio que queda entre nuestros zapatos.

—Porque tengo tantas preguntas sobre ti como tú sobre mí.

Me mira, sin palabras. Después me acuna las mejillas con las manos.

—Quinn. —Esta vez dice mi nombre como si fuese parte de sus cimientos, de su ser—. Tengo algo para ti.

Me suelta las mejillas y busca en los bolsillos de sus vaqueros azules. Saca otra hoja de papel doblada en cuartos.

—¿Otra lista? No hace falta que sigas haciendo esto, Carter.

—Confía en mí. Ábrela.

LISTA DE TAREAS DE CARTER ANTES DE IR A LA UNIVERSIDAD

1. Contarle a Quinn mis recuerdos más terribles; todo eso que jamás confesaría.
2. Decirle a Derrick la verdadera razón por la que pasé de él.
3. Intentar hacer las paces con mi padre.
4. Preguntarle por fin dónde está enterrada mi abuela.
5. Ir a visitarla.
6. Decirle a mi madre que me mudo en otoño y no dentro de dos años, como cree.
7. Esto déjalo para el final. Ya sabes lo que tienes que hacer:

—Tenía la esperanza de que me ayudases a completarla —dice.

Levanto la mirada con los ojos llenos de lágrimas.

—¿Cuál es el último punto? —pregunto con voz ronca.

—Ya lo verás.

Me río y le sostengo la mirada.

—Pues claro que te ayudaré con tu lista. Me encantaría. —Sonrío todavía más. Mi sonrisa crece y crece como una planta que riegas todos los días; como una cicatriz que se cura con paciencia; como el tiempo que te tomas para asegurarte de que estás bien, que te encuentras bien. Es una sonrisa amplia y radiante.

—¿Trato hecho? —Me ofrece la mano.

—¿Un apretón de manos? —pregunto, e inclino la cabeza.

Él también la inclina con una sonrisa burlona.

—¿De qué otra forma íbamos a sellar el trato, si no?

Le agarro la mano y se la coloco en la parte baja de mi espalda, me acerco un paso y me sumerjo en la calidez que emana su cuerpo. Él me coloca la otra mano en la espalda mientras yo pongo las mías alrededor de su cuello. Juego con la visera de su gorra y me pongo de puntillas.

—¿Estás segura de que estás preparada? —dice mientras baja la mirada hasta mis labios.

—Sí. —Me inclino hacia delante y, al sentir su boca, inspiro hondo.

Besar a Carter me hace sentir que estoy donde tengo que estar. Como si todo hubiese sucedido solo para que pudiese terminar aquí, sin el yugo de las mentiras, los miedos y las culpas; con unos amigos que me entienden y me respetan, y un chico que no es perfecto, pero que es paciente y tiene una luz que ilumina mi oscuridad. Ya era hora.

Agradecimientos

EL VIAJE DE *A VECES SOY UN MAR DE LÁGRIMAS* COMENZÓ con mi agente mágica, Brianne Johnson. Bri, no tienes ni idea de lo mucho que has cambiado el curso de mi vida con ese correo electrónico. Gracias por repasar con esmero tu montaña de libros y hacer realidad no solo mi sueño, sino el de tantos otros autores.

A mi editora, Alyson Day, gracias por creer en este libro, por enamorarte de Quinn y Carter tanto como yo, por estar abierta a mis ideas y ayudarme a moldear este libro hasta convertirlo en algo de lo que estaré orgullosa durante años. Gracias, Aly y Eva Lynch-Comer, por responder a todos mis correos de novata y por ayudarme a respirar.

Gracias a todo el equipo de HarperCollins. A Maya Myers y a Laura Harshberger por haber detectado todas las cosas que se me han escapado. A Molly Fehr por el precioso diseño de la cubierta y las letras, y a la señorita Belamour por dar vida a Quinn y a Carter con sus grandes dotes artísticas. Me encanta y me requeteencanta esta cubierta.

Gracias a todo el equipo de Hot Key Books. Os ganasteis mi corazoncito desde el primer momento con todo el esfuerzo que poneis en todo lo que hacéis. No puedo expresar con palabras lo agradecida que estoy de trabajar con vosotros. A mi editora, Carla: tus correos son siempre la guinda del día. No sabes lo reconfortante que es tenerte en mi equipo, porque te preocupas mucho por Quinn y Carter, por los lectores negros y la representación negra, y por mí. Nunca podré agradecértelo lo suficiente. Y a Sophie, la diseñadora de esta increíble cubierta, gracias por el amor que has invertido en dejarla niquelada. Gracias a la inmensamente talentosa Sarah Madden por las hermosas ilustraciones. ¡Me chifla la cubierta del Reino Unido!

Gracias a todos en Writers House: Cecilia De La Campa por este increíble título. ¡Eres una titana! Todas las personas que oyeron el título se quedaron prendados al instante. Cecilia y Alessandra Birch, gracias por vuestro increíble trabajo dando a conocer este libro alrededor del mundo. No podría haber imaginado la acogida que hemos tenido. Alexandra Levick, gracias por cuidar tan bien de mí y de todo lo que hay entre bastidores.

Este libro pasó por muchas rondas de revisión. Gracias a todos mis lectores beta y compañeros de crítica.

Jenevieve Gray: te descubrí en un grupo de Goodreads y no veas cuánto me alegro. Leíste dos versiones distintas de este libro y te agradezco muchísimo que me hayas dado algunos de los consejos y comentarios más útiles que nadie se haya tomado el tiempo de dar. Fuiste muy dura con Carter y te lo agradezco mucho. ¡Era muy tóxico!

Noni Siziya: estoy muy agradecida de que no te hayas cortado ni un pelo, sobre todo al tratarse de Quinn. Tu mirada ha sido valiosísima, porque me ofreciste una guía imprescindible sobre la experiencia de los lectores negros. Recuerdo que en tus comentarios decías que nunca te habías dado cuenta de lo mucho que necesitabas leer sobre una pareja negra hasta ahora, y que haberlo leído te había hecho superfeliz. Eso se me quedó grabado y me hizo seguir adelante. Espero poder hacer eso por todos mis lectores.

Gracias, señorita Shevlin, mi profesora de Lengua y Literatura favorita, a pesar de que odiaba esta asignatura con todas mis fuerzas. Fuiste mucho más que una profesora para mí. Fuiste mi consejera, mi terapeuta y mi amiga cuando realmente necesitaba hablar de toda la angustia que me corroía por dentro. Muchas gracias por estar a mi lado... y del lado de tantos alumnos. ¡Eres un sol!

Gracias a mis jefes en Kia, Adam y Aaron, por dejarme atender las llamadas sobre el libro en horas de trabajo.

Gracias, mamá, por inventarte nombres de personajes y otras cosas al azar. Por responder a todas mis llamadas de celebración y actuar con la misma emoción que yo con cada pequeña noticia. Te llamé llorando muchas veces. Lo siento, pero no parará aquí.

Gracias, Blake. Soportaste que me encerrara a escribir durante horas. Creíste en mis habilidades cuando hasta yo dudaba de mí misma. Me empujaste tantas veces a darle al botón de enviar el manuscrito... Y gracias por dejarme lanzarte las ideas y por ser el mejor compañero de *brainstorming* que una escritora podría desear. Eres un auténtico partidazo.

Por último, gracias, Francis Mae Harden (A-May), por los recuerdos que nos diste a mí y a mi hermana en tu casa, en tu iglesia, en tu jardín y en la parte trasera de tu Chevy Blazer rojo. Te quiero y te echo mucho de menos.

¿TE GUSTÓ ESTE LIBRO?

Escríbenos a

puck@edicionesurano.com

y cuéntanos tu opinión.

ESPAÑA ⮞ 🅵 /MundoPuck 🐦 /Puck_Ed 📷 /Puck.Ed

LATINOAMÉRICA ⮞ 🅵 🐦 📷 /PuckLatam

▶ /PuckEditorial

¡Gracias por vivir otra
#EXPERIENCIAPUCK!